双葉文庫

熊田十兵衛の仇討ち

池波正太郎

目次

熊田十兵衛の仇討ち

熊五郎の顔

一

怪盗雲霧《くもきり》仁左衛門の乾分《こぶん》の中でも四天王とかよばれた山猫三次が、潜伏中の越後で捕らえられたのは、享保《きょうほう》十六年（西暦一七三一年）晩秋のことであった。

三次と一緒にいた同じ四天王のひとりで州走《すばしり》の熊五郎という曲者《くせもの》は、捕手《とりて》の包囲を斬り破って逃げた。

このときすでに額《ひたい》をうち割られ、捕手に押えつけられていた山猫三次へ、熊五郎は逃げながら声をかけていったという。

「山猫の。おめえの躰は、きっと、この熊五郎が奪《うば》いかえしてみせるぜ」

こういうわけで、越後から江戸へ送られる山猫三次には二十人もの護衛がつき、警戒は厳重をきわめた。

それというのも、一昨年の春に一味の木鼠《きねずみ》吉五郎を東海道筋で捕え、これを江戸へ護送する途中で、まんまと奪いかえされたことがあったからだ。そのとき、六人の仲間をひきいて木鼠《きねずみ》を奪いとった男こそ、ほかならぬ州走の熊五郎だったのである。

きびしく縄をかけた山猫三次を唐丸籠《とうまるかご》に押しこめ、護送の一行は、早くも雪がおりた越後の山々の下を、ただならぬ緊張をふくんで江戸へ進んだ。

一行に先がけて騎馬の役人が、三国《みくに》街道から中仙道《なかせんどう》の宿場宿場へこの知らせをもたらしつつ、江戸へ飛んだ。

江戸からは〔火付盗賊改方《ひつけとうぞくあらためかた》〕(一種の特別警察)向井兵庫の命によって、与力《よりき》の山田藤兵衛が、組下の同心・手先など十五人の部下をひきい、護送の一行を途中まで出迎えるべく江戸を出発した。

二

「……そういうわけでな。向井様のおいいつけで、おれが出張《でば》って来たというわけなのだ。山猫三次というやつは、雲霧一味のうちでも意気地のないやつらしい。越後でお縄になったとき、親分の雲霧はじめ仲間の者の人相なども、いくらか白状をしたということだ。これで江戸へ連れて行き、思いきり責めつければ、きっと一味の所在をも吐きだすに違いない」

江戸から十六里余りの道を、武州熊谷《くまがや》と深谷《ふかや》の間にある新堀《にいぼり》の宿までやって来た山田藤兵衛が、お延《のぶ》の茶店へ立ちよって、そういった。

「まあ、さようでございますか」

お延の、浅黒い顔の肌に血がのぼった。

「山田さま。そうなれば、州走の熊五郎も……」

背も低いし、かぼそくも見えるお延の躰が昂奮にふるえている。

「安心しろ。きっと、お前の亭主の仇はとってやる。それも近いうちだと思っておれ」

「は、はい」

茶屋の外に控えている同心・手先たちにも、茶をくばりながら、お延は、ふっと、その人数の中に、死んだ夫の政蔵がまじっているような気がした。

かつては政蔵も、山田藤兵衛の下について目明《めあか》しをつとめていたのである。

雲霧仁左衛門は、江戸市中ばかりか関東一帯を荒しまわってきた大泥棒であった。

江戸には町奉行という警察組織があるのだが、江戸以外の土地でも自由に働ける機動性をもった〔火付盗賊改方〕が主体となり、雲霧一味の捕縛に血まなこになってきたこの六年間なのである。

四年前の夏、政蔵は州走熊五郎の潜伏場所を突きとめ、七人の捕手と深川・亀久《かめひさ》町の船宿へ踏みこんだ。

だが、けだもののように暴れ狂う熊五郎の脇差《どす》に腹を刺され、政蔵は死んだ。しかも、捕手が迫る気配を知った熊五郎は、すばやく用意の頭巾《ずきん》をかぶって顔をかくすという心憎いしかたで、見事に包囲網を斬り抜け、逃走した。

「おのれ、おのれ!!」

ひと足違いで駆けつけて来た山田藤兵衛は、足を踏みならして口惜《くや》しがったものだ。

「その熊五郎を、こんども取り逃してしまった」

と、山田藤兵衛は舌うちをして、

「しかも州走のやつめ、山猫三次をこの道中で奪いかえすつもりらしいのだ」

「まあ、それは……」

藤兵衛からすべてをきき、お延の濃い眉《まゆ》が怒りにつりあがった。

「そ、そんなことをさせてなるものか!!」

と、お延は思わず叫んだ。

「案ずるな、お延。そのために、われらが出張って来たのだ。これから急げば、おそらく明日中に、高崎と沼田のあたりで、江戸送りの一行と出会えよう。そうなれば、いかな州走でも手は出せまいよ」

山田藤兵衛は茶代のほかに、紙包みの金をおいて立ちあがった。

「あ、そのような……」

「よいわ。坊主《ぼうず》に菓子でも買うてやれい」

「いつも、お心におかけ下《くだ》さいまして……」

「当り前のことだ。政蔵の働きは尋常なものではなかったのだからな。今でもおれは……いや、おればかりか向井様も、お前たち母子のことは心におかけなされておられるぞ」

「もったいない。ありがとうございます」

「坊主は元気か？」

「はい。おかげさまで……」

「それはよかった。たしか、今年で七つになったはずだなあ。政蔵も、お前がしっかりしているので、草葉の蔭から安どしておることだろう」

お延は、このとき目を伏せた。なぜ目を伏せたか、それは山田藤兵衛の知るところではない。

「では、いずれまた、な」

「おかまいもいたしませんで……」

「いや、いや……」

外へ行きかけ、山田藤兵衛はちょっと考えてからお延のそばへもどって来た。

「万が一……万が一のことだが……」

「はい……?」

「このあたりへ州走めが立ちまわることがあるやもしれぬ、山猫を奪いかえそうとしてな」

「あ……」

「お前も、もとは御役《おやく》の者の女房だった女だ。しかも、いまは宿はずれの茶店の女あるじ。道行くものに注意しておってくれい」

「は、はい……」

「ここに、山猫三次が洩らした言葉によって書きまとめた州走の人相書がある。念のために渡しておくから、よく読んでおいてくれい。宿場の町役人にも渡してあるが……」

「はい」

部下を従え、深谷の方向へ速足で走る山田藤兵衛を見送ったお延は、そそくさと店の中へ駈けもどり、亡夫を殺した憎いやつの人相書を読んだ。

読むうちに、お延の顔色がみるみる変ってきた。

州走熊五郎の人相書には、こうしるしてある。

無宿州走熊五郎

一、丈《たけ》五尺三寸ほど。
一、歳三十歳ほどに見ゆ。
一、小肥りにて色白く歯並び尋常にて眼の中細く。
一、尚《なお》左耳朶《みみたぶ》に一カ所、左胸乳首の上に一カ所、小豆大《あずきだい》のほくろ罷在候《まかりあり》。

その一つ一つが、みんな覚えのあるものであった。

ことに、最後の一条がお延に強烈な衝撃をあたえた。

(あのひとの左の耳たぶにも、たしかにほくろが……)

自分をだいた男の腕が、亡夫の政蔵を刺した同じ腕だとしたら……。

(ああ、どうしよう……)

蒼白となって、お延が店の土間によろよろと立ったとき、

「おっ母あ、腹がすいたよう」

五町ほど先の新堀の宿で友達と遊んでいたらしい息子の由松が、表からとびこんで来た。

街道にも、その向うにひろがる枯れた田畑の上にも、冷《ひ》ややかな夕焼けの色が落ちかかっていた。

三

その男が、お延の茶店へあらわれたのは五日前のことだ。

その日は明け方から強い雨がふり出し、終日やむことがなかった。

道中の人も絶えたようであった。昼すぎになるまでに、急ぎの旅人を送った帰りの駕《か》籠《ご》かきが二組ほど店へ入って来、酒とうどんで躰をあたためて行っただけである。

子供の由松も、前日から一里ほどはなれた市ノ坪で百姓をしているお延の実家へ遊びに行き、二日ほど泊って来ることになっていた。

実家には兄夫婦と子供が四人いる。

(お客も、もう来やしない。店をしめてしまおうかしら……?)

暗い雨空に時刻もよくわからなかったが、そろそろ夕方にもなるだろうと思い、お延が店の戸をしめようとしたときであった。

深谷の方向から来たらしい旅人が、よろよろと店先へ入って来たのである。

「す、すみませんが、ちょっと……ちょっと休ませてもらえませんかね」

「さあさあ、どうぞこちらへ……」

男は、もどかしそうに背中の荷物を放り出し、笠と雨合羽《あまがっぱ》をぬぎ捨てると、そのまま、苦しげに小肥りの躰を土間の縁台の上に折って、低くうめいた。

「どうかなさいましたか？」

「すみませんが、白湯《さゆ》をひとつ……」

「はい、はい」

湯を持って行くと、男は、それでも人なつこそうな微笑をうかべて頭を下げたが、すぐにふところから丸薬を取り出した。

「どこか、工合でも……？」

「へえ。こんなことは、めったにないのですが……今朝から腹が、ひどく痛みましてね……」

男は旅の陽に灼《や》けてはいたが、小ざっぱりとした風体《ふうてい》で、口のきき方にも誠実そうな人柄がうかがわれた。

薬をのみ、縁台で横たわっているうちに、男の蒼い顔はべっとりと脂汗《あぶらあせ》に濡れ、うめきと喘《あえ》ぎが只ならない様子になってきた。

「これじゃあしようがありませんねえ。ま、奥へお上りなさい。私、お医者を……」

「そ、そんな、御迷惑をおかけしては……」

「と、いって、このままじゃあ却《かえ》って迷惑しますもの」

お延の気質としては捨ててはおけなかった。

旅の男を奥の部屋に寝かせ、戸締りをしてから、お延は新堀の宿へ走って、医者を呼んで来た。

「まあ、大したことにはならぬと思うが、今日は動かせないよ。ここへ泊めてやったらどうだな？　というても、女ひとりの住居だから、それも、どうかな……」

「いえ、そうなれば、私は市ノ坪の実家へ泊りに行きますから」

「あ、そうだったな。では、わしは、これで」

医者が帰った後も、男は苦しそうであった。

雨はつよくなるばかりである。

市ノ坪へ行くつもりでいたお延も、日が暮れてはくるし、雨もひどいしで、もう面倒になり、

（こんな病人といたところで、別に……）

この近辺でも、かたいのが評判でとおっている寡婦のお延であった。

夜になった。

お延も腰を落ちつけることにきめ、男の看病をしてやることにした。

発熱に喘《あえ》ぎながら、とぎれとぎれに男が語るところによると……。

男は信太郎《のぶたろう》という名で、旅商人だという。もともと上方《かみがた》育ちで、古着を商《あき》なっているのだが、京・大坂からの新品も扱い、これを北国《ほっこく》や信濃《しなの》にある得意の客にとどけることもする。旅商人としては上等の部類に入るといってよい。

「諸方の御城下の武家方にも、出入りをさせて頂いております」

と、信太郎は語った。

「まあ、そうですか。でも……」

とお延はくすくす笑った。

「どうかなすったので？」

「いえね。あなたと私の名が同じなものですから、ちょいと可笑《おか》しくなって……」

「へえ、さようで……」

「私、お延っていいます」

「お延さん……さようで……」

まもなく、男は、ぐっすりと眠った。

お延が、男の左の耳朶《みみたぶ》のほくろに気づいたのはこのときであった。（まあ、あんなに大きなほくろが……）

翌朝になると、信太郎は元気を取りもどした。

（もともと躰はしっかりしておりましたのでね）

そうはいっても、まだ熱もいくらかあるし、食欲もない様子なので、お延は、もう一日、信太郎を泊めてやることにした。

雨はあがり、空は鏡のように青く、あたたかい陽射しが街道にみちていた。

（今夜は、市ノ坪へ泊ろう。そして明日は由松と一緒に帰って来よう。信太郎さんも明日になれば発《た》てようから……）

本当にそのつもりだったのである。

奥に寝ている信太郎を古ぼけた枕屏風で囲い、店先との境の障子をしめきっておいて、その日も一日中、お延は、旅人や駕籠かきや、馬子などの客を相手に、茶を、うどんを、酒を、だんごを売って、いそがしく働いた。

日が暮れかかった。

お延は戸じまりをし、粥《かゆ》をたいて信太郎の枕元へ運んだ。

「どうです。食べられそうですか」

「へえ。いただきます」

「そう。じゃあ、ここへおいときますからね」

「おかみさんは、これから実家へお泊りに？」

「ええ……まあねえ……」

「申しわけありません。とんだ御厄介《ごやっかい》を……」

「いいんですよ、そんな……さ、起きてごらんなさい」

だきおこしてやったとき、信太郎が、急に、うるんだ声で、ほとばしるようにいった。

「おかみさん!! 私はいま、死んだおふくろのことを考えていましたよ」

「まあ、おっ母さんは亡くなったんですか?」

「顔も知りません」

「まあ……」

汗くさい信太郎の体臭を、頬にあたる呼吸を、お延はこのとき強く意識した。

四年も、堅く立て通してきた後家暮しであった。

「じゃあ、これで……ゆっくりとおやすみなさい」

離れようとしたお延の手を、信太郎がつかんだ。

「な、なにを……」

「おかみさん! 好きだ!!」

病みあがりとは思えない強い力であった。

お延はだき倒され、男の唇が、首すじから喉のあたりへ押しつけられるたびに、躰中がしびれたようになった。

「いけない。いけませんよ、そんな……」

「好きなんだ、おかみさん。好きなんだ!!」

「だって、そんな……」

いやな男だったらはね退《の》けるだけの気力は十分にもっていたお延だが、相手が明日にも旅立って行く男だという考えが、一瞬の間にお延をおぼれさせた。

(だ、誰にもわかりゃあしないんだもの……私だって永い間ひとりきりで……私だってつらかったんだもの)

急に、お延の四肢が火のついたようになった。

お延は喘《あえ》ぎながら、信太郎の首へもろ腕を巻きつけていった。

その翌朝……。

「おかみさん。私と一緒になってくれませんか」

まじめになって信太郎がいうのだ。

「ばかをいっちゃあいけません。信太郎さん、昨夜《ゆうべ》のことは、お互いに忘れましょう。ね、その方が……」

「いえ、私は、ふざけた気持だったのじゃありません!!」

むしろ切りつけてくるような口調に、お延は気をのまれた。

「子供さんとお延さんと一緒に暮したい。この二日間、お前さんを見ていて、私は決心したのです。それとも、いやですか、私を……」

「いやなら、私だって、昨夜みたいな……」

「私も、二度ばかり、女といっしょに暮したことがあります。でも、そいつらは、みんな、私のもっている小金が目当てだったんで……」

信太郎という男は、二十八にもなるというのに、女にすれていないらしい。小肥りな躰つきも肉がかたくしまっていて、お延に亡夫の政蔵を、まざまざと思い起させたものである。

「おかみさんは、この茶店をやり、私は旅で稼ぐ。金がたまったら、この近くで小さな旅籠《はたご》でもやってみたい。おかみさんというひとは、私に、そんな気を起させてくれましたよ」

「でもねえ、信さん……」

「とにかく、これを預けておきます。私は、これから約束の品を桶川《おけがわ》のお得意へ届けて来ます。よく考えておいて下さい。頼みます、頼みますよ。私にとっては、ここで自分の躰が落ちつくかどうか瀬戸際なんですからね……」

お延がとめるのも聞かずに、信太郎は革の胴巻《どうまき》を預け、少しよろめく足を懸命に踏みしめ、街道へ出て行ってしまった。

胴巻は、かなり重かった。

ためらったが、思いきってあけてみると、六十両余りもあった。

（旅商人には、めずらしい堅い人だこと）

昼前に、由松がひとりでもどって来た。

夜更けになって、戸をたたくものがあるので、

「どなたで？」

と訊くと、

「私です。信太郎です」

戸を開けてやると、ころげこむように信太郎が入って来た。病みあがりの躰で往復十余里の道を帰って来たのである。

その疲労でぐったりしながらも、信太郎は、返事を明日まで待てない気持だったので、といった。

信太郎は、由松にも菓子や玩具を買ってきた。

一夜のうちに、由松は信太郎に馴《な》ついた。

それを見て、お延の心もきまった。

亡夫の政蔵が、こんなことをお延にいったことがある。

「おれぁな。御役目《おやくめ》がら、いつどこで、どんな目にあうかもしれたものじゃあねえ。もしものことがあったら、お前、遠慮はいらねえ。いい男を見つけて一緒になってくれよ」

「なにをいってるんですよ、縁起でもない」

「本気だ。そうしてくれねえじゃあ、思いきって、おれも働けねえ」

その亡夫の言葉に甘えるような気持で、

（かんべんしておくんなさいよ）

お延は、胸の中で手を合せた。

それが一昨日のことであった。

昨日の朝、信太郎は、

「明後日《あさって》は帰ります。なに、利根川の向うの館林やら佐野やらのお得意をまわる約束があるのでね」

大きな荷物には、新品古物とりまぜて、ぎっしり反物がつまっていた。

「行っていらっしゃい」

「こんど帰ったら、お延さんの実家へもあいさつに行きます」

「そうしておくれですか」

「当り前じゃあありませんか」

由松も信太郎の袖をつかみ、

「小父《おじ》ちゃん。おみやげ、忘れちゃいやだ」

「忘れないともな、由坊。待っていなよ」

旅馴れた速足で街道を遠ざかる信太郎を見送った幸福も、今や地獄の苦しみと変った。

――左耳朶に一カ所、左胸乳首の上に一カ所、小豆大のほくろ罷在候。

何度読みかえしても、州走熊五郎の人相書の文字は変ってはくれなかった。

小肥りで年のころは三十歳ほど、などという漠然とした形容よりも、ほくろの所在がなによりものをいった。

左の耳と胸にほくろがあるということが小肥りだということや、年齢の相似を、はっきりと真実のものにした。

お延は、すでに、男の胸のほくろを見ていた。

夜明けの薄あかりの中で、由松の寝息を気にしながら、互いの裸身をだきあったとき、お延は、男の乳首を吸って、

「お延さん、こそばゆいじゃないか」

男が笑ったとき、

「あら。ここにもほくろが……」

「変なところにあるものだね」

こんどは、男がお延の乳房に顔をうめ、

「お延さんは着やせをする躰なんだねえ」

といったものだ。

(もう、間違いはない!!)

必ず帰るはずのその夜、ついに男は帰って来なかった。しかも、こんどに限って、男

は例の胴巻を預けては行かなかった。

（なんてことだ。私は、お前さんを殺した奴の手に、この躰を……）

政蔵の位牌《いはい》の前で、お延は身をもんで口惜しがった。

さっきまで「小父さん、まだ帰らないね」をいいつづけていた由松も眠っている。

夜が明けて、新堀の宿《しゅく》の方から、問屋場の馬のいななきが近寄って来た。

四

お延は由松とともに朝の食膳に向ったが、一箸もつける気になれなかった。

「おっ母あ。気分《きいき》がわるいの」

由松も不安そうに、お延の顔をのぞきこんだ。

「うん少し、おつむが痛くてねえ……」

それを由松への口実にして、お延は、店の戸を開けず、ふとんへもぐりこんでしまった。

ふとんへもぐりこむことよりも、まず彼女がなさねばならぬことがあるはずなのに……。（今から考えれば、あんまり、うまく出来すぎていた……別にきれいでもなく、三十に近い、しかも子供まである私なんかに、あんな大金をもった男が夫婦になろうといいだすことさえ、おかしいはずなのに……）

山猫三次護送の一行の隙をうかがいつつ州走《すばしり》の熊五郎は、体《てい》よくお延の茶店〔ささや〕へ入りこみ、呉服商と称して外の仲間とでも連絡をとっていたに違いない。

(だ、騙《だま》されたんだ。いえ、あいつ、行きがけの駄賃に、私を騙しゃあがったんだ)

口惜しいから、すぐにでも宿役人に届け、州走が立ちまわったことを告げればいいものを、昼近くなっても、まだ、お延はふとんへもぐっている。

「おっ母あ。おいら、市ノ坪へ遊びに行ってくらあ」

しばらくは枕元にいた由松も、つまらなくなったらしく、昼すぎに裏口から出て行ってしまった。

「由松。今夜も泊っといでな」

「うん。でも大丈夫かい」

「いいよ。心配しなくても……」

由松が出て行ったあと、お延は、ふとんをすっぽり頭からかぶり、両手に自分の乳房をぎゅっとつかんだ。

こんもりと女のあぶらを浮かせてふくらむ乳房も、乳首も、はっきりと、まだあの男の肌の感触と体臭をおぼえている。

あの男の愛撫は強烈であった。

どちらかといえば淡泊な亡夫の政蔵は、女よりも酒の方で、そのために腕のいい料理人という仕事をなまけ、博打《ばくち》と酒に身を持ちくずし、三年も島送りになっていたこともある。

「ああ……う、う」

お延は、うめいた。あの男が自分の躰にくわえた激しい感覚を思うと、耐えきれなくなってくるのだ。

憎くもあり、あの男の躰がしたわしくもある。

それに、もしも自分の訴えによって州走が捕まるようなことがあれば、夫殺しの下手人は、お延とのことまでも白状しかねない。

第一、宿《しゅく》の医者にも顔を見られている。

（ええ。どうにでもなってしまえ……）

床の中でのたうちまわりながら、お延は、すすり泣いた。

雨の音が屋根をたたいてきた。

「お延さん……お延さん、いるかね？」

表の戸をたたく音がする。

「もしもし、お延さん」

声が裏口へまわってきた。

しかたがない。立って行き戸をあけると、深谷宿の旅籠の主人で町年寄も兼ねている

〔和泉屋《いずみや》治右衛門〕方の番頭で多七《たしち》という老人であった。下男が一人、後についている。

「どうしたのだ、店を休んで体でも悪いのかえ?」

「へえ、少し……」

「そうか。いや、その方がいい。実はな、女子供ふたりきりのこの茶店ゆえ、今日から明日まで店をしめておいた方がよかろうと、うちの旦那がおっしゃってな」

「……?」

和泉屋治右衛門は、かねてから、お延母子のことを気にかけていてくれる。それというのも、お延の亡くなった母親が、永く和泉屋に奉公をしていたためもあるし、お延の下の弟が現在、和泉屋で働いているのだ。

「実はな、おそくも今日の夕方には、例の山猫三次の唐丸籠がついて、深谷宿へ泊ることになった」

「え!!」

「なにしろ江戸からも火付盗賊改方から人数が出て、今朝早く高崎の少し先で一緒になり引きかえして来るというから、万々《ばんばん》間違いもあるまいが、雲霧一味の奴らが、山猫とやらを奪いかえそうというたくらみがあるそうな」

「……」

「ともかく深谷から江戸までは十八里二十五丁、あと二日たてば、一味のものがいかにあせっても手は出せなくなる。となれば、今夜の深谷泊りと明日の大宮泊りとが肝心なところだ」

お延は、うつむいたままであった。

「なにせ、お延さん。一味のうちの州走熊五郎とかいう大物の人相書が宿にもまわってきたほどでのう」

「……」

「こりゃ、邪魔をした。熱でもあるのかえ？」

「え……」

「ま、大事になされ。戸じまりをかたくしてな」

「お心におかけて下さいまして、ありがとう存じます。和泉屋の旦那さまにも、どうぞ、よろしゅう……」

「うむ、うむ」

裏の戸をしめかけて、多七老人がいった。

「たとえ山猫三次だけでも捕まったのだ。お前さんの死んだ御亭主も、よろこんでいなさるだろう」

「はい……」

多七は去った。

そうだ。政蔵もきっとよろこんでいるに違いないと、お延も思う。

刑をおえて江戸へもどったとき、わざわざ与力の山田藤兵衛が、お延につきそい、霊《れい》岸島河岸《がんじまがし》へ出迎えに行ってくれた。

流人島《るにんとう》の三宅島《みやけじま》からの船が着き、政蔵が思ったよりも元気な姿を陸《おか》の上にあらわしたとき、お延は、三年前の政蔵とは、まるで違った男の顔を見たような気がした。

島帰りの前科者と出迎えの人びとが混雑する中で、政蔵は三つになった由松をだきあげ、

「おれが三年前にここを出るとき、こいつは、まだお前の腹の中にいたのだっけ」

と、しんみりいった。

酒と博打に狂っていたころの政蔵のおもかげは、そのひきしまった表情のどこを探しても見出せなかった。

「政蔵。お前も人間が変ったようだな」

山田与力がいうと、政蔵は、

「悪い夢を見たものでござります」

と丁重に頭を下げたものだ。

「政蔵。お前、これからなにをして生きて行くつもりだ？」

「へえ……まだ当てはございませぬが……」

「包丁《ほうちょう》をもってみるか？」

「それよりほかに能《のう》もねえので……」

「それよりも、政蔵。お上《かみ》の御用に立つ気はないか？」

「お上の……？」

火付盗賊改方の警察活動は、後年になって衰えたが、このころは、かなりの活躍を示していた。

面倒な手続きや法規に縛られずに動ける特権があったので、名ある泥棒たちの検挙は、ほとんど〔火付盗賊改方〕でおこなったといってよい。

江戸の暗黒街に顔がきく政蔵を御役《おやく》のものにすれば、その成果は大きいはずだ。

「御頭《おかしら》の向井兵庫様も、たってのおのぞみなのだ。政蔵、どうだな、思いきってお上の御用をつとめてはもらえないか」

「へえ。よろしゅうございます」

政蔵は、きっぱりと答えた。

それだけに、目明《めあか》しとなってからの政蔵の活躍は目ざましかった。今までに捕えた雲霧四天王のうち、因果小僧《いんがこぞう》六之助を捕えたのも政蔵だし、そのほか十二名にも及ぶ大泥棒の捕縛にも重要な働きをした。向井兵庫も、

「政蔵は大事にしてやれ」

と気にかけ、安い給料のほかに、自分の手からの金を支給してくれたものだ。そのおかげで、お延も由松も不自由なく暮すことができたし、

「こうなったら、おれも死ぬ気でやってみる」

と、政蔵も気負いこんだ。

こういう政蔵が殺されただけに、向井兵庫も山田藤兵衛も、いや火付盗賊改方の組のもの全部が、政蔵の死を哀《かな》しんだ。

少女のころから蔵前の札差《ふださし》へ奉公に出ていたお延が、十五年ぶりに実家へもどり、一里と離れぬ中仙道《なかせんどう》の街道筋にささやかな茶店をひらくことができたのも、向井兵庫や山田藤兵衛の尽力と、援助があったからである。

そのことを考えれば……。

(黙ってこのままにしておくわけにはいかない!!)

さすがにお延も身支度にかかりかけたが、しかし、なにも知らなかったとはいえ、取りかえしのつかぬ恥をさらしてしまったお延なのである。

(江戸のお白州で責めつけられれば、州走のやつ、きっと私のことを……)

雲霧一味のうちでも、州走熊五郎のみは、盗みに入った家で必ず強姦をおこなったという奴であった。

「あいつだけは、なんとしても許せねえ」

政蔵も、いつかお延に洩らしたことがある。

（それなのに、私という女は……）

発作的に、お延は台所へ走った。

出刃包丁をつかみとり、いきなりそれを、自分の乳下へ突きたてようとした。

「おっ母あ」

がらっと表の戸があいた。

お延の手から包丁が落ち、流しの前の板敷きの上へ突き立った。

それに全く気づかず、由松は、さっさと部屋へとびこみ、

「冷《つ》めてえ雨がふってきたんでよう、とちゅうから帰ってきた」

と叫んだ。

「由坊……」

お延は、涙で顔をぐしゃぐしゃにぬらしていた。

「母あちゃん、お前がいたことを忘れるところだった……」

「どうしたんだ、おっ母あ。涙なんか出してよ」

「ちょっと、用事があるから、深谷まで行って来る。ちゃんと戸じまりをして待っといで。誰が来てもあけるんじゃあない。いいかい」

「うん……」

「小父ちゃんが来てもだよ」

「小父ちゃんでも……」

「そうだとも。いいね？」

母親の顔色の只ならぬさまは、子供の由松にもつうじたらしい。

「うん」

不安と緊張とに顔を硬張《こわば》らせながらも、由松は、こっくりとうなずいた。

お延は傘もささずに、雨のけむる街道へとび出して行った。

五

その夜更けに、州走熊五郎は単身で深谷宿へ潜入した。

戸数六百に及ぶ宿場町は、きびしい警戒網がしかれ、ことに唐丸籠がかつぎこまれた和泉屋の周囲は護送の一行に加え、宿場町の人足、役人がびっしりとかため、蟻《あり》一匹も這いこめぬと思われた。

小やみにはなったが、霧のような雨がけむる深夜の宿場町の辻々には篝火《かがりび》と焚火《たきび》が燃え、巡回の役人の声がそこここで聞えた。

山猫を押しこめた唐丸籠は、和泉屋の中庭に面した〔唐丸部屋〕とよばれる五坪ほどの土間の中央におかれ、この土蔵ふうの建物のまわりを警固の役人がかため、唐丸籠のまわりにも五名の〔寝ずの番〕がつめた。

ところがである。

州走熊五郎が、この唐丸籠の真上に潜《ひそ》んでいた。

つまり、唐丸部屋の天井にかけわたした太い梁《はり》の陰へ、前日の夕暮れから、守宮《やもり》のように吸いついていたのだ。

熊五郎は大胆不敵にも、旅絵師に変装し、前々日に和泉屋へ草鞋《わらじ》をぬいだ。

こめかみから顎へかけて、ぼってりとつけたつけ髭《ひげ》が人相を巧みに変え、耳のほくろも隠してしまっていた。

翌日は、和泉屋の泊り客も雨の中をみんな出発した。

これは山田藤兵衛の指図によるものであったが、熊五郎は何食わぬ顔をして出発し、すぐにもどって、和泉屋の物置きにかくれ、夕暮れと同時に唐丸部屋の天井へのぼったものらしい。

それは、八ッ半（午前三時）ごろだったという。

いきなり、ばたんと天井から黒いものが土間へ落ちてきたかと思うまもなく、

「ぎゃあっ！」

唐丸籠のまわりにいた手先の一人が、血しぶきをあげてのけぞった。

「誰だっ」

「曲者!!」

「熊五郎かっ」

黒い人影は、魔物のように駈けまわって入口の戸へ心張棒《しんばりぼう》をかけ、土間の柱の掛行燈《かけあんどん》を切りはらい、とびかかる四人をつぎつぎに斬り倒し、蹴倒した。

叫び声をきいてかけつけた人びとが、唐丸部屋の戸をたたき破っているうちに、

「野郎め、くたばれ!!」

熊五郎の脇差は、またたくまに五人の血を吸った。

「山猫の。助けに来たぞ」

ばらりと、籠を包んでいた網を切りとばし、籠の戸をたたきこわして、中の山猫の手をつかみ、

「さ、斬り破って逃げるんだ!!」

用意の脇差を山猫三次の手につかませた。

「おう」

と答えて脇差をとった山猫三次が土間へ躍り出て、こういった。

「州走の熊五郎。待っていたぞ」

「なに!?」

だ、だぁんと戸がたたき破られ、中庭にひしめく捕手の龕燈《がんどう》の光が、さっと土間へ流

れこんだ。

「あっ!! 手前は……」

さすがの州走も仰天《ぎょうてん》した。

山猫だとばかり思って籠から引き出したのは、山田藤兵衛だったのである。

「畜生!! 計《はか》りゃあがったな」

「神妙にしろ!!」

「くそ!! こうなりゃあ……」

やぶれかぶれの州走の斬りこみも、こうなっては駄目だ。

一刀流の名手《めいしゅ》といわれた山田藤兵衛は、このとき五十一歳であったが、

「えい!!」

州走熊五郎の脇差は、たちまちにたたき落され、藤兵衛の刀の柄頭《つかがしら》で、額《ひたい》を打ち割られてしまった。

山猫三次は、そのころ、別の土蔵の中で、この騒ぎを聞きながら、

「兄貴ったら、馬鹿をしやがって……畜生メ、畜生メ……」

と、縛られた躰をもみ、泣きわめいていた。

六

翌早朝に山猫三次と州走熊五郎を押しこめた二つの唐丸籠は、たちこめた深い霧の中をぬって、中仙道を江戸へ向った。

霧の中を沿道の人びとが群れ集り、街道を進む二つの唐丸籠を見物した。

深谷の宿場から、国済寺《こくさい》、新堀をとおって、お延の茶店までは約一里半である。

霧も、いくらかうすれかかっていた。

茶店の前で、お延は、一行が近づくのを待っていた。

お延の両眼はすわっていた。唇のあたりがびくびくと痙攣《けいれん》していた。

彼女の顔は、あたりを包む霧のような鉛色に沈んでいたが、

(あいつの顔を、よっく見てやるんだ!! 私を、こんな目にあわしたあいつの顔を……)

だが〔あいつ〕が、自分の躰を、どんなふうにあつかい、どんなに深いよろこびをあたえたことか、それを思うと、またも、たまらなくなってくる。

(畜生。女のからだというものは、なんて、業《ごう》のふかいものなんだろう……)

霧の幕をやぶって、護送の一行が近づいて来た。

宿はずれのこのあたりでは、見物の人もあまり出てはいなかった。

街道の向う側に二本ずつ並んで植えられた榎の並木のあたりに、二人、三人と早朝に熊谷を発って来たらしい旅人が立って、一行の近づくのを見守っているのみであった。

馬のいななきが、すぐそこまで来た。

先頭は、越後の役人が騎馬で二人。つづいて手先たちが山猫の唐丸籠を囲んで近づいた。お延の目は、ぴたりと、つぎの唐丸籠へすわった。

〔無宿州走熊五郎〕と記した木札がかかった唐丸籠の中に、あの男は傲然《ごうぜん》とあぐらをかき、両腕を首から胴へ縛りつけられ、にやにやと冷笑を浮かべつつ、正面を向いたまま、お延の目の前へやって来た。

二、三歩……お延は憑《つ》かれたように進み出た。

その気配に、籠を囲んだ手先たちがふりむいた。

この手先たちは、山田藤兵衛について来たものらしく、お延だと見て、にっこりと笑いかえして来た。

〔おかみさん、御亭主のかたきをとりましたぜ〕

とでもいいたげな、好意のこもった微笑であった。

中の州走も、ちょいとこっちを見た。まぎれもない〔あいつ〕であった。

〔あ……〕

するどいお延の視線をどう感じ、どう受けとったものか……。

州走の熊五郎はなんの感情も面にはあらわさず、すぐにまた正面を向き、護送の一行とともに遠ざかって行った。

お延の目に左耳のほくろがはっきりと見えた。

(あいつ、あいつの、まあ、なんという白ばっくれた顔……)

お延は、ぎりぎりと歯を噛んだ。

一行の最後に、山田藤兵衛が騎乗《きじよう》でやって来た。

「お延か」

「あ……」

「ようやった。よう知らせてくれたぞ!!」

山田藤兵衛は、馬上から大声にいった。

「向井様もどんなにおよろこびなさることか。おれもうれしい」

「は……」

「追って御ほうびも出よう。いずれ、またな……」

このとき「出るんじゃない」と、家中へとじこめておいた由松が、「おっ母あ!!」ととび出して来た。

馬上にゆられ遠ざかりつつ、藤兵衛がふりむき、由松へ声を投げた。

「坊主。おふくろをほめてやれい」

ほめてやれもなにもない、熊五郎に自分とのことを白状されたら、向井様にも山田様にも、どんな侮蔑《ぶべつ》の目と声を浴びせられることか。

（でも、私とのことを白状すれば、罪がなお重くなるから、白状しはすまい）

と思うそばから、

（いいえ、どっちみち獄門はまぬがれないあいつのことだもの。面白半分に、私のことまで、あの、にやにやとした笑いをうかべながら、得意げにしゃべりたてるに違いない。男なんてそんなものだ）

見つめた自分の視線を受けても、冷然と面を変えなかった熊五郎を見て、お延は、自分の肉体に捺《お》された〔あいつ〕の記憶だけには、もういいみれんをおぼえなくなっていた。

けれども、後悔はいっそうにお延の胸を噛《か》んだ。

お延は由松の手をひき、一枚だけ開けた戸口から、店へ入ろうとした。

そのときである。

「お延さん、お延さん!!」

ふりむくと、護送の一行が、まだ見えている熊谷の方向から、ほとんど霧がはれあがった街道を、一散に駈けて来る男がある。

「あっ!!」

お延は悶絶《もんぜつ》せんばかりにおどろいた。

旅商人の信太郎は息をはずませて駈け寄り、

「すまなかった、遅くなって……どうしても、用事が片づかなかったものでねえ……おや？　お前さん、どうしなすった？」

「小父ちゃん！」

と駈け寄った由松をだき、信太郎は、異常なお延の様子に気づいて眉をひそめた。

お延は、くたくたと戸口の前へ崩れ折れた。

家の中へ信太郎にだき入れられたとき、お延は、かすれた声でいった。

「今の、唐丸籠を見ましたかえ？」

「見た、見た。評判の大泥棒なのだってねえ。昨日、鴻巣《こうのす》の宿場でも大変な噂だったよ」

「それで、信さんは、後の方の籠の中の、州走熊五郎という泥棒の顔を見ましたかえ」

「すれ違うとき、遠くからちょいと見たが、よくは見えなかった。私にとっちゃ、別になんとも気をひかれることがないものね」

「そう、でしたかえ……」

お延は、由松に
「ちょいと表へ行っといで」

と出してやってから、

「ねえ、信さん」

「なんだね？」

「お前さん、江州醒ヶ井《ごうしゅうさめがい》のうまれだとおいいだったけれど……」

「そうだという話だ。なにしろ私は、うまれてすぐに人にもらわれ、八つのときには大坂へ売られて行ったのでね」

「まあ……」

「父親も母親も知らない私だが、なんでも、ひどい貧乏な百姓だったそうだよ」

「信さんには、あの、兄弟が？」

「後で、聞いたんだが、六人も子供があるその上に、双子《ふたご》までこしらえては、食うに食えなくなったのだろう。今じゃ私も両親をうらんではいないよ」

「信さん!!」

　お延は叫んだ。

「お前さんは、あの、双子だったの？」

「大坂の酒問屋へ売られて行ったとき、そこの主人が話してくれた。それまでは、私は、もらいっ子だなどと思ってもみなかったよ」

「そう……」

「うまれた家も、もらわれた家も、みんな貧乏暮し……子供がないからともらったくせに、その子供を売りとばすほどなんだものなあ」

「苦労したんですねえ……」

「だから私は、自分の実家のことも養い親のことも、別に気にかけちゃあいませんよ。けれどもねえ」

と、信太郎は微笑し、

「私と双子の兄貴には、ちょっと会ってみたいと思うねえ。どこに、どうしているんだか……」

お延が、どっと泣きだした。

「どうした？　お前さん、どうしたのだ？」

「いいえ、いいんです、いいんです」

「だって、お前……」

「うれしくって泣いているんだから、いいんです」

朝の陽が、戸口から店の土間へ射《さ》しこんできた。

街道を、深谷の方向から馬子唄が近づいて来る。

お延は、しゃっきりと立ち上り、信太郎にいった。

「さあ、今日は店を開けますよ」

あばた又十郎

一

疱瘡（ほうそう）――すなわち、天然痘《てんねんとう》のことだが、この病気が我国に渡来したのは、およそ千二、三百年ほど前のことだという。

昔は、この病気の流行に世界の人々は手をやいたものだ。

余病を出さぬかぎり、命にかかわるほどの危険さはともなわぬが、あとが困る。

顔や手足に〔おでき〕が出来て、病気が癒《なお》ったあとも、みにくい痕跡《こんせき》を残す。

顔に、この痕《あと》が残ると、いわゆる〔あばた面《づら》〕となる。

この病気も、西暦一七九六年、かのジェンナーの発見した種痘《しゅとう》法の発見によって、ほとんど流行を見なくなったが……しかし、日本においても、ちょんまげ時代には〔あばた〕の顔をした人が、かなり多かったものだ。

女性にとってはむろんのこと、男性にも、みにくい〔あばた面〕が好まれるわけがない。

けれども、例外というものは、いかなる場合にもあるもので、

「しめた!!」

疱瘡《ほうそう》にかかり〔あばた面〕になったことを、大いによろこんだ男がいた。

堀小平次《ほりこへいじ》が、これである。

小平次が、疱瘡《ほうそう》にかかったのは二年前の、三十九歳のときであった。

病状によっては〔あばた〕のあとも、ごくうすくて済む場合があるのだが、小平次のは、まことにひどく、

「あの浪人さんも、気の毒になあ」

病気中に厄介《やっかい》をかけた上州《じょうしゅう》・熊《くま》ヶ宿《じゅく》の旅籠《はたご》〔むさし屋〕の主人・文藤《ふみとう》夫婦にもいたく同情をされたものだ。

「どうも、みにくい顔になってしもうて……」

小平次も、表面では、さもがっかりしたように見せてはいたが、内心では、

(しめた!!)

手をうって、よろこばざるを得ない。

(まるで、おれの顔は、変ってしまったわい。これなら、誰が見ても、わからん)

と言うことは、誰かに見つけられては困る理由が、堀小平次にあったからである。

小平次は、敵《かたき》もちなのだ。

敵を討つ方ではなく、討たれる方なのである。

堀小平次が、津山勘七《つやまかんしち》を斬り殺し、上田城下《うえだじようか》を逃亡したのは、十八年前の享和《きようわ》元年夏であった。

津山勘七は、小平次と同じ松平伊賀守《まつだいらいがのかみ》の家来《けらい》で、役目も同じ〔勘定方《かんじようがた》〕に属《ぞく》していた。

ただし、勘七の方が禄高《ろくだか》も多かったし年齢も一まわり上で、言えば小平次の上役であった。

上田城の北面、鎌原《かんばら》町に、堀小平次も津山勘七も住んでいた。

ときに小平次は二十三歳である。

姉の三津《みつ》は〔鎌原小町〕といわれたほどの美人だから、小平次の方も、まんざらではなかった。

父が病死すると、すぐに小平次は三十石二人扶持《ぶち》の家をつぎ、〔勘定方〕へつとめるようになったが、

「若いに似ず、なかなかに、よう出来た男じゃ、堀のせがれは……」

藩中《はんちゆう》の評判もよかった。

まじめな性格だし、父親ゆずりに筆もたつ。そろばんもうまいものである。

堀家は、祖父の代から〔勘定方〕役目をつとめていたので、城下の町人たちとも知り合いが多く、そういうわけでもあるまいが、

「ぜひに……」

城下の豪商・伊勢屋長四郎《いせやちょうしろう》が、せがれの嫁にほしいと、小平次の姉をのぞんできた。

家老の口ぞえもあって、姉の三津が伊勢屋へ嫁入りをした。その年の夏に、小平次の身に異変が起った。

その事件を、はじめから、くだくだとのべてみても仕方があるまい。

手っとり早く言えば……。

二十三歳の堀小平次が、津山勘七の妻よねと、姦通《かんつう》をしたということになる。

よねは、三十三歳であった。

いつの世にも、こうした事件は起るものだ。

両家は、細い道をへだてて向い合っており、小平次は、少年のころから津山家へ出入りもし、むしろ勘七には、よく可愛がってもらったおぼえがある。

魔がさしたのであろうか。

信州・上田の、さわやかな夏の夜ふけに、よねと何度目かの逢引《あいびき》をするため、小平次は津山家へ忍んで行った。

勘七は、当直で城内へ詰めていて、留守であった。

「小平次どの……」

「よねどの……」

下女も小者もいる。

二人は、よねの寝所で、声をひそめつつ、互いの躰《からだ》をまさぐり合った。

そこへ、突然、津山勘七があらわれたのだ。

どうも、小者が感づいて、事前に二人のことを密告したものらしい。

「おのれ!!」

勘七は激怒した。

「小せがれめが、いつの間に――」

こうした場合には、武士たるもの、慎重《しんちょう》な態度がのぞましいわけなのだが、短気の勘七は、いきなり刀を抜いた。

「あ、ああっ……」

小平次は、もう夢中である。

ただもう、斬られたくはない死にたくないの一念で、勘七の躰へ飛びついていった。

「ぎゃあー……」

すさまじい悲鳴があがり、勘七が板戸を倒したように転倒した。

気がつくと、小平次は勘七の小刀を手につかんでいた。

もみ合ううちに、相手の刀を抜き、それで勘七を刺したものらしい。

よねの叫びと、隣室に寝ていた津山の一人息子の鉄之助《てつのすけ》の泣声とに気づく余裕《よゆう》もなく、堀小平次はもう夢中で我家へ逃げた。

一刻の躊躇《ちゅうちょ》もならなかった。

津山勘七を殺したことを、母の勢喜《せき》に知らせる間もなく、小平次はあるだけの金をつかんで家を飛び出したのである。

それから、十八年たった。

十八年前に五歳だった津山のせがれの鉄之助は、いま二十三歳になっている。ちょうど、小平次が彼の父・勘七を殺害したときと同じ年齢にまで成長しているのだ。

鉄之助は十七歳のときに、殿様のゆるしを得て、父の敵・小平次を討つため、上田城下を出発している。

小平次と通じ合った母のよねは、父の死後、藩奉行所《ぶぎょうしょ》の取調べ中に自殺してしまっていた。

「おのれ、小平次め!!」

津山鉄之助の恨《うら》みは、すさまじいものだという。七歳のころから真蔭流《しんかげりゅう》をまなんで

腕前も相当なものだし、

（もしも出合ったら、とても、おれが勝てよう筈はない）

小平次は、青くなった。

こうした情報は、すべて上田の〔伊勢屋〕方から、小平次の耳へ入ることになっていた。

母は、あの後、親類預けになり、悲しみのあまり翌年の秋に亡くなっている。

だが、姉の三津は、今や伊勢屋の女房であるし、この方には何の〔御構い〕もなかった。

伊勢屋は、松平五万三千石にとって、大切にしなくてはならぬ金持でもある。

「つかまってはいけない。どこまでも逃げのびておくれ」

弟思いの三津は、十八年間にわたって、弟小平次が路用の金に事欠かぬよう、はからってくれている。

一年に一度だけ、小平次は、江戸の日本橋青物町にある呉服屋〔槌屋《つちや》幸助《こうすけ》〕方へあらわれ、姉からの金をうけとっていた。

槌屋は、伊勢屋の親類なのである。

「お気をつけなされませ。あなたさまをつけねらう津山鉄之助というお方はな、この江戸市中の剣術の道場でも、かなり評判の腕前らしゅうございますよ」

今年の春に金をうけとりに行ったときも、槌屋幸助が眉をひそめて小平次に言った。

「ふむ……」

いささか気味が悪くなったが、

「だが、幸助殿。この、おれの顔を見てくれ。昔のおれを知っている松平家の者が、いまのおれを見たとしても、おそらくは、わかるまいよ」

「なるほどなあ……」

「おれが、はじめて、このあばた面を、おぬしに見せたときも、おぬしはわからなかった。たった一年前に見たばかりのおれの顔を、このみにくいあばたの中から見つけることが出来なかったではないか」

首を討たれるという恐怖は今も去らないが、その恐怖の度合いが、だいぶ、うすれてきている小平次であった。

当時、五歳の幼児にすぎなかった鉄之助は、あばた面になる前の小平次を見ても、それとは気づくまい。

だから鉄之助は、小平次の顔をよく知っている叔父の笹山伝五郎《ささやまでんごろう》と共に、小平次を探しまわっているという。

(伝五郎とても、気がつくまい)

小平次には、自信があった。

いっぱいに赤黒い瘢痕《はんこん》がひろがっている自分の顔は、自分が見ても自分ではないような気がする。

（大丈夫だ。何としても、おれは逃げのびて見せるぞ）

旅から旅へ逃げまわる人生は、まことに苦しいものだが、あばたになってからの小平次には、かなりの安心も生まれてきて、

（死なん。おれは決して鉄之助に討たれてはやらぬぞ）

旅はつらいが、酒もあり、女もある。

まして、伊勢屋からの援助で一年の暮しには困らないのである。

今年──文政二年で、堀小平次は四十一歳になっていた。

〔あばた面〕になってからは、小平次も、いろいろな変装をやめ、浪人姿にもどった。

やはり、大小を差している方が心強いからであったし、見つからぬという自信もあったからだ。

名前は、むろん変えていた。

小平次は越後浪人、熊川又十郎という強そうな名前を名乗っている。

（そうだ、熊川又十郎も、おれと同じ、あばた面であったなあ……）

小平次は、ときどき名前を借りた浪人者のことをなつかしく思い浮べることがあった。

熊川又十郎という浪人に出合ったとき、堀小平次は、まだ疱瘡《ほうそう》を患《わずら》ってはいなかったのである。

又十郎と知り合ったのは、四年前のことだ。

二

四年前の、その朝……。

堀小平次は、中仙道《なかせんどう》・今須《います》の宿場の〔大黒屋〕という旅籠《はたご》に泊っていた。

今須の宿は、有名な関《せき》ヶ原《はら》の古戦場から西へ一里のところで、山と山にはさまれた小さな宿場である。

旅籠も〔大黒屋〕が一つきりしかない。

前夜は、少し酒を飲みすぎ、

(油断《ゆだん》をしてはならんぞ、油断をしては……)

そのころは〔あばた面〕でも何でもない小平次であったから、自分をつけねらう津山鉄之助の刃を一日たりとも忘れたことはない。

はっと、眼がさめた。

旅籠の表口で、がやがやと人のさわぐ声がしたからだ。

(何だ?)

追われる身にとっては、日常のすべてに少しの油断もならない。

津山鉄之助が、自分の所在を知って旅籠へ飛び込んで来たかも知れないのだ。

そうでないと、誰が言い切れよう。

番頭や女中の声もまじり、騒ぎの声は大きくなるばかりだ。

小平次は、大刀をつかみ、油断なく身構えた。

(違うらしいな……)

どうも、自分には関係のない騒ぎらしい。

(ともかく起きよう。寝すごしたわい)

廊下へ出た。

小さな旅籠だから、小平次の泊った離れの部屋から、秋草がしげっている中庭を通して、向うに、旅籠の表口から入った土間の一部がのぞまれる。

(何だ!! ありゃア……)

土間には、女中が三人と、主人らしい男や下男たちが、一人の浪人を取巻いて騒ぎたてているのだ。

「払うといったら払う。何も借り倒そうというのではないッ」

後姿しか見えないが、いかにも見すぼらしい浪人であった。

「おれも武士だ。払わんとはいわん!」

浪人が、しぼり出すような異様なひびきをもつ声を張りあげて叫んでいる。

（ははあ……）

小平次も、のみこめてきた。

あの浪人は、金もないのに宿へ泊り、飲み喰いをしたあげく、朝になって逃げ出そうとしたのを旅籠《はたご》のものに見つかったものらしい。

のこのこと、小平次は見物に出かけた。

陽はのぼっているのだろうが、まだ山肌にさえぎられているらしく、表の街道にも冷え冷えとした朝の大気が張りつめている。

「誰か、お役人を……」

主人らしい男が叫んだ。

「黙れ!!」

出て行こうとする下男の襟首《えりくび》をつかんだ浪人者は、

「そのようなことをすれば、斬る!!」と、わめいた。

下男の躰《からだ》は、おそろしい力で土間に叩きつけられた。

廊下の柱の陰から、小平次は、五間ほど向うに見える浪人の横顔を、はじめて見た。

（ほう。こんなやつが、昨夜、此処へ泊ったのか……ちっとも気づかなかったがな……）

年のころは、小平次と同じほどに見えた。

小平次は、息をのんだ。

浪人者は、ひどい〔あばた面〕なのである。

背の高い、やせた躰に紬《つむぎ》の着流しという姿なのだが、その紬の着物も色あせて、ぼろぼろの、ひどいものであった。

刀は脇差《わきざし》を一本、腰にさしているのみであった。

「旅籠賃《はたごちん》と酒代を合せて六十文。きっと払うが、今は無いと申しておる。必ずや、いつの日にか借りを返しに、おれはやって来る。それまで待てと言うのだ」

浪人の声が、変に、かすれたものになった。

「なれど、そのような、無理を……ともあれ、お役人に……」

主人が、必死で言いかけると、

「よし」

浪人の眼が狼《おおかみ》のように光った。

「よし。きまった」と、浪人は言った。

言うと同時に、眼にもとまらぬ速さで腰の脇差を抜き放った。

「きゃーっ――」

女中たちが頭を抱えて、帳場や廊下に突伏してしまう。

「行くなら行け。おれも、もう、この上、恥はかきたくない。こうなれば此処で死ぬ」

おどかしているのではなかった。

浪人は、みんなが目をみはっている前で、いきなり脇差をさか手に持ちかえ、刀を腹へ突きたてたのだ。

このとき、堀小平次が、浪人のうしろ二間のところで見物しに出てこなかったら、浪人の命も、それっきりになっていたかも知れない。

そこは、小平次も侍である。

浪人が刀を突きたてるのと同時に、飛びついた小平次の腕は、脇差を持った浪人の腕を押え込んでいた。

しかし、わずかに浪人の腹から血が走った。

またも女たちの悲鳴が起る。

旅籠の亭主は腰をぬかしてしまった。

「放せい」

喉《のど》がかき裂かれたかと思うような声で叫び、浪人は、小平次を振り飛ばした。

何とも、すさまじい力だ。小平次は土間へころがってしまったのだ。

「ま、待たれい」

小平次が叫んで立ち上ったとき、ふらりと、浪人の躰が土間の上でゆれ動いた。

脇差が、突っ立ったままの浪人の手から、ぽろりと土間に落ちた。

小平次が支《さき》える間もなく、浪人の躰は、すとんと、うつ伏せに土間へ倒れていた。

「あ……」

「この男の借りは、おれが払う。早く、医者を呼べ」

夢中で、小平次は叫んだ。

その浪人者を、なぜ助けてやる気になったのか、堀小平次は自分でもわからなかった。

強いて言えば〔流浪《るろう》の貧しい浪人〕への同情であったかも知れない。

（だが、それのみではなかったのだな……）

四年後の今になってみると、小平次にも、あのときの自分の心の動きが、いくらか、わかりかけてきたような気もする。

武士として、この上、恥をかきながら無銭飲食をつづけて行かねばならぬ身の上を、いさぎよく清算してしまおうとして、あのときの浪人者の脇差が、何のためらいもなく、おのれの腹を突き破ろうとしたとき、

（いかん!!）

衝動的《しょうどうてき》に飛び出し、浪人の腕を押えた小平次の心の中には、一つの感動が火のように燃えたったのである。

一瞬のことであったが……。

（おれにも、これだけの気がまえがあったら……）

これであった。

当時は、津山鉄之助が成人して自分を探し首を討つための旅に出たということを、江戸の〔槌屋幸助〕から聞いたばかりで、

（死にたくない、討たれたくない!!）

その一心で、夜も昼も、躰が宙に浮き上っているような恐怖感に、さいなまれつづけていたのである。

（そうだ。おれにも、あの浪人の気構えがあれば、鉄之助に出合うても、むしろ、こちらから相手を返り討ちにしてやるという、それだけの意気組みも出てこようというものだがなあ……）

残念ながら、四年たった今でも、そんな強い人間にはなれぬと、小平次は、あきらめてしまっている。

あのとき浪人の死を見ることは、自分自身の死を眼の前に見るような気がした……そういう心の動きもなかったとは言えない。

乞食のような浪人が、しかも自分と同じ年ごろの男が、山の中の小さな旅籠の土間で、たった一人、流浪の人生の始末をつけようとした凄惨《せいさん》な姿を、どうしても傍観《ぼうかん》する

ことが出来なかったのだ。

と言うことは、堀小平次が生来は心のあたたかい、気のやさしい男だったことにもよるのだが……。

浪人は、それから旅籠の一室で手当をうけた。

腹の傷は、それほど重いものではなかったらしい。

だが、手当を終えた宿場の医者は、小平次を見て、首を振ってみせた。

「いかぬのか？」

ぐったりと眼をとじている浪人を部屋へ残し、小平次は医者を廊下へ連れ出して訊《き》いた。

「病気でござるよ」

老いた医者は、小平次にささやいた。

医者は、自分の胃のあたりに手をあてて見せ、

「ここが悪《わる》い」と、つぶやいた。

「刀を突きたてなくても、あと一月はもちますまい」

「そうか……」

その夜も、小平次は大黒屋へ泊った。

翌朝になって、浪人の病室をおとずれると、

「やー、これは……」

床の上から首をもたげて、浪人が微笑をした。弱々しい笑いであった。

顔いちめんの、みにくい〔あばた面〕なのだが、よく見ると、ととのった顔だちで、浪人暮しの垢《あか》も、あまりついていないように見うけられた。

「お世話をかけ申した」

「いや……いかがでござる」

「これまででござるよ」

「え……?」

「貴公、無駄なことをなされたものだ」

「…………」

「それがしは、どちらにしても、もう永い命ではなかったのに……」

「なれど……」

「いや、お心はありがたく……死にのぞんで、それがしは今、久しぶりに、人の心のあたたかさを噛みしめておるところだ。行きずりのそれがしを助けてくれた貴公の……ありがたい。この、ありがたいという気持を抱いて死ねることは、それがしにとって、思うても見なんだ幸せというものでござる」

医者からきいていることだし、小平次も、浪人に向って何も言うことが出来なかった。

（いったい、どういう経歴《けいれき》をもつ男なのか……）

それとなく訊いてみようと思い、看病をしてやりながら話をそこへ持って行くと、浪人は、かすかに笑って、

「それがしの身の上など、お話しすべき何物もござらぬ」

そして、また、うつろな眼《まな》ざしを天井《てんじょう》に向けたまま、黙り込んでしまうのであった。

あばたの顔の色は、もう鉛《なまり》のように変り、吐く息もせわしなくなってきて、その日の夕刻には、おびただしい血を吐いた。

「こりゃ、もういかぬわ」

浪人は苦笑をして、

「急に、さしせまってまいったようだ」

「何の——案じられるな」

「貴公、お急ぎの旅ではござらぬのか？」

「いや、その……」

小平次は、あわてて首を振った。

「それがしも浪々の身で……」

「左様か……それにしても、貴公は、路用の金にお困りではない。けっこうな御身分じ

や」

「すまぬ。浪人してから口が悪うなってなあ……」

「何を言われる」

翌朝は、雨だった。

音もなく降りしきる秋の雨を、浪人は見たいと言った。

小平次と女中が障子をひらいてやると、浪人は、ややしばらく、中庭の草にふる雨を見つめていたが、

「せめてものお礼ごころ、名前だけはおきかせ願おうか」と言った。

「申しおくれた。それがしは……」と、言いかけて、小平次は口をつぐんだ。

女中もいることだし、本名を名乗るわけにはいかない。そこで、宿帳に書いた変名を名のると、浪人は、にやりとして、女中を去らせてから、

「それは、まことのお名前ではござらぬな」

「いや、それは……」

「まあよいわ。貴公にも、いろいろ御事情があると見える。人それぞれに、いろいろとな……だが、それがしは、もはや死ぬ身だ。ありのまま、本名を名乗ろう」

「……」

「熊川又十郎と申す」

「うけたまわった」

「いかいお世話になり申した。ありがとうござる」

「何を言われる」

「さて――そこにある、それがしの脇差、おうけとり願いたい」

「めっそうもない」

「旅籠賃のかわりには充分になる代物《しろもの》だ。なれど、大刀は売っても、この脇差だけは売れぬ……いや、手放せぬわけが、それがしにもござってな」

「はあ……」

「もはや、こうなっては、その脇差に用もない。おうけとり下され」

「もしも、身寄りの方でもござるなら、それがしがお届けしてもよろしいが……」

「ばかな……」

又十郎は吐き捨てるように言った。

「二十年前より、この熊川又十郎は、一人ぼっちとなったのでござるよ」

「……？」

「その脇差、さしあげるが……なれど、身につけずに売ってしまった方がよろしい。何せ、縁起《えんぎ》の悪い脇差ゆえなあ……」

「……？」

「売って下され、たのむ」

「……?」

「売った金で、酒などくみ、それがしのことを思い出して下さるなら幸せでござる」

くどく訊《き》いても、わけは話さぬにきまっている。

やがて、堀小平次が昼飯をしに行き、すましてから又十郎の部屋へ戻ってみると、又十郎は、しずかに息をひきとっていた。

浪人の脇差は〔伊賀守金道〕の銘刀《めいとう》であった。

寛永年間に禁裡《きんり》御用をつとめたといわれる初代金道作のうちでも見事なものだということが、鑑定《かんてい》してもらってわかった。

そうなると、売る気にもなれず、あの浪人の形見だと思い、小平次は今も、この脇差を腰にしているのだ。

二年前に疱瘡にかかり〔あばた面〕となったとき、

(おれも、熊川又十郎と同じ顔になってしまったな)

ふしぎな因縁《いんねん》だと思った。

(そうだ。これから俺は、熊川又十郎になってしまおう。下らぬことで一生をあやまった堀小平次の一生を捨ててしまうのだ!!)

何となく明るい気持になった。

三

また、二年たった。

津山鉄之助は、二十五歳になっていた。

父の敵《かたき》・堀小平次を、まだ見つけ出すことは出来ない。

「上田の伊勢屋が、小平次めの居所《いどころ》を知っているに違いないと、それはわかっておるのだが……」

鉄之助の叔父・笹山伝五郎も手をこまぬいている。

もちろん、伊勢屋への探索《たんさく》は行なっていた。

むかし、津山家につとめていた下女の孫娘を長久保の村からひそかに呼びよせ、これを、上田城下の伊勢屋長四郎方へ奉公させてある。

現在の伊勢屋の主人は、小平次の姉・三津の夫である。

夫婦仲もよく、四人の子をもうけていた。

そういうわけだから、伊勢屋長四郎が女房の弟である堀小平次を何かと助けてやっているらしいことは、誰にも想像がつく。

「津山のせがれな、あれは敵を討てぬまま一生を終えてしまうやも知れぬぞ」

「何しろ、伊勢屋が敵の後楯《うしろだて》をしているのではなあ」

上田藩の侍たちも、こんなうわさをしているほどだ。

伊勢屋は城下屈指の米問屋であるし、上田藩とも密接な関係を有している。

家老や重臣たちとのつきあいもひろい。

このころになると、大名も武家も、商人の実力に圧《お》されがちになっており、商人との政治的なつながりがなくては、藩の経済が成りたたぬというところへきている。

伊勢屋のような富豪《ふごう》は、上田藩でも大切にあつかわなくてはならない。

だから、いきおい、津山鉄之助へ対する藩の態度は冷めたかったと言えよう。

「妻を寝とられたあげく、おのれの命までもとられたとは、津山勘七も男を下げたものじゃ」

当時、家老のひとりが苦々しげにもらしたということだ。

鉄之助の敵討をゆるしたものの、積極的な応援を、藩はしてくれない。

その上、殺された津山勘七よりも、殺した堀小平次の方に人気があって、

「堀のせがれも手を出したのは、津山の妻女の方からだということだ」

「小平次も、あのようなことで一生をあやまり、気の毒にのう」

「この上は、何とか逃げのびてもらいたい。わしは、ひそかに、そう思うとる」

短気で、ゆう通のきかなかった津山勘七ばかりか、鉄之助までも、まことに損な立場におかれている。

けれども〔敵討〕は、封建時代における一種の刑罰制度である。

上田領内で人を殺したものが、他の大名の支配する領土へ逃げ込んでしまえば、そこには別の制度があり、別の国がある。

そこで敵を討つ方も、一時は浪人となり、主家を離れた自由な立場になった上で〔敵討〕が行なわれるのだ。

〔敵討〕の物語はいくつもある。

殺した方に正当な理由があり、殺された方が悪い場合だって、むろんあるわけだ。

けれども〔敵討〕のおきてがある以上、武士たるものは、討つ方も討たれる方も、その後に来る馬鹿馬鹿しい苦労を考え、殺人をせずに何とかすませるという理性を持っていなくてはならない。

いや、その理性を求め、殺人事件を起さぬように願えばこそ〔敵討〕のおきてが決められたとも言えよう。

まったく、逃げる方も苦しいが、追う方も苦しい。

うまく短い月日のうちに敵の首をとることが出来ればよいが、二十年、三十年かかってやっと敵を見つけ首を討ったときには、自分も旅の空で人生の大半を送り、白髪の老人となってしまった、ということもある。

それでも討てるならまだよい。

一生かかって見つからぬこともある。

見つけても、反対に、こっちが斬られてしまうこともある。いわゆる〔返討〕だ。

しかし、とにかく、武士たるものは敵を討たねば、自分の領国へ戻れず、殿様の家来《けらい》として暮すことも出来ないのだ。

「必ず、おれは、小平次を見つける!」

津山鉄之助は、まだ若い。

それに、父と母を同時に失った恨《うら》みは激しい。

腕にも自信はある。まず、小平次の返討にあうことはないと言えよう。

鉄之助と、叔父の笹山伝五郎は、この八年間に、日本国中を歩きまわってきた。

叔父の伝五郎は、もう五十に近く、

「わしが死なぬうちに、小平次を見つけぬことにはな。何せ、お前は、あいつの顔をおぼえておらんのだから……」

このごろでは、心細いことを言い出すのである。

文政《ぶんせい》四年の夏となった。

津山鉄之助は、叔父と共に、一年ぶりで江戸の地を踏んだ。

大坂にしばらく住み、堀小平次を探していたのである。

二人は、浅草阿部川町・本立寺裏の長屋に居をさだめた。

日本橋青物町の呉服屋〔槌屋幸助〕が、伊勢屋の親類であることは、すでにつきとめてある。

「叔父上は、槌屋を見張っていて下され」

「むだではないかなあ。すでに、江戸へ来るたび、槌屋へ探りを入れてあるが、何もわからなかったではないか」

「いや、きっと槌屋は、小平次めとかかわりあいをもっておると、私は睨《にら》んでおります」

「そうかのう……」

二人とも、暮しは苦しい。

敵討の費用も、信州・飯山《いいやま》藩にいる親類が助けてくれているのだが、このごろでは、あまりいい顔をしなくなってきている。

「この上、敵が見つからぬとあれば、わしもお前も、どこかの大名屋敷へ仲間奉公でもしながら、小平次めを探すよりほかに道はないのう」

笹山伝五郎が、こんなことを言う。

「叔父上には、御苦労をかけて、申しわけありませぬ」

「何の――わしにとっても兄の敵じゃ」

そう言ってはみても、養子に出て笹山の家をついだ伝五郎には、妻も子もある。

八年も旅をつづけていると、もう兄の敵など、どうでもよいと思うことさえあるのだ。

「なかなかに、見つからぬものじゃな」

こぼしながらも、笹山伝五郎は、毎日、日本橋へ出かけて行った。

槌屋の店先を編笠《あみがさ》で顔を隠《かく》しつつ、何度も往来《おうらい》する。

近くの路地にある〔一ぜん飯屋〕などへ入って、それとなく槌屋方のうわさを訊き出そうとこころみる。

いずれも、駄目であった。

「同じことじゃ」

夏もすぎた。その日の夕暮れ、笹山伝五郎は槌屋の前を通りぬけ、阿部川町の長屋へ帰ろうとして、ぼんやり歩いていた。

秋の、もの哀しい夕暮れだ。

夕焼けのいろが、伝五郎にとって、ひどくさびしいものに見える。あわただしい人の往来を縫って歩いていると、向うから、身なりのよい浪人風の侍が歩いて来るのに気がついた。

(浪人でも、あんなのがいる。金をもっているのだな。名ある剣客《けんきゃく》ででもあろうか……)

すぐ近くまで来て、その浪人が、みにくい〔あばた面〕であることに、伝五郎は気づいた。

（あばたでも、こんなひどいのがあるのかのう、気の毒に……）

そんなことを思いながら、笹山伝五郎は、その浪人とすれ違い、とぼとぼと夕闇の中へとけ込んで行った。

四

笹山伝五郎とすれ違った浪人は、堀小平次であった。伝五郎は編笠をぬいでいたし、小平次も何気なく歩いて来て、眼前に伝五郎を見たときは、全身の血が凍りつくかと思った。

（見られた!!）

逃げようにも逃げられぬ近間《ちかま》であった。

（いかぬ）

さっと、ななめ横に身を逸《そ》らしつつ、刀の柄《つか》に手をやりかけたが、

（おや……）

すたすたと、伝五郎は遠去かって行くではないか……。

（伝五郎め、気がつかぬ）

嬉しかった。

（よかった。おれは、あばた面になって、まことによかった）

笹山伝五郎は、まだ老いぼれて眼がかすんだというわけではない。

眼と眼を合せても、わからなかったのだ。

（もう大丈夫だ。これで、おれが両刀を捨てて町人姿になったら、もはや……）

もう絶対に見つけ出されないという自信を、堀小平次はもつことが出来た。

事実、近いうちに、小平次は武士をやめることになっていたのだ。上田の姉が、槌屋幸助を通じて、こんなことを言ってきたのである。

「お前さまも、もう顔つきが、まったく変ってしもうたということではあるし、いっそ、思いきって、両刀をお捨てなされ、何か小商いでもはじめたらいかがなものか？その決心がついたなら、商売をするための金は、こちらから出してもあげましょう」

これには、槌屋幸助も大賛成であった。

「旅から旅へ逃げまわるよりも、いっそ江戸へ腰を落ちつけなすった方が、かえって安全かも知れませぬ。いや、それにもう、あなたさまの顔を見つけ出すなどということは……大丈夫、この幸助がうけあいましょう」

永年、腰にさしつづけてきた両刀を捨てて、前だれ姿になり、客にぺこぺこ頭を下げて暮すなどということは、考えても見なかった堀小平次なのだが、そう言われて、

（よし、思いきって、そうするか）

決意をかためたのには、わけがある。

小平次に、恋人が出来たのだ。

もちろん、旅の空で行きずりのままに抱く女たちとは違う。

そのころ、堀小平次の江戸における住居は、日本橋新和泉《いずみ》町にあった。

ここに、豊島屋平七《としまやへいしち》という薬種店がある。

小石川にある豊島屋が本店で、そこから別れた、つまり支店のようなものだが〈家伝・痔《じ》の妙薬――黄金香〉という薬が評判をとり、なかなかよく売れる。

この豊島屋平七の家の離れに、堀小平次は暮していた。

すべて槌屋幸助の世話によるものであった。

豊島屋で暮すようになってから、小平次の痔病が、すっかり癒《なお》ってしまったので、

「幸助どの、よいところを見つけてくれた。おかげで、ほとんど尻の痛みもとれたし、出血もとまった」

小平次は、槌屋へ来て、こんなことを言い出した。

「永年、旅をつづけていると、どうも躰《からだ》にこたえる。おれも今年で四十三になってしもうたよ。いいかげんに、このあたりで落ちつきたいものだ」

「そうなさいまし。もう、その、こう言っちゃア失礼でございますがね、あなたさまの

お顔を見て、気づくものはありゃアしませぬ」

「それでだ」

「はあ？」

「妻をもらおうと思う」

「へえ……なるほど、それは知らなかった。心当りの人でもございますかね」

「ある!!」

「どなたで!!」

「豊島屋の女房の妹だ」

「あ——あの、出戻りの……」

「子供が出来ぬというので三年も連れそったのに離別されたという、あのお新《しん》さんだ」

「へえ、へえ」

「とんでもない」

「何がで？」

「いや——子が出来ぬ女ではない。あれは、その向うの、前の亭主の方が悪いのだ」

「よく、そんなことがおわかりになりますね、旦那に……」

「いまな、お新は、ちゃんと子をはらんでおる」

「へ……？」

「おれの子だよ」

こう言って、堀小平次は柄にもなく顔を赤くした。

あばた面だから赤くなると、かえって顔の色が、どす黒く見える。

「こりゃ、どうも……おどろきましたね」

「去年、久しぶりで江戸に戻り、おぬしの世話で、豊島屋の離れに住むようになったとき、おぬしも知っての通り、おれは、この痔《じ》の痛みで居ても立ってもいられなかったものだ」

「なればこそ、ちょうど幸い、痔の妙薬の黄金香を売っている豊島屋が、私の古い友達ゆえ、あなたさまを……」

「うむ。それでだ。さすがに、豊島屋の薬はようきいた。その薬を、おれの尻に塗ってくれ、まめまめしく、おれを看病してくれたのが、お新さんだ」

「ほほう……」

「出戻りと言うても豊島屋の女房の妹だ。何も、そう働かぬでもよいのだが、まことによく出来た女じゃ。もう毎日毎日、女中と共に、朝早くから夜おそくまで、働きぬいておってな……」

働きもののお新のような女が、遊び好きの前の亭主には面白くなかったのかも知れない。

お新が、下谷の婚家先を追い出されたには、いろいろわけもあろうが、それにしても、堀小平次とお新が、病気の看病にことよせ、互いに情熱をかたむけ合うようになったのは、もう半年も前のことである。

「さようでしたか」

槌屋幸助は、一度見たことがあるむっちりと肉《しし》づきもゆたかな女盛りのお新の躰を思い浮べつつ、

(堀の旦那も、案外に手の早い……)と思った。

(あばた面)でも、もともと堀小平次は美男の方へ入るだけの顔だちをもっているのだし、心情もやさしいところがある。

永年、旅へ出て苦労もしているから、侍くさい固苦しいところがなく、気さくであった。

お新も、さびしい日を送っていたところだし、彼女の二十四歳の肉体に、小平次が火をつけるのに手間はかからなかったようだ。

美人というのではないが、唇のぽってりとした、肌の白いお新なのである。

「おれは、大小を捨てるよ」

小平次は、お新の肌の香に何もかもうめつくし、女にささやいたものだ。

「大小を……？」

「捨てて、町人になる。槌屋でも、そうすすめてくれておるのだ」

「まあ……」

「いかぬか……？」

「でも……そんな、もったいない……」

「何の、お前のためなら、どんなことでもするぞ」

中年になってからの恋だけに、小平次も熱の入れ方が違う。

若者の恋とは違う情熱なのだ。

女と共に落着いた家庭をもち、平和にこれからの余生を送りたいという熱望があるだけに、女の心も動かされ、それまでは、まさか小平次と夫婦になれようと思っていなかったお新は、

「嬉しい、あたし……」

もう夢中になってきている。

豊島屋夫婦も二人のことを知っているらしいのだが、何も言わない。

出戻りのお新を、あわれに思っているらしい。

こうしたさなかに、堀小平次は、槌屋の近くで笹山伝五郎とすれ違ったのである。

(危ない、危ない……)

胸をなでおろすと同時に、

(大丈夫。見つからなんだわい)

自信が強くわき上ってきた。

年があけて、文政五年の正月から、小平次とお新は、深川八幡近くへ、小間物屋の店をひらくことにきまった。

しかし、こうなっても、さすがに小平次は自分の身の上を打ちあけてはいない。

「越後浪人の熊川又十郎」だと、豊島屋にも、お新にも名のっていたのだ。

五

木枯《こがら》しが鳴っていた。

「それにしても、くれぐれも油断なきように……」

と姉は言ってきている。

感慨《かんがい》ふかいものがある。

何と言っても四十年もつづけてきた武士を捨てて小間物屋の主人になるというのだ。

物理学者が左官《さかん》職人になるほどの転向と言えよう。

お新と二人で暮す家も見つかった。

明日から小平次は町人姿となり、お新と共に本所の小間物屋へ通い、商売の仕方を習うことになっている。

豊島屋夫婦も大よろこびであった。

「又十郎さまのおかげで、妹が、このように幸せになろうとは……」

豊島屋の女房はそう言って、感涙《かんるい》にむせんだものだ。

(もうすぐに、正月だなあ……)

その日──文政四年十二月十日の昼下りであった。

堀小平次は、槌屋幸助の店へ行き、上田から送ってきた金五十両を受けとり、新和泉町の豊島屋へ帰るところである。

「お前さまが、その気になってくれて、姉は何よりも嬉しく思います……」

金にそえて、姉の手記もとどけられていた。

朝から、ひどく寒い日であったが、堀小平次の胸のうちは、あくまでも明るくふくらんでいる。

(いよいよ、明日からは、大小も捨て、髪《かみ》をゆい直し、縞《しま》の着物に前かけをしめるのか……)

(そうだ。おれの首をねらう津山鉄之助がおるかぎり、気をひきしめていなくては……)

思うそばから、何、もう大丈夫という気持になってくる。

(いかぬ、気をゆるしては……第一、おれは三カ月ほど前に、江戸で鉄之助の叔父に行

き合したではないか、鉄之助はいま、江戸におるのだ）

そのことは、槌屋幸助にだけは話しておいた。

幸助は、ややしばらく沈思していたが、

「これは……何でございまする。私がしゃべらぬかぎり、もう大丈夫と見てよろしいのではありませぬか」

と、言ってくれた。

旧知の笹山伝五郎が見ても、わからぬ小平次の〔あばた面〕なのだ。

「かえって、江戸にいた方がよろしゅうございましょう。向うの方でも、いつまでも江戸を探しまわってもいられますまい」

「そうだな」

あとは槌屋方の店のものや下女たちの口からもれることだけを用心すればよい。

もちろん、年に一度か二度、槌屋をおとずれる浪人が、敵持の堀小平次だとは店のものも知らぬし、幸助の女房でさえ知らないのだ。

「あの方は、私が伝馬町《てんまちょう》へ奉公をしていたとき、出入り先のお旗本《はたもと》の次男坊でいられたお方でな。いまは、わけあって家を出ておられるのだが……」

幸助は女房にもそう言ってあった。

「お新さんと世帯をおもちになったら、もう二度と、私方へはお見えにならぬ方がようございますよ」

と、槌屋は念をおした。

「わかっておる」

「私の方で、そちらへ、ときどきうかがいましょう」

「めんどうをかけたな、いろいろと……」

江戸橋をわたり、堀小平次は、堀江町と小網町の境にある道を通り、親父橋《おやじばし》をわたった。

橋をわたり切ったところに、稲荷の社《やしろ》がある。

橋の上に立つと、道をへだてて六軒町の長屋が見え、さらに眼を転ずると、鎧《よろい》の渡しのあたりで渡し舟が波の荒い川を、のろのろわたっているのも見えた。

人通りも、風がつよいので少なかった。

堀小平次は、橋をわたり、にこにこしながらなにげなく稲荷の社の前に行き、銭を賽《さい》銭《せん》箱に入れ、ぽんぽんと手をうちならし、頭を下げた。

心が爽快《そうかい》なので、ふっと、こんなまねをしてみたかったのであろうか。

「もし……」

このとき、小平次の背後に声があがった。

「……!?」

振り向くと、ぼてふりの魚屋らしい若い男が近づいて来た。

魚屋の顔は、まっ青《さお》になっていた。

(何だ⁉　こいつ……)

小平次は、いぶかしげに、一歩近づき、

「何だ⁉」

「あの──熊川又十郎様で！」

「さよう。いかにも熊川又十郎だが……」

思わず小平次がうなずくと、

「へえッ──」

魚屋が、横っ飛びに逃げた。

(や……！)

はっとした。

その堀小平次の横合いから、

「山本吉弥《やまもときちや》だ‼」

ぱっと躍り出したものがある。

「何‼」

「父の敵《かたき》、熊川又十郎。覚悟しろ」

父の敵とよばれて愕然《がくぜん》とした小平次は、あわてて飛び退りつつ、

「な、何を言うかッ」

見ると、相手は若い浪人風の男であった。見おぼえは、全くない。

山本吉弥などという名にも、おぼえはない。

「覚悟!!」

若い浪人は両眼をつりあげ、蒼白となった顔をひきつらせ、

「おのれ、又十郎。亡父より奪《うば》いとった金道の脇差を、よくもぬけぬけと腰にしておったな!!」

と叫んだ。

人々の声が、ざわざわときこえた。

魚屋にたのみ、わざと声をかけさせたのも、この若い浪人に違いない。

六軒町の長屋の入口にある番屋から、番人が走り出て行った。役人にこのことを告げに行ったらしい。

「えい!!」

若い浪人の斬込みは、激しかった。

「あ……!」

小平次は、親父橋の上へ逃げ戻ったとき、

（そうだったのか。あの浪人は、あの熊川又十郎は、おれと同じ敵持だったのか……）

一瞬、電光のように感じたが、すでに遅《おそ》かった。

「えい、やあ……」

躍り込んで来た若い武士の狂気じみた顔が、ぐーっと眼の前にせまってきて、

「あっ」

小平次も夢中で太刀を抜き合せたが、

「うわあ……」

顔と頭を、鉄棒か何かで力いっぱい撲《なぐ》りつけられたような衝撃で、眼の前が暗くなった。

「ち、違う……おれは違う。おれは、又十郎ではない……おれは、堀小平次と申すものだ……」

懸命に叫んだつもりだが、もう無駄であった。

たたみかけて振りおろす若い武士の刃は、ようしゃなく、橋板に倒れ伏した堀小平次を斬りに斬った。

越後《えちご》・村上五万石の領主・内藤豊前守《ないとうぶぜんのかみ》の家来、山本吉弥が、親父橋橋上において父の敵・熊川又十郎の首を討ち、首尾よく本懐をとげたという事件は、たちまちに江戸市中へ、ひろまって行った。

山本吉弥も、敵の顔を知らなかったのだ。

吉弥が三歳のときに、父親は熊川又十郎に斬殺《ざんさつ》されたもので、敵を討つまでに、二十年の歳月を経ているといううわさであった。

六年前に、堀小平次が、中仙道・今須の宿で、本物の熊川又十郎と泊りあわせなかったら、このようなまちがいもおこらなかったかも知れない。

小平次は、お新と共に、うまく津山鉄之助の追跡《ついせき》から逃れ切って、幸福な一生を終えたかも知れない。

「うちのお新がねえ、ほら、うちでお世話をしている御浪人の、熊川又十郎様と晴れて夫婦《めおと》になることになりましてねえ」

豊島屋の女房が、嬉しさのあまり、近くの髪ゆいへ行ったとき、何気なく語ったのが運の尽きであった。

山本吉弥は、この髪ゆいの裏手の長屋に住んでいたのだ。

だが無理もない。豊島屋の女房は、堀小平次の身の上も知らず、あくまでも熊川又十郎という越後の浪人だとしか思ってはいなかったのであるから……。

山本吉弥は、よろこび勇んで、小平次の遺髪をふところに入れ、故郷へ帰って行った。

江戸の町奉行所でも、敵討の現場を取調べた結果、間違いなしということになったのである。

豊島屋夫婦も、お新も仰天《ぎょうてん》した。

「又十郎さまが、敵持だとは……」

お新は、泣きくずれ、ついに失神した。

槌屋幸助だけは、つくづく嘆息して、

「こういうことも、あるものなのだなあ……」

上田の伊勢屋の御内儀《ごないぎ》を何となぐさめてよいのやら……と、幸助は困惑し切っていた。

この敵討のうわさは、浅草阿部川町の裏長屋にもきこえてきた。

「うらやましいのう」

笹山伝五郎は、ためいきをもらし、

「それに引きかえ、我々は、まだ敵の堀小平次を見つけ出せぬとは……」

「叔父上。もう言うて下さるな」

津山鉄之助は、伝五郎の声をさえぎった。

まだ二十五歳だとは言え、鉄之助の顔には、敵を追いつづけて八年も旅の空に暮しつづけてきた疲労と悲哀がただよっている。

鉄之助は、あふれ出そうになる涙を、やっとこらえて、

「叔父上。明日から、また旅へ出ましょう。今度は奥州《おうしゅう》をまわってみたいと存じます」

と言った。

喧嘩あんま

一

「むさくるしい按摩《あんま》だな。おい、こら。きさま、手を洗ってきたか!!」

豊《とよ》ノ市《いち》は、部屋の障子をあけたとたんに、怒鳴《どな》り声をあびた。

中年の男の濁声《だみごえ》であった。

目が見えなくても、豊ノ市には、その声の主が侍だということはすぐにわかった。

だから、じっと癇癪《かんしゃく》をおさえ、

「へえ、へえ、洗《あろ》うてまいりましてござりまする」

平《へい》つくばるようにして、おそるおそる部屋に入った。

おそるおそるというのは、なにも客の侍を恐れているわけではない。

豊ノ市は、自分自身の人なみはずれた短気の爆発を恐れていたのであろう。

「どうも、きさまのようなむさい奴に躰をさわられるとたまらん」

「おそれいりまする」

「もっと、ましな奴を、なぜ呼ばぬのか。女あんまでも呼べばいいのに、宿の者も気がきかぬ」

客は一人きりらしい。

豊ノ市は、唇をかみしめ、六尺に近い巨体をちぢめて、顔をうつむけたまま、身じろぎもしなかった。

何度も、こういうおもいをしている豊ノ市なのだが、そのたびに、煮えくりかえるような激怒とたたかわねばならない。

相手が侍でなければ、一も二もなく、

「そんなに、おれにもまれたくないなら、やめにしろ」

怒鳴り返し、さっさと部屋から出てしまうところだ。

だが、二年ほど前、侍の客へ口答えして「無礼者!!」という一喝《かつ》とともに、豊ノ市は廊下へつまみ出され、階段から蹴落されたことがある。

そのときに、豊ノ市は腰と足をひどく打ち、腰のほうも寒くなると痛むが、右足の骨がどうにかなり、今では跛《びっこ》をひくようになってしまっている。

「これに懲《こ》りて、もうもう決して、お客さんと喧嘩をしてはいけないよ。もし、お前さんがそうなってごらん、私も、お美代《みよ》も生きてはいけないからね」

女房のお伝《でん》が、そのときには真剣になって、豊ノ市へせまった。

「約束をしておくれ、もうきっと喧嘩はしないという約束を、不動様《ふどうさま》にしておくれ」

不動明王《ふどうみようおう》は、亥年《いどし》うまれの豊ノ市の守り本尊であって、小さな家の仏壇のそばにお札《ふだ》が祀《まつ》ってあるのだ。

その前で、豊ノ市は誓いをたてさせられた。

(まったくだ。侍などに楯《たて》をついては、首をちょん斬られるということもあるからなあ、そんなことになったら、女房と子供が大変なことになる)

しかし、それからも豊ノ市の癇癪はおさまったわけではない。

按摩として、この東海道・藤沢《ふじさわ》の宿《しゆく》へ住みついてから、もう七年になるのだが、……喧嘩《けんか》あんまの豊ノ市……の評判は、まだ絶えていない。

それでいて、けっこう名ざしの客がいるのは、やはり豊ノ市の〔あんま術〕が、すぐれていたからであろう。

しかし、なじみの客は旅人でなく、藤沢宿に住む人に多い。

「豊ノ市をよんで、もしまた喧嘩沙汰をひきおこされてはたまらない」

というので、旅籠《はたご》では、客のもとめに応じるときには、別のあんまをたのむことが多いのだ。

この夜もおそくなって、藤沢宿の旅籠〔ひたち屋権右衛門〕方へ泊った旅の侍が、

「あんまをよべ」

といったときも、〔ひたち屋〕では、別のあんまをたのんだ。

ところが、その日は、江ノ島まいりの講中《こうじゅう》が三組も宿場の宿々へ泊っていて、あんまが全部出はらっているという。

「早くせい、早く」

その侍が、やかましく催促するので、

「お侍さまならば、豊ノ市も気をつけていることだし、間違いもおこるまい」

こういうことになり、豊ノ市が呼ばれたのである。

二

「ま、いい。早くもめ」

侍にいわれ、豊ノ市は一礼して、床《とこ》の上に寝そべっている侍の躰へとりついた。

侍は、したたかに酒気をおびている。

一滴《いってき》も酒をやらない豊ノ市は顔をしかめて、もみにかかった。晩春の夜で、部屋の中はむしあついほどであった。

「もっと、しっかりもめい」

「へえ……」

「きさま、下手《へた》くそではないか」

「へえ……」

「へえだと……下手を承知であんま稼業《かぎょう》をしておるのか。では、きさま、けしからん奴だな。ええおい。きこえとるのかっ」

「はい」

「けしからんやつだと申しているのだ」

「は……」

侍は、しきりに豊ノ市へからんできた。

酒ぐせがよくないらしい。

「なんだきさま、毛むくじゃらの海坊主のような、蛸入道《たこにゅうどう》のような面《つら》をしておるくせに、そんなもみ方しかできんのか。強くもめ、もっと強くもめというのだっ!!」

いきなり侍は、足をもんでいる豊ノ市を蹴とばした。

それでも、豊ノ市は我慢をしてまたも侍の足にとりつき、力をこめてもみだした。

「痛い」

侍はとび起き、豊ノ市の顔をつづけざまに撲《なぐ》りつけた。

「なにをいたされますかっ」

ついに、豊ノ市も逆上してしまった。

「な、な、なんだときさま……おのれ!! あんまのぶんざいで……」

「いかに、めくらのあんまだとて、あまりの御非道《ひどう》には、だ、だ、黙ってはおられませぬ」

「おのれ」

「あんまだとて、人間でござりますっ」

「おのれ」

「めくらの片輪《かたわ》ものをおなぶりなされるのが、さ、さむらいの道でござりますかっ」

怒りだすと、豊ノ市は夢中になり、相手が侍だろうが、大名だろうが、少しもおそろしくなくなってくる。

「ぶ、無礼者!!」

たたみかけられて、その侍は豊ノ市の、するどい舌鋒《ぜっぽう》にいい負かされ、まっ赤になって立ち上るや、

「来いっ」

豊ノ市のえりをつかんだ。

「なにをするのだ」

懸命にこれをふり払って、廊下へ逃げ出そうとする豊ノ市のうしろから、

「待てい」

侍は、身をかえし、まくらもとの大刀をつかんだ……いや、つかもうとしたのだ。

「ややっ……？」

無い。

大刀も小刀も、まくらもとから消えているではないか。

「あっ……」

きょろきょろと、侍は部屋中を見まわした。いくら見まわしても無いものは無い。

侍は、まっ青になった。

武士が大小を盗まれたということは、まことにもって重大事である。

このことは、豊ノ市も知らない。

斬られると思い、無我夢中で廊下へよろめき出ていたからだ。

廊下のそこここで人ざわめきがする。

宿の女中の叫び声もした。

「お、お助け、お助け……」

こんどこそは、おれも死ぬかもしれないと思い、豊ノ市は両手を泳がせ、足もともしどろもどろに、廊下を逃げようとした。

「こっちだ、こっちだ」

そのとき、豊ノ市の腕をつかみ、かかえこむようにして手をかしてくれたものがある。

「さ、早く来なせえ」

その男は、すばやく廊下から中庭へおり、片腕だけで大きな豊ノ市の躰を引きずるようにして庭をすすみ、木戸をあけて、裏手の小路へ出た。

出たとき、その男が、宿の中のざわめきに向って、

「女中さん、おいらの勘定は部屋の中においてあるぜ」

と、叫んだ。

三

豊ノ市は、藤沢宿《じゅく》に近い引地《ひきじ》村の百姓家の納屋《なや》で暮していた。

納屋といっても、もうここに住みついて七年にもなるのだから、手入れもしてあり、改造もさせてもらい、女房のお伝と、五歳になる娘のお美代との三人暮しには事を欠かない。

按摩という商売はつらいもので、十人ものお客のうち「御苦労さま」と声をかけてくれるものは一人か二人だといってよい。

大方のものは、躰をもませながら好き勝手なことをいい、めくらの神経が寒くなるよ

うなことまで、平気で口にのぼせるものだ。

盲目となったからには〔按摩・鍼《はり》・灸《きゅう》〕の業《わざ》をおぼえ、それをもって衣食の道とするより生きる道はない。

盲目という強い劣等感がある上に、世の中から卑しいとされている職業にたずさわっているのだから、豊ノ市のような按摩は、少年のころから苦労という苦労を味わいつくしてきているのだ。

「わたしはねえ、お前という女房ができなんだら、とっくの昔に、首をくっていたかもしれないよ」

などと、豊ノ市は、女房のお伝によくいうことがある。

豊ノ市は、実際のところ、自分が何歳になるのか、はっきりとはわからない。

ただ、下総《しもうさ》・小金井村のうまれだということは、おぼえている。

父親はわからない。

「父《ちゃん》は、うちにはいないのか？」

と、四つか五つになったころ、母親にきいたことがあったが、

「ああ、いねえともよ」

母親は、豊ノ市に事もなげに答えたものだ。

そのころの母親の印象といえば、

「なんでも、私のおふくろはね、それこそ女相撲のようによう肥《こ》えたひとで、米俵を片手に一つずつ下げ、息も切らさず、とっとと駈けて行ったもんだ、まあ大変な力もちだし、おそらくなんだろうねえ。どこかの男のなぐさみものにされて、私をうみおとし、それからは村の庄屋の家へ住みこんで、もう、まっ黒になってはたらいていたところを見ると、身よりも、あまりなかったようだよ」

お伝に語ってきかせたように、それだけの印象しかないのだ。

そのうちに、庄屋の家に逗留《とうりゅう》をしていた座頭《ざとう》夫婦が、そのころは平吉《へいきち》とよばれていた豊ノ市を連れ、江戸へ行った。

「ずいぶん、私も泣き叫び、おふくろをよんだものだが……とうとう駕籠に入れられてね」

江戸では、下坂検校通玄《しもさかけんぎょうつうげん》という、りっぱな家をかまえている人のところへ連れて行かれた。

「お前の身の上をきいて可哀想におもい、これからは、わしが仕込んでやることにした」

下坂検校は、そういった。

盲人にも下は流しの按摩から、座頭・勾当《こうとう》・別当《べっとう》・検校《けんぎょう》という位《くらい》があり、平家琵琶《びわ》などの音曲や、学問や治療にすぐれたものは、京都にある久我大納言《くがだいなごん》家のゆるしを得て、位をもらうこともできる。

　このほかにも総検校とよばれる最高の位があり、なにしろ一番下の座頭になるためには金四両というものをおさめなければならず、もっとも下の按摩から検校になるまでは八百両に近い大金が必要だという。

　さいわいに、下坂検校は豊ノ市を可愛がってくれたので、

「お前も十五になり、少しはもみ療治《りようじ》もできるようになったのう。これからは豊ノ市と名のれ。二十《はたち》になったら座頭《ざとう》にしてやろう」

　そういってくれてからまもなく、下坂検校は急死をした。今でいう脳溢血ででもあったのか……。

　検校が死ぬと、豊ノ市は四方八方から憎まれるばかりとなった。

　巨体の上に、白くむいた目も大きく、鼻もふとく唇も厚く、どうみても可愛げがない少年の上に、少しの愛嬌《あいきよう》もなく世辞《せじ》もいえず、なにかといえば検校の家の下女や弟子たちと喧嘩をするし、亡き検校の後妻に向っても、荒々しい口のきき方をしたりする。

「私が、こうなったのも、母親の行方《ゆくえ》がまったくわからなかったからだ。それで、どうもね、自棄《やけ》になったのだろうよ……検校さまも、私をひきとってすぐに、小金井村の庄屋のところへ、おふくろのことを問いあわせたが、そのときには、もう、おふくろは、どこかへ行ってしまっていたそうな……」

　庄屋の話によると、豊ノ市の母親は、小金井村のうまれではないらしい。うまれたばかりの盲目の赤子を背負った旅の大女が、なんとか使ってくれと庄屋の家へころげこんできたのだという。

　そして、豊ノ市の母親は、庄屋の家の人々にも、あまり、くわしい身の上話をしなかったらしいのだ。

　下坂検校の家を出奔《しゅっぽん》してからの豊ノ市の人生が、どのようなものであったかは、お伝もよくは知らない。

「話したくはないからねえ」

　いくらお伝がきいても、豊ノ市は語ろうとはしなかった。ずいぶんと、ひどい目にあってきたものらしい。

　その夜――。

　あやうく、乱暴な侍に斬り殺されそうになった豊ノ市を〔ひたち屋〕から連れ出し、無事に、引地村の我家まで送りとどけてくれた男は、

「江戸で小間物店をやっている又吉というものですよ」

　といった。

　声の調子では、二十四、五だと、豊ノ市は感じた。

「なあに、後《あと》のことは心配いらねえ。あの侍は浪人者じゃあねえ、どこかの大名の家来

だ。それなのに、侍の表道具を二本とも盗まれたとあっちゃあ、どこへ喧嘩のもってゆきばもあるめえよ。お役所へ届けることもなるめえ。手前の恥になることだものな。なに、いくら探しても無駄さ。見つからねえところへ隠しちまったからねえ。は、は、は」

手をひかれて夜道を歩きながら、豊ノ市が、

「では、あなたさまが……？」

びっくりした。

「そうよ。あっしが、とっさの隙《すき》に盗まなけりゃ、今ごろ、お前さんの首は胴についちゃあいねえぜ」

「でも……、いつ、お盗みに？」

「お盗みにはよかったな。実は、あの侍のとなりの部屋に泊りあわせていてね。もう、あの野郎が、お前さんをなぶり放題《ほうだい》にしていやがるのをききながら、じりじりと気をもんでいたのさ」

「そうでございましたか……」

「あぶねえと思ったとき、間《あい》の襖《ふすま》をあけて、野郎の大小を音もなくこっちへひっこめ、襖をしめておいた、というわけだ。そのときはねえ、あんまさん。お前が侍に撲られていたときよ」

「おどろきました」

「こんなことは、あっしにとっちゃあなんでもねえことさ」

事もなげに、その若者はいった。

小間物屋にしては口のききようが、ひどく伝法《でんぽう》なので、豊ノ市は不審《ふしん》に思ったが、あえてきくことはやめた。

〔ひたち屋〕の方は、安心であった。

主人夫婦が、豊ノ市の短気だが実直な性格と、すぐれた技術を見こみ、ひいきにしてくれたし、主人は町役人にも顔がきく。

下手《へた》にさわぎだせば、大小をとられた侍の恥になることだし、事実、侍はあれからかなり暴れたりわめいたりしたそうだが、翌朝になると、金を出して古道具屋からまにあわせの大小をととのえさせ、逃げるように宿場を出て行った。

主人は「あの按摩はとおりがかりのもので、おそらくは、別の旅籠に泊っていた旅流しの按摩らしゅうござります」と、あの侍をごまかしてしまったという。

これらのことは、翌朝になり〔ひたち屋〕の使いのものが知らせてくれたことだ。

もちろん、豊ノ市も〔ひたち屋〕へあやまりに出かけた。

「それにしても、お前さんの度胸《どきょう》のいいのには恐れいったよ。それにさ、その若い旅のお方……そうそう、江戸の深川・黒江町《くろえちょう》の又吉さんというお人も、只者《ただもの》じゃあないな。

あの侍が、お前さんを斬ろうとする前に、となりの部屋から刀を、しかも二本とも……大したものじゃあないか」

と、〔ひたち屋〕の主人は豊ノ市にいった。

「それで、侍の刀はどこにあるのかねえ。あれからうちでも大さわぎで、客のあらためをしたり、隅々まで探しまわったりしたのだがね」

「申しわけございません」

「まあ、いいよ。刀は、その又吉さんがどこかへやってしまったのだろう」

「はい。私も、それをたずねました」

「ふむ、ふむ」

「すると……まあ、いいやな、と、こう申されまして……」

「なにしろ、よかった、よかった。役人にこられては恥になるから、困るらしく、届けずともよいと、あの侍がいいだしたのには、思わず胸の中でふきだしたよ」

主人は機嫌がよかった。

〔ひたち屋〕を出て歩き出しながら、昨夜は我家に泊ってくれ、きかれるままに語った豊ノ市の身の上話を、

「ふむ、ふむ……」

身をのり出し、心から聞いてくれた又吉のことを、豊ノ市は思いうかべていた。

「おしまいには、あの又吉さんが、じいっとお前さんの顔を穴のあくほど見つめては、お前さんの話に聞きいっていたようですよ」

今朝、又吉が発《た》った後で、女房が豊ノ市にそういったものだ。

もう一つ豊ノ市をおどろかせた女房の言葉がある。

「若くって、そりゃもう美《い》い男ぶりでしたがねえ、お前さん、あの人の右手の指は、五本とも無かったんですよ」

四

「いやはや、とんだ江ノ島まいりさ。お前と夫婦喧嘩をやらかし、気ばらしに出かけた旅の旅籠、久しぶりにあんなことをやったが、でも、こいつはゆるしてくれるだろうね」

江戸へ帰った又吉は、指五本がそろった左手を女房のおまゆに見せ、

「だが盗みをしたことには間違いがねえのだから、もし、お前が、この左手も切ってしまいてえというんなら……」

といいかけると、

「切りませんよ。ゆるしてあげる」

こういいかえしながらも、おまゆの両眼からは、みるみる涙があふれだしてきた。

「すまない……あのときのことを思うと……もう、私は、たまらなくなるんです。いくらお前さんが……」

「よしてくれよ、おい」

と、又吉は片手をふって、

「おまえがああしてくれなかったら、いまごろ、おれはどうなっているか……思っただけでも、ぞっとするよ」

「そう思っておくれかえ、ほんとうに……？」

「あたり前じゃねえか」

亭主の又吉の右手の指五本を切り落したのは、この女房のおまゆなのである。

おまゆは大伝馬町の木綿問屋・嶋屋重右衛門のひとり娘にうまれた。
十六、七のころから、めきめきと躰が肥《ふと》りだし、二十《はたち》ごろになると体重二十三貫という大女になったおまゆである。
これはまさに悲劇であった。

縁談があるといえば、きまって嶋屋の聟《むこ》となり、その財産目当《めあて》の男たちばかりで、

「私は、もう、お嫁になんか行かない!!」

おまゆは、十九の春から、裏茅場町の内堀左馬之介という一刀流の剣客のところへ、剣術の稽古にかよいだしたものである。

内堀先生は、前におまゆの家の裏長屋に住んでいたこともあって、嶋屋とも親交がふかい。

女ながら〔すじ〕がよいというのか……。

二年も稽古をつづけると、おまゆの技倆《ぎりょう》はとみに上った。

もしかすると、あれだけ夢中になって稽古にはげんだのも〔いくらかでも痩せたい〕という、彼女の願望があったからではないだろうか。

しかし、痩せなかった。

剣術をやるために、肥った体軀にいかめしさが加わり、

「嶋屋のむすめも、いよいよ化物《ばけもの》になったね」

近辺の評判も、耳へ入ってくる。

それでいて、おまゆの顔つきは、なかなか美《い》いのである。

ふっくらとした愛らしい顔だちであった。

「首だけなら、いつでも嫁にもらいたいもんだね」

などと、男どもがうわさをする。

このおまゆが、二つ年下の亭主を見事に自分で見つけ出したのだ。

それが、いまの又吉なのだが、これには、嶋屋重右衛門夫婦も、親類一同も、つくづく考えあぐねてしまったものだ。

「むすめをもらってくれるというなら、どんな男でもいい」

と、かねがね洩らしていた重右衛門も、

「そんな男にひっかかるとは……」

嘆き、怒り、断じてゆるさぬと叫んだ。

又吉は、そのころ〔市松小僧〕とよばれた名うての掏摸《すり》であった。

二十になっても前髪をおとさず、色の白いきりっとした男前だから、見たところは十六、七の少年に見える。

二人が知り合ったのは、市松小僧がおまゆのふところを狙《ねら》ったからだともいうが、別の仲間がおまゆからひどい目にあわされた、その仕返しに、おまゆをたたきのめそうとして襲いかかり、反対に押えつけられてしまったのだともいう。

どちらが本当なのか、二人に聞いてみなくては、わからないことだが、まず、似たりよったりの因縁《いんねん》から知り合ったものであろう。

これから、二人の恋愛がはじまる。

まじわりをむすんでしまってから、おまゆが、

「又吉と夫婦になりたい」

といいだしたのだ。

父親には、てっきり嶋屋をゆするため又吉が娘に手を出したのだ、としか思えなかっ

た。

「ふざけるな。肥った女が好きな男は、おれだけじゃあねえや」

市松小僧はこういい、

「お前、出て来ちまえ」

いっぱしの亭主づらをして、二つも上のおまゆに命じ、さっさと駈け落ちをしてしまった。

このとき、間に入ってくれたのが、廻方《まわりかた》の同心で永井与五郎というものであった。

内堀道場は八丁堀に近いので、同心ばかりでなく、奉行所の与力《よりき》の中にも、稽古に来るものがいる。

だから、江戸市中の警察官である永井与五郎とおまゆは、内堀先生の兄妹弟子ということになる。

「きっぱりと足を洗う、というなら、おれが仲に入ってやろう」

と、永井同心は市松小僧にいった。

「洗う!!」

と、市松小僧は誓った。

おまゆとなら、どんな苦労でもやってみせる、といいきるのだ。

「おまゆさんは、腕もつよいし、いいひとだが、たとえばおれが嫁にもらうとしても……やはりもらわねえだろうよ」

と、永井与五郎はかねがね思いもしていたし、大女にうまれついた〔剣術友だち〕を気の毒にも思っていたものだ。

「又吉は、しんそこから、娘御に惚《ほ》れているようですよ」

と、永井同心が嶋屋をおとずれて、重右衛門に告げた。

「まさか……」

「まさか、ということはありますまい。あんたの娘さんなのですぜ」

「はあ……」

重右衛門は、おそれいった。

「して、おまゆは、いま、どこに？」

「私の女房があずかっていますよ、又吉ともども……」

これできまった。

巾着切《きんちゃくきり》の市松小僧の親代わりに、同心・永井与五郎がなろうというのだ。

二人は夫婦になった。

だが、親類たちへも発表できるような縁組ではない。

市松小僧又吉は、前に三度もお縄《なわ》をくらっている男なのである。

いちおうは勘当《かんどう》ということになり、重右衛門は、おまゆに金三百両をあたえた。

この金をもとにして、二人は深川の富岡八幡宮参道にある売り店を買い、ここで小間物屋をはじめたのだ。

商売は、うまくいった。

ところが半年後に、又吉が永代橋の上で、どこかの藩士らしいりっぱな侍のふところから財布を掏《す》りとったのである。

これを、永井与五郎に見られた。

もちろん、それは金ほしさにやったことではない。

十五のときから掏摸をしつづけてきた習性を、又吉は忘れきれなかったのであろう。

以後、又吉が女房に指を切られたいきさつは、すでにのべた。

それから二年、小間物商の亭主として、また女房として、まだ子供がないのはさびしかったが、又吉もおまゆも仲よくやってきたのである。

又吉が、江ノ島まいりに出かける原因となった夫婦喧嘩なぞは、なに、それこそ犬も食わないものであった。

又吉が藤沢宿の旅籠で、あんまの豊ノ市を助けるにつき、あの侍の大小二つを隣の部屋から盗み、間髪《かんはつ》を入れずに、これを自分の部屋の窓から裏手の川へほうりこんでしまったという話をきき、

「そりゃあお前さん、いいことをしておくれだったねえ」

おまゆは、心からいった。

そんなことで、又吉の〔盗みぐせ〕が元へもどるなぞとは思ってもみないおまゆであった。

この二年間の亭主の姿を見ていれば、もう少しも心配のいらぬ又吉になっていることを、おまゆは確信している。

もっとも右手の五本の指を切断されてしまったのでは、たとえ悪い癖が起っても、どうにもなるまい。

五

翌年の、ちょうどあれから一年目の晩春の或る日に、

「ごめん下さいまし」

按摩の豊ノ市が、ひょっこりと、深川の店へたずねて来た。

又吉も仕入れから帰ったところで、

「おう、おう……お前さんあのときの……それにしても、よく私のところがわかったものだねえ」

おどろいた。

「へえ、へえ、わけはございません。〔ひたち屋〕の宿帳でわかりました」

「なるほど、違《ちげ》えねえや。おい、おい、おまゆ……こっちへ出ておいで。ほれ、このあんまさんが、あのときの……」

「まあまあ、これはこれは、ようおいでなさいましたねえ」

「おかみさんでございますか。私は、豊ノ市と申しまして、去年の今ごろ、御主人さまにあぶないところを……」

「そんなことはよござんすよ。まあ、とにかく、お上りなさい」

「あ、上って下せえ、豊ノ市さん」

「さようでございますか。では、遠慮なく……」

豊ノ市がいうには、七年の間に、女房がためこんでくれた金が四両になったので、これを江戸の〔総検校〕のところへおさめるため、江戸へ出て来たのだという。

この納金によって、豊ノ市も盲人として〔座頭〕の位《くらい》がもらえるわけであった。

座頭になったからといって、すぐに生活が向上するわけでもないが、鑑札《かんさつ》をもらっておけばどこへ行っても盲人仲間のつきあいもふえ、仕事の上にも便利になるし、なによりも本人自身が、

「おれも、これで座頭になれた」

という誇りにみたされるものである。

「よし、このつぎには、よく本をよみ、治療もうまくなり、金をためて勾当《こうとう》の位をもら

おう」

こうした希望もうまれてくる。

「そりゃあ、よかったねえ」

又吉も目を細めた。

「なにもかも女房のおかげでございますよ」

「まったくだ、女房というものは大変なもんだよ。豊ノ市さん」

又吉が、にやりとおまゆを見ると、おまゆは顔をうつむけながら、又吉をにらんだ。

用事もすんだことだし、すぐにも帰るといいつつ、豊ノ市は、わざわざ藤沢からもってきた魚の干物《ひもの》なぞのみやげものを出した。

「まあ、いいやね。二、三日とまっていっておくんなさい」

「それがいい。浅草やら深川やら、私たちで御案内しましょうよ」

又吉夫婦は、豊ノ市をひきとめた。

豊ノ市も、

「そのように親切な言葉をきいたのは何年ぶりでございましょうか……」

涙ぐみ、結局は夫婦のすすめに従うことになった。

翌日は、おまゆが店番をして、又吉が富岡八幡をはじめ深川のそこここを案内した。

つぎの日は、店をやすみ、又吉夫婦が舟で大川を浅草まで行った。

「江戸は十年ぶりでございますよ、大そう、にぎやかになったようでございますなあ」

豊ノ市は懸命に耳をそばだて、耳から江戸の繁昌をくみとろうとしている。

その日は、舟を両国橋西詰の船宿玉屋《たまや》へつけた。

玉屋は、おまゆの実家である嶋屋重右衛門とも懇意の船宿である。

かつて、おまゆと又吉が何度も逢引《あいびき》をしたのも、この玉屋においてであった。

「嶋屋さんも御繁昌で、けっこうでございますねえ」

と、玉屋の女房がいった。

ひとり娘のおまゆが家を出たので、嶋屋へは、おまゆの従弟《いとこ》の彦太郎が養子に入り、万事うまくやっているのだ。

両国の盛り場から浅草へ出て、浅草寺へ参詣をし、吾妻橋をわたって川向うの景色をたのしんだのち、三人は、また浅草へとってかえし、〔ほうらい屋〕という料理屋へ入った。

この店では〔蓬萊茶漬《ほうらいちゃづけ》〕というのが名物になっているが、そのほかに、いろいろと料理もできるし、美味《うま》いので評判な店であった。

「たんざく独活《うど》や木の芽の入った吸い物や鯛《たい》のつくりを口にするたび、

「こんなおいしいものは、うまれてはじめて口にいたしました。ああ……一口でもいいから女房に食べさせてやりとうございますよ」

た。

豊ノ市は、もう感激の体《てい》である。

夕暮れ近くなって、三人は、また〔玉屋〕へもどった。

ここで汗ばんだ躰を湯ぶねにつけて、さっぱりとしてから、ゆっくりと夕飯をとっ

「あのときは、けれども、おもしろかったなあ」

又吉は、去年の藤沢の宿でのできごとを思い出しては、

「あのときの、あの侍のあわてぶりは忘れられねえ。どうも、あいつらは、ふだん上役にぺこぺこしてやがるもんだから、旅へ出ると威張りちらしたくなるものらしいね」

「そのとおりでございますよ」

と、豊ノ市もうなずき、

「なんでも、あのときの侍は掛川《かけがわ》の御藩中だとか、あとで聞きましたが……」

「ふうん、そうかい。いやに肩をいからせた四十がらみの奴だったが、あれで掛川の城下へ帰れば、女房子供もいるんだろう。それなのに、あのとき、お前さんをいじめやがった、あのいじめ方はどうだ。となりで聞きながら腹ん中が煮えくりかえってねえ」

「私も、どうも……うまれつき、気が短うございましてね。でも、あれからというものは、大分に気もねれてまいりましたよ。うっかり癇癪《かんしゃく》をたてて、こんどは首をはねおとされたなぞということになっては、女房子供が……」

「また女房子供か……あは、は、は……お前さんも、私同様に、おかみさんには頭が上らないとみえるねえ」

「そのとおりでございますとも」

にぎやかに夕飯をすませ、すっかり暮れてしまった大川へ舟を出した。

三人が玉屋から舟を出したすぐ後から、これも玉屋で酒を飲んでいた三人の侍が舟を出した。

又吉夫婦と豊ノ市をのせた舟の、そのすぐうしろから、侍たちの舟がついて行くのである。

二つの舟は、前後して、深川へ入り、亀久橋《かめひさばし》の河岸についた。

「待てい!!」

舟からとび上った三人の侍が、風をまいて追いかけて来た。

「私どもでございますか？」

と、おまゆが落ちついてきいた。

「いかにも……」

ぱっと、三人の侍が、又吉たちを取りかこんだとたんに、

「あっ」

又吉が目をみはった。

「おまゆ、そいつだ。そこにいるのが、去年、藤沢で、おいらに刀を盗まれた馬鹿野郎だよ」

「黙れい!!」

おまゆの前にいた侍が、いきなり刀を抜いた。

まぎれもなく、あのときのやつだ。

豊ノ市は、がたがたふるえだし、又吉にしがみついたが、すぐに、

「い、いけません。やるのなら、私の首を斬って下さい」

いいはなって、よろめくように前へ出て行こうとした。

「どいておいでなさいよ」

と、おまゆが豊ノ市の腕をつかんでひきもどし、

「お前さん、退《さが》っていておくれよ」

といった。

河岸の向うには船宿の灯も見えるが、人通りもない幅一間半ほどの川ぞいの道であった。

堀川の向う岸は、松平大膳《まつだいらだいぜん》の控《ひかえ》屋敷である。

月が出ていた。

三人の侍は、事もなげに、

「覚悟せよ」

とか、

「つまらぬことをいいふらされて黙ってはおかぬ」

とか、

「早くかたづけろ。見られてはまずい」

とか、それぞれに勝手なことをいいながら包囲の輪をせばめてきた。

「お三人とも、掛川藩の方々でございますね」

と、おまゆが笑いをふくんでいった。

その落ちつきはらった態度が、三人の侍には異様に思えたらしい。

一瞬、三人は、ぱちぱちと目をまたたいたようだが、

「こやつ!!」

刀を盗まれたまぬけ侍が、おまゆにはかまわず、刀をふりかぶって又吉と豊ノ市へ斬りつけて来た。

その侍へ、おまゆが、ぱっととびかかった。

「ああっ」

どこをどうされたのか、侍の躰が、ふわりと宙《ちゅう》に浮いて、

「うわ……」

叫び声の半分が、川の水と、水の音にのまれた。

「おのれ!!」

「女郎《めろう》、推参《すいさん》な」

残った二人が抜きうちに、おまゆへ斬ってかかった。

おまゆの肥体が、魔鳥のように動いた。

「ぎゃ……」

「う、うーむ……」

ばたばたっと、二人の侍が路の両側に転倒した。

おまゆの当身《あてみ》をくらったのだ。

「おまゆに勝つにゃあ、もっと修業をしてこなくちゃあいけねえ」

と、又吉が豊ノ市にいった。

「うちのかみさんは巴御前《ともえごぜん》よ」

川へ落ちたやつが、月にきらめく川波をみだして、必死に泳いでいた。

六

もし、待ち伏せでもされたら、途中があぶないというので、おまゆが、わざわざ豊ノ市を藤沢まで送って行った。

やがて、江戸へ帰って来たおまゆに、

「お前、豊ノ市さんのおかみさんを見たかえ？」

と、又吉がきいた。

「あい」

「あの人のおかみさんも、お前と同じように、いい躰つきをしていたろう」

「あい」

「お前、豊ノ市さんの身の上話を聞いたかえ？」

「いいえ……すぐに、引っかえしてきましたよ」

「そうか……」

「でも、なぜ？」

「あの人の身の上を、おいらは聞いたよ。去年、あの人の家へ泊ったときにね」

「そうなんですか。けど、お前さん、その話を、私にはしておくれでなかったねえ」

「うむ……」

「なぜ……」

「いま話す。あの人は、下総小金井村のうまれだよ」

「では、お前さんと同じ……」

「そうさ。おふくろも同じだ」

「えっ」

と、さすがのおまゆもびっくりした。

「下総小金井の庄屋の家ではたらいていた大女が旅絵師にだまされ、なぐさみものにされて子をうみ、しかも、そいつがうまれながらの盲目《めくら》とあって育てきれずに江戸のなんとか検校のところへやってしまい、それからすぐに、その大女も小金井を出た。旅まわりの見世物芸人たちと一緒に、その女は、女相撲をやって暮しているうち、一座の男にまたもやなぐさみものにされ……」

「もう、よござんす」

「またもや、子をうんだというわけよ。その子がおいらだってことは、お前も知っていたはずだなあ」

「……」

「おふくろは、小《ちい》せえときのおいらに、よく、昔うんだめくらの子のことを、話してきかせてくれたっけ……」

しばらく、夫婦は沈黙していたが、ややあって、おまゆがいった。

「どうして、お前さんは兄弟の名のりをしなかったのだえ？」

「しねえのが本当さ」

「なぜ？」

「だってそうじゃねえか。豊ノ市つぁんに……いや、あの兄きに、私が同じ腹からうまれた弟でございますと、なにもわざわざいうことあねえ。人と人の気持というものはなあ、血のつながりでどうにかなるものじゃあねえよ。あの人とおいらの気持が、ぴったりと通じあえば、これからも永い永いつき合いができようし、そうなりゃあ、もう兄弟も同じことだ。それでいいじゃあねえか。なにもかもさらけだしてしまっちゃあ、味もそっけもなくなろうというもんだ」

「そうかねえ……」

「お前とおいらだって、もとはあかの他人よ。そいつが、どうだえ、今のおれたちは……」

「ふ、ふ、ふ……」

「兄弟の名のりをあげるなんてことは、つまらねえことさ。仲よくつづくもんなら、豊ノ市さんとおいらは、死ぬまで仲よしよ。江戸へ来てもらったり、こっちから出かけたり……」

「お前さん、今年で、いくつになったっけねえ」

「お前はいくつだ」

「二十六さ」

「そこから二つ引いてみねえ、おいらの年齢《とし》が出るじゃあねえか」

「また、それをいう」

「じゃあ、なぜ、おいらの……」

「いいえ、私あねえ……」

「なんだよ？」

「お前さんが今いったことをきいてさ……」

「きいて、どうした？」

「お前さんも、ずいぶん、二年前とくらべて……」

「くらべて、どうした？」

「あの……」

「あの!?」

「たのもしくなったと、思いましたよ」

「よしゃあがれ。さ、飯だ飯だ。この四日間は、焦《こ》げだらけの飯を食っていたんだぜ。それから今夜は早目に店をしまおうじゃあねえか」

おまゆが、肥えた躰をよじらせ、

「あい」

と、甘え声で返事をした。

おしろい猫

一

かつて、お手玉小僧とよばれた掏摸《すり》の栄次郎だが、今のところはおとなしく、伊勢町河岸に〔おでん・かん酒〕の屋台店を出している。

このあたり、日本橋以北の町々に密集する商家が暗くなって戸をおろすと、

「う、う、寒い。いっぱいのまなくては、とても眠れやしない」

などと、商家の若いものが屋台へとびこんで来て、おでんをつつき、酒をのむ。

河岸のうしろは西堀留川で、大川から荷をはこんで来た船がここへ入り、あたり一帯の商家へ、さまざまな品物を荷あげする。

その〔荷あげ場〕の間々《あいだ》に、おでんだの、夜なきそばだのの屋台が、ひっそりと寝静まった河岸道に並ぶのである。

「今晩は、栄ちゃん……」

ひとしきりたてこんだ栄次郎の屋台へ、首を出したのは、この近くの大伝馬町にある木綿問屋〔岩戸屋《いわとや》〕の若主人・平吉《へいきち》だった。

「なんだ、平ちゃんか」

二人は幼友達なのである。

「どうした、青い顔をして……どこか工合でも悪いのかい？　うむ……うむ、うむ。ほんとにお前、ひどい顔つきだぜ。どうしたんだ、なにかあったのか？」

年齢も同じ二十五歳だった。

平吉は栄次郎とちがい、小さいときから〔岩戸屋〕へ奉公をして、主人の伊兵衛《いへえ》に見こまれ、ひとり娘のおつるの婿にえらばれたほどだから、その性格の物堅さも、おして知れよう。

「なにか、心配事でもできたのか？」

栄次郎が〔お手玉小僧〕だった、などということを、平吉は少しも知らない。

一年ほど前に、この河岸へ屋台を張ってからしばらくして、二人は十年ぶりかで再会をしたのである。

なんといっても幼なじみだ。

子供のころは、いつも栄次郎になぐられたり、いじめられたりしてぴいぴいと泣いて

いた平吉なのだが、そんなことを根にもつような平吉ではなく、素直に、

「ときどき、おでんを食べに来るよ」

といってくれたのが嬉しく、栄次郎も、

「平ちゃんは、がんもが好きだったね」

などと、むかしのことをよくおぼえていて、ときたま店をしまってから平吉がやって来ると、思わず昔話が長びいてしまうのだ。

「どうしたんだ？　だまっていたのじゃあわからねえよ」

「うん……」

色のあさぐろい、細おもてのすらりとした躰つきの栄次郎とは反対に、色白のむちむちとふとった平吉の童顔が蒼白となっている。

「うん、じゃあわからねえ。いってみなよ」

「あのねえ……」

不安にみちた双眸《め》で、平吉は、おどおどと栄次郎を見てから、屋台の前へ腰かけて、

「うちの猫の鼻に、白粉《おしろい》がぬってあったのだよ」

ふるえる声でいった。

二

その日——というのは、三日前のことだが……。

平吉が商用をすまし、外から帰って来たのは夕暮れに近いころだった。

大伝馬町の〈岩戸屋〉といえば、きこえた大店《おおだな》でもあるし、奉公人も三十人をこえる。二年前までは、平吉も、この奉公人の中の一人として、おつるをお嬢さんとよんでいたものだ。

その平吉が主人にえらばれ、一躍、若主人の座をしめたことについては、先輩も、これをうらやみこそすれ、憎悪をかけるようなことがなかった。

それも、平吉のおだやかな性格と、まったく私心のない奉公ぶりが、主人のみか奉公人の誰にも好感をもたれていたからだろう。

今の平吉は、なにもかも、みちたりていた。

おつるにしても、箱入娘のわがままさで、平吉を弟のようにあしらうところはあるが、なんといっても、

「平吉をもらってほしい」

父親より先に、おつるの方が熱をあげていたほどだから、吉太郎《きちたろう》という子もうまれた現在では、昼日中《ひなか》でも平吉を居間へよんでだきついたりしては、

「平吉……じゃあない、旦那さま。これ以上、肥ったりしてはいやよ」

などと、いう。

平吉のような男には、尻にしかれつつ、なおうれしいといった女房なのだろう。

その日も、外出から帰った平吉へ、人形に着せかけるような手つきで着替えを手伝っていたおつるが、

「ほら、ごらんなさいな」

という。

「なにが?」

「ごろが、おしろいをつけて……」

おつるの指す方を見て、平吉は、すくみあがった。

居間の障子の隅に、飼猫のごろが、うずくまっている。

ごろは、三毛猫のおすだが、ひたいから鼻すじにかけて黒い毛がつやつやと光っていた。その黒い鼻すじに、すっと白粉のふとい線が浮きだして見える。

「外へ遊びに出たとき、だれか近くの、いたずら好きの人がごろをつかまえて、あんなことをしたのね」

「ふ、ふいてやりなさいよ、ふいて……」

「いいじゃありませんか、おもしろくて……」

「ふきなさい、ふきなさい」

平吉が、いらいらした様子で女中をよび、すぐに猫の鼻をふかせたのを見て、おつるは、

「おかしなひと……」

気にもとめずに笑っていたものだ。

つぎの日——。

日中、どこかへ出て行ったごろが、夕飯を食べに台所へあらわれると、女中たちが笑いだした。

また白粉がついていたのだ。

これをきいて平吉が台所へとびだして行き、今度は自分が雑巾《ぞうきん》をつかんで、消した。

そして今日——。

また、飼い猫は白粉をぬられて外から帰ってきたのである。

「おかしなことをする人がいるものだわ」

と、おつるは相変らず笑っているが、平吉にしてみれば、それどころではなかったのだ。

「栄ちゃん。こ、困った……ほんとにもう、どうしていいのだか……」

栄次郎が出したおでんの皿には見向きもせず、平吉は泣きそうな声でいった。

「猫が白粉をぬられた、というだけじゃあわからねえ。平ちゃん。もっとくわしく……」

「話すよ。話して、相談にのってもらいたい、だから、こうしてやって来たんだよ」

「いいとも。できるだけのことはさせてもらうよ」

「すまない」

そこへ、河岸の向うの小田町にある線香問屋の手代が二人、

「熱くしておくれよ」

と入って来たが、

「すいません。ちょいと取りこみごとができて、店をしめるところなんで……」

栄次郎は、ことわってしまった。

それから、ゆっくりと平吉の話をきいた。ききおえて、

「ふうん……」

栄次郎は骨張ったあごをなでまわしながら、あきれたように平吉の顔をながめていたが、ややあって、ふといためいきをもらし、

「こいつはまったく面白えようでもあり、なんとなくさびしいようでもあり、なんともいえねえ話だな」

「そういうなよ。栄ちゃん……」

「ふうん……そうかい。お前さん、あの、お長《ちよう》と……お長がお前さんの色女だとはねえ」

「そういわないでくれったら……」

「あの洟《はな》ったらしのお長が、そんなに色っぽい女になったかねえ……」

栄次郎は、冷《ひや》の酒を茶碗にくんで一気にあおってから、うなだれている平吉の肩をたたいてやった。

「よし。ひきうけたよ、平ちゃん」

三

上野山下に〔蓬莱亭《ほうらいてい》〕という、ちょいとした料理屋がある。

同業仲間の寄り合いが〔蓬莱亭〕でおこなわれたとき、義父伊兵衛の代理として、平吉がこれに出たのは、この夏もさかりの或る日だった。

お長は〔蓬莱亭〕の座敷女中をしていた。

平吉にとっても栄次郎にとっても幼なじみのお長であり、ともに子供のころを浅草・阿部川町の裏長屋で育った仲だけに、それとわかったときには、

「十五、六年にもなるかねえ……」

平吉は、なつかしげにいった。

はじめに気づいたのはお長である。

同業者の相談がすんで酒宴になってから、酒肴《しゅこう》をはこんであらわれたほかの女中たちと一緒に、お長も座敷に入って来たのだが、少しも平吉はわからなかった。

しばらくして小用にたち、廊下を帰って来ると、中庭に面した柱の陰に、お長が待っていて、

「平ちゃんじゃありませんか？」

声をかけてきたものだ。

子供のころ、平吉の父親は、しがない指物《さしもの》職人であり、栄次郎の父親は、酒乱の魚屋《ぼてふり》だった。

平吉も栄次郎も、早くから母親を亡くしていたし、兄弟もなかったのだが、お長は両親も健在で、弟が一人いた。お長の父親は得意まわりの小間物屋だった。

ひとりっ子のめんどうも見ずに、いささかの金と暇さえ見つければ、さっさと酒をのみ夜鷹《よたか》をあさるという父親だけの暗い家に育った栄次郎は町内随一の乱暴者で、

「あんながきは馬に蹴られて死んじまえばいいのに……」

と陰口をたたかれたものだ。

同じひとりっ子でも、平吉の方は、実直でおだやかな父親の甚之助《じんのすけ》が、

「平吉が可哀想だから……」

と、三十そこそこで女房をうしなってから後ぞえもももらわず一心こめて育てあげてくれたし、平吉も父親ゆずりの気性をうけつぎ、八歳の秋に〔岩戸屋〕へ奉公に上ってからも、とんとん拍子に主家の厚遇《こうぐう》をうけるようになった。

一年に二度の、盆と正月の休みに、父親が待つ阿部川町へ平吉が帰って来ると、

「お長ちゃん、いる？」

平吉は、すぐにお長の家へとんで行き、たのしい一日をすごしたものである。

お長は、女の子のくせに力もつよいし気性も激しく、平吉が栄次郎にいじめられて泣きだしでもしようものなら、

「こんなおとなしい子をいじめてどこがいいのさ」

同《おな》い年のお長が、栄次郎へつかみかかっていったものである。

お長は、弟の久太郎《きゅうたろう》が小さいときから病弱で、内職にいそがしい母親にかわってめんどうを見てきただけに、おとなしい男の子が、もっともたのみとする〔女親分〕になってしまい、

「ふん。あいつにゃあかなわねえ」

さすがの栄次郎も苦笑《にがわら》いをしたものだ。

あれは、平吉が十歳になった正月だったか……阿部川町へ帰ってみると、お長一家は、どこかへ引っ越してしまっていた。

「なんでも、本所あたりへ行ったというが……なにしろ急だったし、それにあまりくわしいことをいわないで引っ越してしまい、大家さんにもわからないそうだよ」

と、父親になぐさめられたが、

「つまらないなあ……」

少年の平吉は、お長の住んでいた家のまわりをうろうろして、

「ほんとに気がつかないことをしたねえ。平ちゃんのいいひとの行先をたしかめておかなくってさ」

長屋の女房たちに、からかわれたりした。

そのころのお長は、ほんとうに洟《はな》たらしだった。黒い顔をして、やせこけていて、ぼさぼさの髪もかまわず、十やそこらの子供なのに一日中、母親の手伝いをして、くるくるとはたらいていたものである。

「変ったねえ……」

蓬萊亭で会ったとき、平吉は、つくづくとお長を、まぶしげに見やった。

「おばあさんになったって、いいたいんでしょ？」

「とんでもない……あんまり、その、きれいになってしまったもんで……」

「まあ、御上手な……」

「ほんとだよ、お長ちゃん……」

お長も、二十五になる。

あの、やせこけた少女のころのおもかげはどこにもなかった。

年増《としま》ざかりの血の色が、顔にも襟《えり》もとにもむんむんと匂いたち、縞《しま》の着物につつまれた胸も腰も、惜しみなくふくらみきって……。

「ねえ……後で、ゆっくり話したいんだけど……」

お長も、なつかしさを双眸《め》いっぱいにたたえ、つとすり寄って来て、平吉の耳もとへささやいたとき、

「いいともさ」

答えながら、我にもなく、平吉の胸はどよめいた。

二人きりで会って話しだせば切りがなかった。

あれから、お長たちは本所二ツ目へ移り、それでも小さな店をひらいたという。

だが、五年目に父親が死んだ。

母親と二人で、しばらくは店をつづけたが、とてもやりきれたものではなく、お長は十六の暮に、深川・佐賀町の味噌問屋〔佐野倉《さのくら》〕へ奉公に出た。

ここへ出入りの大工の棟梁《とうりょう》・重五郎方の職人で喜八《きはち》というものへ嫁《とつ》いだのが十九のときだった、と、お長は語った。

「あたしって、ほんとに男運がないのね。平ちゃんとも別れちまったし……お父っつぁ

んも早く死んでしまったし、それに……」

それに、亭主の喜八も夫婦になって二年たつかたたないうち、ちょいとした切り傷がもとで破傷風《はしょうふう》とやらいうものにかかり、あっけなく世を去った。

「それからは、もう、こんな世わたりばかりで、恥ずかしいのだけど……小梅《こうめ》のお百姓さんのところに、病気の弟をあずかってもらい、一生懸命にはたらいているんですよ」

「おっ母さんは……」

「一昨年《おととし》……」

「亡くなったのかい。そりゃあ、大変だったねえ」

何事につけても、幼少のころの記憶と、そのころに身心へうちこまれた感情の爪あとは強く残っているものだ。

（お長ちゃんも苦労をしたのだなあ、可哀想に……）

平吉は、お長への同情から、用事のたびに〔蓬萊亭〕へ立ち寄った。

いまは、養父の伊兵衛も万事を平吉にまかせきりだし、

「少しだけれど、とっておいてくれないか」

飲めない酒の一本もあけ、料理をつついて、平吉は帰りしなに〔心づけ〕をお長にわたす。

夏も終ろうとする或る夜……。

「いけなかった……けれど、どうしようもなくてねえ……」

平吉が栄次郎へ語ったように、どちらからともなく、二人は蓬萊亭の奥の小座敷で、しっかりだき合ってしまったのである。

つぎは、昼間だった。

深川亀久橋《かめひさばし》〔船宿〕で、二人は忍び会った。

こうなると、お長の情熱は狂気じみてきて、

「もう離さないで……離したらあたし、平ちゃんを殺してしまうから……」

殺すといったときの、お長の目の光のすごさは、とても栄ちゃんにわかってもらえないだろうけど、と、平吉はいうのだ。

お嬢さん育ちのおつるとは違い、熟しきったお長の肉体の底のふかさは、平吉を瞠目《どうもく》させた。

(こ、こんな世界があったのか……)

おつるとの交《まじ》わりは、まるで〔ままごと〕のようなものだったと、平吉は思った。

女といえば、おつるだけしか知らない平吉だけに、船宿での逢引《あいびき》は十日に一度が五日に一度、三日に一度となった。

もうお長は蓬萊亭をやめてしまい、船宿〔いさみや〕に泊りっぱなしということになり、

（もうこうなったらしかたがない、どこかへ、お長に一軒もたせよう）

と、平吉に決意させるにいたった。

そうきめてから、さすがに平吉も、

（このことが、店へ知れたら大変なことになる）

養父も女房も黙ってはいまい。

もしかしたら離縁されかねないし、そうなったら、いまは阿部川町の長屋へ楽隠居をしている父親が、どんなに悲しむだろう。

平吉は、また商売に身を入れはじめた。

お長へは「そのうちに、きっとなんとかする」といってある。それなのに、四、五日、平吉が船宿へたずねて行かないと、お長が、大伝馬町へやって来て、店のまわりをうろうろしはじめるのだ。

「このごろ、妙な女が店をのぞきこんで行くんですが……ひとつ、長浜町の親分にでも話してみましょうか」

と、番頭がいいだした。

長浜町の親分というのは、地廻《じまわ》りの岡っ引である。そんなことをされたら、とんでもないことになる。

「もう少し待ってくれといってあるじゃあないか。金ぐりがつくまで、待っておくれよ」


たまりかねて、平吉が船宿へ出かけて行き、

「店の前をうろうろするのは、やめておくれ」

と、たのんだ。

養子でもあり、養父へは帳面の一切を見せる習慣なので、平吉も、やたらに店の金を引きだすわけにはいかない。番頭の目も光っていることなのだ。

すると、お長は、船宿の黒猫をだき、その鼻づらへ、水白粉をなすりつけながら、

「あたし、もうたまらない。ここにいて、猫を相手に暮らしているなんて……」

燃えつくような視線を平吉に射つけたかと思うと、猫を追いやり、帯をときはじめる。

障子に、冬も近い陽射しがあたっている昼さがりだというのに、お長は全裸となって平吉へいどみかかるのである。

十二月に入ると、お長は、

「子供ができた」

と告げた。

「この子をつれてお店へ行き、あたしのことを大旦那にも平ちゃんのおかみさんにも……」

……」

みとめてもらうのだといって、きかない。

平吉は、もう船宿へ出かけるのが恐ろしくなって来た。

といって、金を引き出すこともできない。

ぐずぐずと日がたつうちに、岩戸屋のごろが、どこかで白粉をぬられて帰って来ることになった。

「お長のしわざだ。間違いないよ。船宿でも、そんなことをいつもやっていたし……お長が、毎日、店のまわりをうろついているんだ。子供が……子供がうまれたら、きっとやって来るよ、お長は……ねえ、栄ちゃん。どうしたらいいんだ？　教えておくれよ」

たまりかねて、平吉が泣き伏したのを見て、栄次郎が、

「金で万事は片がつくと思うが……さて、おいらが乗りだしても、お前が金を出せねえというんなら、こいつ、しかたがあるめえなあ」

と、いった。

四

お手玉小僧の栄次郎が、亀久橋の船宿〔いさみや〕をおとずれたのは、その翌日である。

師走の風が障子を鳴らしている部屋で、栄次郎も十何年ぶりにお長と会った。

「お長さんも変ったねえ」

栄次郎も目をみはった。

平吉と違って、女道楽もかなりしてきている栄次郎だけに、

(こりゃあ、平ちゃんが迷うのもむりはねえ)

と思った。

お長の、しめりけのありそうな青みがかった襟もとからのどもとへかけての肌の色を見ただけでも、

(こいつ、中身《なかみ》は大したもんだ……)

栄次郎は、なまつばをのんだ。

(女は魔物だ。お長が、こんな女になろうとは夢にも思わなかったものなあ……)

お長も、なつかしげであったが、

「お前さん、平ちゃんとできたんだってね」

栄次郎が切りだすと、びっくりして、

「どうしてそれを……」

すべてを、栄次郎は語った。

語りつつ、栄次郎は、

(こいつは、いけねえ。お長め、かなりのところまで心をきめていやあがる……)

思わずにはいられなかった。

いまのところ、平吉がなんとか都合できる金は二十両ほどだという。しかし、

「十両がせいぜいというところだ。行末、大旦那が死んで平ちゃんが岩戸屋を一人じめにしたあかつきには、なんとでもつぐないをするだろう。だから、ここはひとつ、かんべんをしてやってくんねえ。なあ、お長ちゃん、十両で……」

と、栄次郎は持ちかけてみた。

平吉から二十両うけとり、そのうちの半分は、ふところへ入れるつもりだった。

お長は、冷笑をうかべていた。

「男って、みんなそうなんだ……」

お長は力をこめた声で、

「私あ、平ちゃんが好きで好きでたまらなくなったから、平ちゃんとこうなったんですよ。なにも腹の中の子をたてにとって岩戸屋を乗っ取ろうというんじゃない。けれど、岩戸屋の大旦那にも、それから平ちゃんのおかみさんにも……私と子供のことをなっとくしてもらいたいのよ」

すこぶる強硬である。

「それでなくちゃあ心配でなりません。私あともかく、うまれてくる子供のことがねえ」

「な、そりゃ、そうだが……」

「それでなくても、十両かそこいらで、私とのかかわりあいをないものにしようという……そんな卑怯《ひきょう》な平ちゃんになっちまったんだもの」

「うむ……」

「帰ってそういっておくんなさいよ」

「いや、その……なにも平ちゃんは、お前さんとの間をどうのこうのというんじゃねえ。いまにきっと……」

「栄次郎さん……」

お長は屹《きっ》となった。

「私をなめてもらっちゃあ困りますよ。私は死物狂いなんだ。私のいい分がとおらなけりゃ、平吉さんの命も……、いえ私も子供も、一緒に死ぬつもりですよ」

勝手にしやがれ……と、栄次郎は舌うちをしながら船宿を引きあげて来た。

平吉は〔地引河岸〕の近くにある寿司屋の二階で、栄次郎を待っていた。

「いまのところ、簡単には承知をしねえが、まあなんとか、かたちをつけてみせるよ」

「すまない、栄ちゃん。このとおりだ」

平吉は、両手を合せて見せた。

栄次郎は笑って、

「けれど、平ちゃん……お長は、いい女になったもんだねえ」

「そう思うかい」

「もう会わねえつもりか？」

「お長が、なんだかこわくなってね……」

「せっかく大旦那に見こまれ、夢みてえな身分になったのだからなあ。まさか、岩戸屋の身代を捨てて、お長のところへ行くわけにもなあ……」

「それをいってくれるなったら……」

「いいや、当り前のことさ。おれがお前だったら、やはりそうするよ」

「だが、二十両ですますつもりはない。私だって今に店をつぐわけだから……そうしたら、お前に間に立ってもらって、金だけは仕送りするつもりなんだ」

「もう、みれんはないかい？」

「うむ……」

うなずいたが、平吉の面《おもて》には、ありありと貴重な逸品を逃した者のもつさびしさが、ただよっている。

「とにかく、平ちゃん。約束の金はおれが預《あず》かっておこう」

「そうだった……」

平吉は、ふところから〔ふくさ包み〕を出した。

「これだけ持ちだすのが、やっとだった。なにしろうちの店は、大番頭が二人もいて……」

「いいってことよ」

栄次郎は二十両入った包みを、ふところに入れ、

「女子供が三年は食べていける金だ。なんとか話をつけるよ」

と、いった。

しかし、栄次郎には自信はなかった。

（もっと男ずれをしている女なら、いくらでも手はあるんだが……お長め、あの肌のつやといい、まだくずれきっちゃあいねえ躰つきといい、案外、堅く後家をとおして来やがったに違いねえ。料理屋の女中なんぞをしていながら、妙にこう物堅え女、こいつが一番やっかいものさ。こういう女が男に打ちこむと、それこそ命をかけてきやがるものな）

どうしても、お長が十両で承知をしなかったら……いや、おそらくそのとおりだろうが、そうなったら栄次郎は、この界隈《かいわい》から姿を消すつもりでいた。

（もう一度行ってみるが……駄目なら、この二十両は、そっくりおいらのものだ）

なのである。

金をつかんで姿をくらますつもりなのだ。

もう、そろそろ元の商売へもどってもいいころだと、栄次郎は考えている。

伊勢町河岸に、おでんの屋台を出す前の彼は、三年ほど品川宿にねぐらをもち、品川から東海道すじを小田原あたりまでが〔稼ぎ場〕で、掏摸《すり》をはたらいていた。

お手玉小僧という異名は、仲間うちでのもので、まだ栄次郎は一度も縄をうけたことがない。

それだけに、品川宿の岡っ引から、

（目をつけられている……）

と感じるや、すぐさまねぐらをたたみ、親分の砂取《すなどり》の伝蔵へも、

「少し、ほとぼりをさまして来ます」

ことわって、江戸市中へ舞いもどり、神妙に屋台を張りながら、それでも十日に一度ほどは、女遊びの金を人のふところから、かすめていたものである。

用心ぶかい栄次郎は、決して無理をせず、仕事をするときは、雑司ケ谷の鬼子母神だの、内藤新宿の盛り場だのまで出かけて行った。

（もう、品川へもどってもいいころだ）

なんといっても手馴れた場所でやるのが、一番よいことだった。

（しばらく、東海道もあるいていねえな）

よし、明日にでも、もう一度、お長へかけあい、駄目ならさっさと逃げてしまおう

と、栄次郎はきめた。

(平ちゃん、ごめんよ。後はうまくやってくんねえ)

その夜——。

栄次郎は河岸へ出なかった。

掏摸《すり》をしていても二十両という大金が、まとまって入ることは、めったにないことである。

日が落ちる前から、神田明神下の〔春川〕という鰻屋《うなぎや》で、たらふく飲み、食い、やがて栄次郎は、

(あそこなら、いつ行っても、いい女を呼んでくれるに違いねえ)

暮れかかる空の下を、目と鼻の先の池ノ端へ出た。

月も星もなく、降りそうで降らない日だった。

風が絶えると、妙に、なまあたたかい。

(明日は、きっと雨だ……)

栄次郎は、仲町にある〔みのむし〕という水茶屋のの、れ、ん、をくぐった。

この茶屋のあるじは、重右衛門といって七十をこえた老人だが、茶屋商売のほかに金貸しもやっている。

そして、客をとる女に場所を提供し、たっぷりと上前《うわまえ》をはねるのも商売の一つだ。

江戸には公娼のほかに、種々な岡場所にいる私娼や、むしろを抱えて客の袖を引く夜《よ》鷹《たか》もいて、女あそびに少しも困らないことはいうまでもない。

だが〔みのむし〕で世話をする女は、正真正銘の素人女《しろうと》、というふれこみである。病気の夫を抱えた女房やら、近くに軒をつらねる食べ物屋の女中やら、武家の未亡人までやって来るという。

そのかわり、価も高い。

昼遊びで二分《ぶ》というきまりだし、夜も、女は泊らないことになっていた。

客は大店の旦那衆もいれば、旗本もいるし、大名屋敷の用人なぞも来る。

そういう連中の相手をする女には、遊びで二両、三両という逸品もいるそうな……。

(よし、今夜は一両も張りこむか……)

栄次郎は〔みのむし〕の小座敷で、女を待った。

なんでも、根津のあたりに住む後家で、それもあぶらの乗りきったすばらしいのを呼んでくれるというものだから、栄次郎は期待に酔い、わくわくしながら茶屋の老婆を相手に盃をかさねた。

しばらくして、女が来た。

老婆と入れ違いに、

「ごめんなさい」

入って来た女を見て、さすがの栄次郎も盃を落した。

「お前……」

「あら……」

女も、青ざめた。

女……お長だったのである。

ぎこちない沈黙が、どれくらいつづいたろうか。

お長が、頬《ほお》のあたりをひきつらせながらも、

「もう、こうなったら……しようがないねえ」

にやりとしたものだ。

栄次郎も笑った。

「病気の弟をかかえて、しかも行末のことを考えりゃあ、こんなことでもするよりほかに、しかたはなかったのさ」

と、お長はいった。

(ざまあみやがれ)

今日、深川の船宿で、さんざんにお長からやっつけられていただけに、

「おおかた、こんなこったろうと思っていたよ」

栄次郎は負け惜しみをいった。

お長が覚悟をきめたらしい。

栄次郎のそばへ来て酌《しゃく》をしながら、

「でもねえ。平ちゃんとのことは本当の……いいえ、ほんとうに平ちゃんが好きだった。嘘じゃあないんだから……」

「へっ。子供ができたなんて、見えすいた嘘をつきゃあがって……」

「そうでもしなくちゃあ、いつなんどき、あの人が私を捨ててしまうかしれやしないと思ったから……」

「それで、岩戸屋へ乗りこむつもりだったのか」

「ええ」

「正式のおゆるしをうけて、妾にすわるつもりだったんだな」

「いけないかえ」

「ふん……」

「どうだろう、栄ちゃん……」

「なに？」

「今度は、私の味方になっておくれでないかえ。十両くらいならいつでも出す。だから私と平ちゃんとの間を、うまく……」

「おきゃあがれ」

栄次郎は立ちあがった。

ふところから小判を五枚、お長の前へほうり出し、

「五両ある。この金はおいらの金だが、とっておきねえ。だが、今夜のことは明日にも平ちゃんに打ちあけておくぜ。いつでもおいらが証人になる。だからお前も、あきらめるこったな」

一気にいい放った。

「そうかえ……」

お長はもの倦《う》げに小判をかきあつめて、

「もらっておこうよ」

「そうしねえ」

「商売だからね、私も……」

「違えねえや、ふふん……」

「あきらめたよ、平ちゃんのことは……」

「当り前だ」

「とんだところへ、お前さん、首を出してくれたねえ」

「悪かったな」

だこうと思えばだけたかもしれねえ、だが、それじゃああんまり、おいらも男を下げ

るというもんだ。残念だが、しかたがねえ……と、栄次郎は〔みのむし〕から駕籠《かご》をよんでもらうよう、たのんでおき、また部屋へもどった。

お長は、ぼんやりと行燈《あんどん》の灯影《ほかげ》に目をこらしていた。

お長の頰に、涙のあとがあった。

（こいつ、本気で平ちゃんを……）

ふっと思ったが、

「おい。もう岩戸屋の猫の鼻づらへ、おしろいなんぞをぬるのじゃあねえよ」

と、栄次郎は釘《くぎ》をさした。

「わかりましたよ」

「つまらねえいやがらせをしたもんだ」

「いやがらせじゃあない、平ちゃんが冷たいそぶりを見せたからだ」

「へえ。こんなまねをしていやがって、たいそうな口をきくねえ」

「……」

「あばよ」

駕籠が来ると、

「吉原へやってくんねえ」

と、栄次郎はいいつけた。

ぽつりぽつりと降りだして来た雨の道を飛んで行く駕籠の中で、

(へん。五両ですんだ。思いがけなく十五両……その上、平吉にゃあ、うんと恩を着せてやれる。おい、平ちゃん。おいら、お前さんの弱味をしっかりとつかまえちゃったぜ……ねえ、平ちゃん。これから、つきあいも永くなろうが、せいぜい可愛がっておくれよ)

栄次郎は、にたにたと胸のうちで、平吉へ呼びかけていた。

五

お手玉小僧・栄次郎が死んだのは、おそらく、その夜のうちだったろうと思われる。

死体が発見されたのは、翌朝だった。

場所は、吉原土手を三ノ輪方面へ向って行き、新吉原遊廓へ入る衣紋《えもん》坂をとおりすぎ、右手の竜泉寺村へ切れこんだ田圃《たんぼ》の中である。

後ろから一太刀で、栄次郎の首から肩にかけて切りつけた手なみは只のものではない。

その一太刀をあびただけで、栄次郎は絶命したのだ。

死体を発見したのは、附近の百姓たちだった。

番所から役人が出張《でば》って来たが、むろん、身もとは不明だ。

ところが、栄次郎のふところから〔ふくさ包み〕の金十五両があらわれたものである。

金はともかく、このふくさは、大伝馬町の岩戸屋の名入りのもので、毎年、現在《いま》でいう名刺がわりに色を変えて染めさせるものだった。

これで、岩戸屋がうかんで来た。

長浜町の清五郎という岡っ引は、かねてから岩戸屋出入りの男だが、この清五郎が定《じょう》廻《まわり》の同心を案内し、岩戸屋へやって来た。

店でもおどろいたが、平吉は、もう歯の根が合わぬほどにちぢみあがった。

だが、栄次郎と幼友達だったということは、女房のおつるにも、養父の伊兵衛にも話してあったから、この点はまずよかった。

問題は、岩戸屋のふくさに包んであった金十五両である。

「若旦那だけ、ちょいと顔をおかしなすって……」

同心が帰ったあとで、岡っ引の清五郎は平吉と二人きりで、居間へ残った。

「師走《しわす》でいそがしいところをすみませんねえ」

岡っ引といっても、このあたりの大店を相手に、いざ刑事問題がおきたときにはなにかとはたらいてもらうため、岩戸屋ばかりではなく、諸方の店からきまった〔手当て〕をもらっている清五郎だけに、

「ねえ、若旦那……」

ものやわらかな、くだけた調子で、

「どんなことがあっても、あっしがうまく片をつけます。だから安心をして……ひとつなにもかも、この清五郎にぶちまけてくれませんか」

と、ささやいて来た。

平吉は、衝撃と恐怖で、しばらくは口もきけない。

「お店の金が二十両ほど、帳尻が合わねえことも、さっき番頭さんに調べてもらってわかりましたよ。ねえ、若旦那……」

「……」

「だまってたんじゃ、わからない。なんとかいっておくんなさいな」

「……」

「いいんですかい？　お前さんが口をきかねえなら、お上《かみ》の調べは表沙汰になりますよ。それでもかまいませんかね？」

「親分……」

「さあ、さあ……あっしはなにをいわれても、この胸ひとつにしまっておくつもりだ。さあ、さあ、ぶちまけてごらんなさい……」

「はい……」

いいかけたが、どうもいいきれない。お長の腹にいる子供のことがわかったら、これからの自分の身の上はどうなるだろう。

お長と、ああなったについては、たしかに気まぐれな浮気以上の何物かがあったといってよい。

はじめのうちは、なんとかお長を幸福にしてやろうという熱情をもっていた平吉だが、

（お長は、こわい……）

ひた向きに押して来るお長の愛欲のすさまじさと、岩戸屋へまで事をもちこもうとする激しい態度を、

（あんなに、おそろしい女だとは知らなかった……）

今は、悔んでいる。

といって……。

このことのすべてを、岡っ引などにうちあけてしまってよいものか、どうか、である。

もしも大旦那が寛容に目をつぶってくれたとしても、平吉は一生、おつるにも店の者にも頭が上らなくなってしまうし、恥と負目《おいめ》にさいなまれながら一生を送らなくてはな

らない。

「どうしたんだ、さっさといってごらんなさい」

苛《い》らだった清五郎の口調が、がらりと変ったときだった。

「私から申します」

なんと、おつるがあらわれたのだ。

「あ、おつる……」

「いいんですよ」

おつるは微笑で平吉をおさえ、

「ふくさ包みのお金は、主人が、たしかに栄次郎さんへおわたししたものです」

と、いった。

平吉は、新たな不安に、すくみあがった。

「栄次郎さんはなんでも、前の商売がうまくいかず、そのときの借金に苦しめられていたようなんでした。くわしいことは私も主人も、よくきいてはいないのだけれど……なんといっても子供のときからの仲よしな……そんな間柄だったもので、主人も心配して……」

「それならなにも、大旦那へ内密で、金をひきださずとも……」

「いいえ、親分。そこに養子の身のつらさ、自分の勝手に十五両もの金をつかうわけにゃあまいりませんよ」

おつるは、にこやかに平吉を見やり、

「ねえ、あなた……」

といった。

「う、うむ……」

あぶら汗にぬれつつ、平吉はうなずき、胸の中で、おつるへ手を合せていた。

あの夜……栄次郎が吉原へ行き、揚屋町の〔福本楼〕へあがろうとして駕籠をおりたとき、

「きさま……」

大男の侍に見つけられ、いきなり襟がみをつかまれてどこかへ連れ去られたということが、その後の調べであきらかになった。

何人もの目撃者がいたからである。

しかし、その後のことは不明だった。

勤番侍らしいその男は、みるからにたくましく、二つ三つ顔をなぐられると栄次郎は鼻血を流して、ほとんど気をうしなっていたようだ、と、見たものは語ったそうだ。

その後のことは、死んだ栄次郎と大男の侍が知っていることだが……。

「きさま。おぼえておろう。このまま番所へ突きだしてもよいが、それでは、懐中物をきさまに掏《す》りとられたわしの恥になる。武士としてきさまのような小泥棒に恥をかかされるとはな……」

暗い、雨の中の田圃の泥の上へ突き倒された栄次郎は、それでも必死に逃げようとかかった。

侍の顔を忘れてはいない。

足かけ二年前に、旅姿のこの侍の懐中から財布を掏《す》りとったことは、たしかだった。

藤沢の遊行《ゆぎょう》坂においてである。

掏りとったとたんに、手をつかまれた。

「放しゃあがれ」

蹴とばしておいて、栄次郎は、もうやみくもに逃げ、ついに逃げおおせたものである。

「おのれ、鼠賊《そ》め!!」

怒気を激して追っかけて来る侍の顔を、走りつつ二度三度と、ふり返って見るだけの余裕が、栄次郎にはあったものだ。

「わ、悪かった。助けて……」

助けておくんなさいといいかけたとき、侍が抜刀した。

その殺気におびえ、おびえながらも栄次郎は田圃の土を蹴って逃げた。

そこを後から斬られたのである。

この侍のことは、死んだ栄次郎だけが知っていることだった。

斬った侍のことは、ついにお上でもわからなかった。

六

この事件で、岩戸屋にも平吉にも、お上からの処罰はなにもなかった。

なかったのは当然としても、栄次郎がお手玉小僧とよばれた掏摸《すり》だということは、翌年の正月もすぎようとするころに岩戸屋へもきこえて、平吉をぞっとさせた。

春めいてきた或る日の午後、平吉は八丁堀まで用事があって、その帰り道に呉服橋門外・西河岸町の岩戸屋の親類へ寄った。

これは、養父のかわりに用事を足したのである。そこを出て、一石橋《いっこくばし》をわたり、北鞘《さや》町の通りを歩いていると、

「あら……」

釘店《くぎだな》のあたりから出て来たお長と、平吉が、ばったり出会った。

「お長……」

まぶしそうに、お長は平吉を見あげて、

「ごめんなさいよ」

うつむきかげんに行きすぎようとした。

「あ……待っとくれ」

「え……？」

「栄ちゃんが、あんなことになっちまって……それで、ついつい、お前のところへも……」

「栄ちゃん、どうかしたんですか？」

「知らなかったのかい？」

「ええ……」

「吉原田圃で、斬られて死んだよ」

「いつ？」

「去年……師走の八日だ」

「まあ……」

きらりと、お長の双眸《め》が光った。

「実は……お前へとどける金を栄ちゃんに預けてあったんだが……」

と、いいさしてから、平吉が、

「あの……子供は……お腹の子は、どうなんだえ？」

このとき、お長が、はじけるような笑い声をたてた。

「そうですか。お前さんは、なにも知らなかったんですねえ」

「なにがどうしたのだ？」

「いえ、こっちのことですよ」

お長は、さっと身をかえしながら、

「あたしは、子をうみますからね」

「お長……」

「うんでから、ごあいさつにあがりますよ」

「待ってくれ」

只事でない二人の様子に、少し人だかりがしていた。白昼のことである。人ごみをぬって去るお長を追いかけもならず、平吉は茫然《ぼうぜん》と立ちつくしたままだった。

お長はお長で、

（こうなったら百や二百ですませるこっちゃあないよ。うまく行けば、病気の弟も私も、一生楽隠居だし……それよりも、まとまった金をふんだくったら、なにか地道な商売でも始めて……そのうちに実直な男を見つけて亭主にして……）

そんなことを考えつつ、にやにやと、池ノ端の水茶屋を目ざして歩いていた。

（平ちゃんも昔のまんまだ。意久地のない男だったんだねえ。私も……そりゃあ私も、ちょいと昔を思い出し、のぼせあがったことはたしかなんだけど……）

二日たった。

夕飯をするため、平吉が店の帳場から居間へ入って来ると、

「あなた、この二、三日、どうかしたのじゃありませんか？」

おつるが、箸をとりながら眉をよせてきいてきた。

「なんでもないよ」

「だって、食《しょく》もすすまないし、お父さんも平吉がなんだか変だって……」

「そ、そんなことはない」

「それならいいけど……」

鯛のやきものを、うまそうに食べながら、

「ねえ……」

と、おつるが流し目に平吉を見て、

「わかる？」

「なにが？」

「あたしのお腹？……」

「え？」

「うまれそうなのよ」

「え？」

「今度は、女の子が、ほしいわねえ」

こういって、おつるは、となりの部屋で、もう眠っている吉太郎を指し、

「あの子も妹ができたら、きっとよろこぶわ」

と、いった。

「そうか……お前も、うまれるのか？」

「え？」

「いや、なんでもない」

平吉があわてて箸をとったとき、もう暗くなった中庭から飼猫のごろが、のっそりと入って来た。

「あら、また……」

おつるが叫んだ。

「え……？」

ごろを見やって、平吉は死人のような顔つきになった。

膳の上のものをねだろうとして、甘え声を出して近寄って来るごろの鼻すじには、くっきりと白粉の線が浮きあがっていた。

顔

一

うなぎの蒲焼《かばやき》という食物を創作したのは、むろん日本人であり、発生の地は江戸だという。

天明《てんめい》のころというと、現代《いま》から約百七十余年も前のことだが、うなぎの蒲焼は、そのころに上野山下、仏店《ほとけだな》の大和屋というのが始めて売り出したという。

だが、江戸末期の〔買物案内〕などにのっている大和屋の広告を見ると、

〔江戸元祖・かばやき所——元禄年中より連綿《れんめん》〕とある。

元禄といえば、天明より約百年も前のことであるし、その発生については……などと、うなぎの講釈《こうしゃく》をやっていたのでは、この物語の幕もなかなかに開《あ》くまいから、この辺でやめる。

さて——。

一説には、うなぎの蒲焼創始のころといわれる天明六年六月末の夕暮れどきに、上野山下からも程近い坂本三丁目の〔鮒屋《ふなや》〕半蔵《はんぞう》方で、無銭飲食をした客があった。

鮒屋は、うなぎの蒲焼を出すほかに、川魚の小料理もやるし、日光、奥州両街道への道すじにもあたる場所にあって、小さな店だが繁盛《はんじょう》をきわめている。

「ふなやは酒もいいし、出す料理《もの》もうまい」

という評判で、吉原の廓《くるわ》へくりこむ客の中にも、ひいきが多い。

主《あるじ》の半蔵は四十がらみの大男だが、愛嬌《あいきょう》もあるし、はたらきもので、一日中うなぎや川魚を相手に倦《う》むことを知らない。

そのとき、半蔵は奥の部屋で、ひとり夕飯を食べていた。

「大串を二人前も平げた上に、酒を五合も飲みやがって……銭がねえもねえもんだ」

小女と共に奥へやって来た板前の栄次郎《えいじろう》が、こう知らせてから、

「でもねえ旦那——ちょいとその、おっかねえ野郎なんで……」

「ふうん……」

半蔵は箸をおき、

「その食い逃げ野郎がかえ？」

「逃げやアしねえ、店にいますよ」

「ほほう……」

「感心していちゃいけねえ。どうします？　番所へ知らせましょうか」

「いいよ、おれが出てみる」

「気をつけて下さいよ。相手は狼みてえな目つきをしていますぜ」

「そうか」

「長い刀《の》をぶちこんでます」

「浪人かえ？」

「へえ……」

半蔵は、店へ出た。

うなぎの蒲焼が高級料理になったのは、もっと後のことで、この鮒屋の店も七坪の板張りへ竹の簀子《すのこ》を敷いた入れこみへ厚目の桜板を縦横にならべ、これが膳がわりになっている。

客も立てこんでいたが、騒ぎを知って一斉《いっせい》に部屋の片隅へ視線をあつめているところであった。

「もし……もし……」

と、半蔵は相手に声をかけた。

無銭飲食の浪人は板壁へ顔をこすりつけるようにし、背をこちらへ向けたまま、長々《ながなが》と寝ころんでいるのである。

身につけているものも、この暑いのにむさくるしい袷《あわせ》の着流しで、それはもう汗と埃《ほこり》にまみれぬいていた。

(いつ、入って来たのか……?)

半蔵は板場ではたらいていたので少しも気づかなかった。

「もし……ちょいと外へ出てくれませんかね」

浪人の肩を半蔵はゆさぶった。多勢の客の前で、無銭飲食をゆるすつもりはないが、外へ連れ出してから、

「いいから、お帰んなさい」

と、逃がしてやるつもりであった。

空腹《すきばら》へ、したたか酒を流しこんだため、その浪人者は荒い呼吸で肩を波うたせながら、

「ないぞ」

と、わめいた。

「ともかく外へ出てくれないかね」

「出ろというのなら、出る」

ふらりと立った浪人の顔を見やりもせず、半蔵は他の客へ、

「御迷惑をおかけしまして……口直しに私から——」

と、板場へ酒を命じた。

馴染みの客たちは歓声《かんせい》をあげた。

一時が万事、この店の主人のとりなしはこうしたもので、それだからこそ一度来た客は必ずまた足を運ぶのだ。

「後をたのむよ」

半蔵は、板場の栄次郎へ声を投げておいて、

「さあ、さあ——」

浪人の肩を突くようにして外へ出た。

表通りから角を曲った細路まで、半蔵は浪人の躰《からだ》を押すようにして行った。

「もういい。お帰りなさい」

そこで、半蔵がもう一度、肩を押すと、

「何をするかッ!!」

浪人が猛然と振り向き、おどろいたことに、いきなり抜き打ってきた。

半蔵は危うくかわしておいて、浪人の腕を抱えこんだ。半蔵も必死である。

「うぬ……う、う……」

苦痛にゆがんだ顔をのけぞらせた浪人に、

「ば、ばかな……」

馬鹿なことをするものじゃアない、といいかけ、ほの暗い夕暮れの光の中で、半蔵は、はじめて浪人の顔をとっくりと見た。

その瞬間に、半蔵の顔から血の気がひいた。

浪人は血走った眼で、半蔵をにらみつけていた。

ものもいわず、半蔵はその浪人を突き放し、店へ駆け戻って来た。

怪訝《けげん》そうに集中する客や、小女や、栄次郎の視線を逃れるように、半蔵は奥の部屋へ走りこんだ。

「まあ……どうしたんですよ、そんな青い顔して……」

裏口から帰って来ていた女房のおしんが、只ならぬ半蔵を見て立ちあがった。

五歳になる息子の玉吉《たまきち》も、おびえたように父親の顔を見つめていた。おしんと玉吉は銭湯《ゆ》から戻って来たのである。

「いや、何でもない……何でもないよ」

そこへすわりこみ、半蔵はおしんに酒を命じ、酒がきて、これを一息にのみほしてから、板前をよんだ。

「いまの浪人、そこらに居やしねえか？」

「え……？」

「見て来てくれ」

栄次郎が戻って来て、どこにもいないと答えると、半蔵は、ふといためいきを吐き、

「よし。わかった」

急に声もあかるくなり、

「今日は早仕舞いにしよう」

と、いった。

その翌日の昼下りに、また、あの浪人者が店へあらわれた。

のっそりと上り込み、

「うなぎを出せ、それから酒だ」

とわめく浪人の声をきいたとき、

(また……)

板場で、うなぎをさいていた半蔵は、

(やっぱり、おぼえていたんだ……)

境の格子口から顔を出し、

「また、来なすったね」

思わず、半蔵もにらみつけるように浪人者を見すえたものだ。

浪人は、にやりと笑った。

荒《すさ》みきった暮しがそうさせているのだろうが、浪人は四十がらみの年齢に見える。だが、八年前に、この男を見た半蔵の記憶からすれば、まだ四十には間のある年齢に違いなかった。

さぐるように、半蔵は浪人の顔のうごき目のうごきを見守りつつ、

「今日は、銭をもって来なすったか？」

と、きいた。

「ない」

たたきつけるようにいって、浪人は、また笑った。

半蔵には、そのうす笑いが底の知れない不気味なものに見えた。

「酒を……」

首をひっこめ、半蔵は小女にいいつけた。

「酒を出してさしあげろ」

そして、不満そうに何かいいかける板前の栄次郎を、

「まあ、いいから——」と制した。

二

（おかしなやつだ、まったく……）

的場《まとば》小金吾《こきんご》は、根岸の御行《おぎょう》の松の前にある丹光寺という寺の境内へ入り込み、そこの墓地の中へ莚《むしろ》をひろげ、寝そべりながら、

（あのうなぎ屋の亭主は、今日も、おれにたらふく飲まれ食われて、そのまま、おとなしく帰してよこした。妙な奴だな……）

むし暑い夜ふけである。

薮蚊《やぶか》もひどいし、とても寝ていられたものではないのだが、頭も躰もしびれるほどに酒をのんできた小金吾は、

（ああ……このまま、あの世へ行けたらなあ……）

わけもなく眠りこけて行きながら、そう思った。

蚊に食われることなどは何でもない。

この三年ほどは、冬も夏も、まんぞくに畳の上へ寝たことすらない小金吾なのである。

江戸に生まれた小金吾なのだが、刀は差していても乞食同様の流浪の旅をつづけにつづけて、江戸へ戻ったのは、この八年間に三度ほどしかない。

差している刀も、すっかり錆《さび》ついてしまっているし、昨夜はこれを引きぬいて、うなぎ屋の亭主へ斬ってかかったものだが、もともと小金吾は人を斬るだけの腕があるわけではない。

それでいて狂暴なまねが出来るというのも、

（いつ死んでもいい）

からなのだ。

今年で三十一歳になる小金吾なのだが、人生行手には何も見えない。

江戸に身寄りの者がいないわけではないが、小金吾にとっては他人同然といってよかった。

このあたりで、小金吾の過去についてのべておかねばなるまい。

小金吾は――麻布永坂に屋敷がある二千石の旗本・戸田方之助《とだかたのすけ》の用人で的場金十郎《まとばきんじゆうろう》というものの子に生まれた。

一人息子だけに、両親は小金吾を、まるでなめまわすようにして育てあげたものである。

的場の家は、代々、戸田家の用人をつとめており、小金吾も当然、父の後を継ぐべき身であった。

安永八年というと、小金吾が二十四歳になり、四十八歳の父・金十郎が急死をした年である。

金十郎は別に病身というわけでもなかったのだが、その朝の食事の折、味噌汁の椀を左手に取りあげたとたんに、うなり声を発して昏倒《こんとう》した。

駆けつけた医者は、

「心の臓でござるな」

といったが、そのときすでに、金十郎の息は絶えていた。

小金吾は、すぐさま、父の後をつぐことになった。

旗本の用人は、大名でいえば家老というべき役目である。

主人の戸田方之助は寄合《よりあい》の中でも、幅のきいた旗本だし、家柄も三河以来の名家だ。

二千石の旗本ともなれば、用人、抱人、中小姓、若党などをふくめ、十四人の家来を抱えているし、これに召使いやら台所の下女までふくめると二十をこえる大世帯になる。

用人となった的場小金吾は、二十四の若さで、これだけの家の切り盛りに責任をもたねばならぬ。

父が生前、そのため小金吾へ「用人教育」をほどこしてくれもし、小金吾も父の代りに諸方へ出向いての外交的な役目も幾度か果したこともあり、

「心してつとめよ。なれど小金吾ならば、わしも安心じゃ」

と、主人もいってくれた。

しかし、大方のことはのみこめたつもりでいても、若い小金吾には、かなり骨の折れた役目であったといえよう。

母のまきが、

「こうなれば、一日も早う嫁を迎えて……」

などといっているうち、その年の春になると、これもまた、ぽっくりと死んでしまった。

今でいう肺炎である。風邪をこじらせたのが命とりになったのだ。

父の死にはあまり泣かなかった小金吾も、この母の昇天には声をあげ、子供のように泣きじゃくったという。

「むりもない。あれほど慈愛をそそぎ育てあげられた母御ゆえなあ……」

屋敷内の人々も、親類のものも、通夜の日の小金吾の悲嘆ぶりを見て口々にいい合った。

まあ、それはそれでよい。

とにかく、的場小金吾も一人前の用人としてつとめられるようになったのだ。

「嫁をさがしてやらねば――」

と、親類どもも急ぎはじめた。

だが、このときすでに、小金吾は恋人を得ていた。

名を、おゆきという。

おゆきは、芝口二丁目の菓子商〔海老屋六兵衛〕の三女で、去年の暮れごろから戸田家の召使いとして奉公に上っていた。

海老屋も名の知れた菓子所《どころ》だが、そのころの商家の娘が武家奉公に上るのは、現代の子女が高等教育をうけるのと同じことであって、武家奉公をつとめあげた娘には箔《はく》がつくのである。

おゆきは、小金吾より六つ下の十八歳であった。

「可愛らしげな、まことに心ばえのよいむすめじゃ」

と、奥方にも気に入られているし、蘭《らん》の花を見るような美女で、清らかな中にも底に秘められた濃厚な情熱が小金吾には感じられた。

ことに、用人となってからの小金吾は、毎日のように奥へ入り、殿さまや奥方にも顔を合せるし、従って、おゆきの顔を見、口をきき合う機会も多くなった。

母を失ってからの小金吾が、急激に、おゆきに魅せられて行ったのも無理はないところで、彼もまた父親ゆずりの端正な美貌であったから、おゆきもまた……と、いうことになった。

用人が召使いと夫婦になることは、別に差しつかえはない。

「そのうちに折を見て、殿様にも申しあげ、夫婦になろう」

と、小金吾は、おゆきに誓った。

二人の間は潔白《けっぱく》であった。

ところが、その年の初夏に異変が起った。

戸田家の別邸が、目黒にある。

殿さまの方之助は、この別邸へ静養に来て、そのとき身のまわりの世話をするため本邸からつきそって来た召使いの中にいたおゆきを犯《おか》した。

必死に逃《のが》れようとするおゆきの脾腹《ひばら》に当身をくらわせ、失神している女を思うさまになぶったのである。

本邸へ戻って来て、おゆきはこのことを小金吾にうちあけた。

小金吾にさえゆるさなかった純潔を非業にむしりとられたのだ。

「殺して下されませ」

懐剣をぬき、小金吾の手にそえて泣き叫ぶおゆきに、

「こうなれば……」

小金吾は決意をした。

殿さまの居室へ押しかけて行き刺し殺してやりたいのは山々だが、小金吾には、とてもそれだけの勇気はない。

つまるところ、戸田家の金・四十七両を拐帯《かいたい》し、小金吾は、おゆきを連れて脱走したのである。

旗本の用人といえば、もちろん公儀にも届け出てあるし、公務の上で主人に落度でも

あるときは、共に切腹の覚悟がなくてはならないほどだ。その重職にあるものが主家の金を拐帯した上に、召使いを連れて逃亡したということになれば、とりも直さず不義密通のレッテルをおされることになる。

けれども、小金吾が殿さまにする抵抗といえば、それ位が精一杯のところだったといえよう。

二人は逃げた。

逃げて逃げて、中仙道を信州・小諸《こもろ》まで来て、

「もう大丈夫だ」

小金吾も、ほっと息をついた。

四十七両という金は、なみなみのものではない。そのころの庶民の暮しが、切りつめれば五年以上も保《も》つだけの金である。

「両刀を捨ててもよい。人目につかぬどこかで、ひっそりと二人で暮そう」

と、小金吾がいえば、

「嬉しい。明日に命がなくなってもかまいませぬ」

おゆきも、小金吾の胸に抱かれ、うわごとのように「嬉しい」とか「いつ死んでも……」とか、いいつづけた。

小諸の巴屋《ともえや》という旅籠《はたご》の一室で、二人は若い情熱をぶつけ合い、何度も愛撫し合っ

た。

その夜更けである。

疲れ果てている的場小金吾であったが、

(や……?)

異様な気配に目がさめると、どこから入って来たのか怪しい大男が、小金吾の夜具の下から胴巻をつかみ出している。

「曲者!!」

叫んで飛びおき、夢中で、小金吾は泥棒につかみかかった。後のことはよくおぼえていない。

うすぐらい行燈《あんどん》の灯に大男の、ぎらぎら光る眼とふとい鼻が見えただけで、すぐに、大男が手にした棍棒で小金吾の脳天《のうてん》を撲りつけたからである。

小金吾は気を失った。

気がつくと、朝であった。

四十両余を盗んで逃げた曲者は、ついに捕《つか》まらなかった。

無一文になった小金吾とおゆきだが、うっかり身分をあかすわけには行かない。

隙を見て、また逃げた。

それからの、二人の生活をくだくだとのべるまでもあるまい。

一年後に、おゆきは死んだ。

苦しい旅の連続が、か細い彼女の一切を奪ってしまったのだ。

おゆきが死んだのは、奥州《おうしゅう》・水沢宿の近くにある須江という寒村の古びた地蔵堂の中に於てであった。

それからの的場小金吾の荒《すさ》み切った流浪の人生については、もはや語るまでもあるまい。

小金吾は、小さな悪業を重ねつづけ、ダニのように生きて来たのである。

うなぎと酒の食い逃げをすることなどには、もう不感症になっていた。それでいて、自殺をとげるだけの勇気も、小金吾にはなかった。

いままで、一度も牢《ろう》にぶちこまれなかったのが不思議なほどであった。

三

八年前に小諸の旅籠で、的場小金吾の金を強奪《ごうだつ》したのは〔鮒屋〕の主人・半蔵である。

もっとも、そのころの半蔵は、うなぎ屋の主人なぞではなかった。

「若いころのおれなぞというものは、とてもとても、お前に話してきかせられるようなものじゃアねえ」

半蔵は、女房のおしんにも、その程度しか過去を語らない。

半蔵は捨子であった。

拾ってくれたのは、浅草十三間町の裏長屋に住む叩き大工であったが、半蔵が八歳になると、

「もう一人前だ。これからはひとりでやって行きねぇ」

さっさと、丁稚《でっち》奉公に出してしまった。

五人も子持の貧乏な職人が、道ばたに捨てられていた半蔵を、それでも八歳まで育ててくれたのである。感謝しなくてはならないのだが、それは無理というものである。

半蔵は、はじめから捨子として育てられた。

大工の子供たちとは、たとえ干魚の一片をあたえられるにつけても、

「お前はうちの子じゃアないんだからね。ほんとうにうちのひとも、すいきょうなまねをしたもんだ」

大工の女房は、きっぱりと区別をした。

四つのときに捨てられた半蔵は、両親の顔もおぼえていない。

母親だと思える女と、夜ふけの町をうろうろ歩きまわり、泣き叫んでいた幼い自分の姿だけが、ぼんやりと思い出せるのみであった。

世の中へ出てからの半蔵は、こうした幼年期を背景にして成長をした。

体も大きい上に狂暴な性格になり、どこへ奉公に出てもつづかなかった。

十八のときに、渡り仲間《ちゅうげん》になった。

口入れ屋を通して、大名や旗本の屋敷の仲間部屋を渡り歩くのである。

酒も博打《ばくち》も女の味も、半蔵は、またたく間におぼえこんだ。

三十六になるまで、半蔵は渡り仲間で暮した。

荒っぽい仲間部屋の歳月は、彼の躰にも数カ所の刃物による傷痕をつけていたし、仲間内では評判の暴れ者で通っていたのだ。

安永七年十二月七日の夜――。

そのころ半蔵は、麴町《こうじまち》の南部丹波守屋敷の仲間部屋にいたのだが……。

南部家の家来で石坂平七郎《いしざかへいしちろう》というものと屋敷内で喧嘩になり、半蔵は、その場で石坂平七郎を刺殺してしまった。

石坂の帯している脇差を、すばやく奪いとって刺したのである。

すぐに、逃げた。

悪行のかぎりをつくしてきたとはいえ、人を殺したのは、はじめてであった。

江戸を飛び出した。

翌年の夏に、信州へ入ったときの半蔵は、みすぼらしい旅姿で、それでも追剝《おいはぎ》や博打で得た金の残りが心細げにふところにあった。

小諸の旅籠〔巴屋〕の二階座敷で、半蔵が泊った部屋は、的場小金吾とおゆきのいた部屋のとなりであった。

襖《ふすま》一つへだてたこちら側の部屋で、半蔵は息をころし、隣室の二人の会話をきいた。

「まだ四十両はあることだし、どうにかなろうよ」

という小金吾の声が耳に入ったのである。

むろん二人が、飽《あ》くことなく語り合う不幸な身の上もきいた。

（可愛想に……）

思いはしたが、

（四十両は捨てておけねえ）

半蔵は、宿の土間から棍棒を見つけ出して来て、二人が眠りこむのを待ち、忍びこんだ。

金の入った胴巻を引きずり出したとき、しがみついた若い侍が、かっと両眼を見ひらき、凄《すさ》まじい形相《ぎょうそう》で自分をにらみつけた。その顔を半蔵は、はっきりとおぼえている。

それにもまして、

「そのお金は、私たちの命でございます。どうか、お助けを……」

若い侍を撲りつけたあとで、白い眼をつりあげ、半蔵の足へしがみつきながら哀願《あいがん》をした女の声が、八年後のいまも半蔵の耳に残っている。

そのときの侍が、見るからに凶暴《きょうぼう》な、かつての自分を見るような姿で店にいるのを見たときは、

（ここで騒がれては、客の迷惑になる）

と思っただけで、とにかく外へ連れ出したのである。

場合によっては、いくらか包んでやってもいいとさえ思っていたのだ。

ところが、切りつけて来た相手の腕を夢中でつかみ、その顔をはっきりと見たとき、

（とうとう来やがった）

あわてて、相手を突放し、家へ逃げ帰った半蔵だが、

（おぼえていねえようだな、おれの顔を……）

相手は八年前の恨《うら》みを叫んだりはしなかったではないか。

ほっとすると同時に、

（あの四十両が、おれと、あの侍の運命《さだめ》をきめてしまったんだ）

すまないと思った。あの若々しい二人にとって、半蔵が盗みとった四十両は、まさに〔命〕であったに違いなかった。

いまの半蔵は、むかしの半蔵ではない。

十七も年下の女房と五つの可愛い男の子を両手に抱え、みちたりた家庭の幸福を六年間も味わいつづけてきている。

それだけに、あの夜の翌日、ふたたび、的場小金吾が店へあらわれたのを見て、慄然《りつぜん》とした。

小金吾のうすら笑いは、半蔵の不安を強烈なものにした。

(笑っていやァがる……やっぱり、知っているんだ。それに違えねえ)

酒の用意が出来ると、半蔵は自分でそれを持ち、小金吾の前へ出て行った。

外は目もくらむような炎天であった。

小金吾は蝿を払いのけながら、

「うなぎもたのむぜ」

と、いった。

酒をおいて、半蔵は思いきってきいた。

「御浪人さん。いったい、いくら欲《ほ》しいんだね」

小金吾が、ぎょろりと半蔵を見返したが、声はなかった。半蔵は、いらいらと、

「いってみてくれ。話に、のろうじゃないか」

「ふうん……」

「そっちから切り出してくれないかね」

「ふうん……」

半蔵は焦《あせ》って来た。

(こいつ、金で承知をしてくれるか、どうか……)

むろん四十両などという大金がある筈はない。

だが、返せというなら身を粉にしても返そう。それで何も彼も忘れてくれるなら……。

「いってみてくれ。いって下さいよ」

半蔵の声がふるえてきた。

小金吾は、また声もなく笑った。前歯が二本欠けている。

ごろりと寝そべり、酒を茶わんに入れながら、小金吾がいった。

「百両――」

四

ふしぎなことである。

的場小金吾には、うなぎ屋の亭主の気持が、わからなかった。

(おれのことが、そんなに怖《こわ》いのかな……それにしても、おかしい)

まさか百両などという大金をよこしたわけではないが、

「とりあえず、これを……」

亭主が、じいっとこっちの顔色をうかがうようにしながら、紙に包んで出した金を、あっさりとうけとり、外へ出てからひらいて見ると、一両小判一枚のほかに細かいのを合せて三両二分ほど入っていた。

たとえ三両でも、いまの小金吾にとっては大金である。

先ず、古着屋で麻の夏着を買った。しゃれこむつもりではない。垢《あか》くさい袷《あわせ》がいかにも暑苦しかったのだ。

それから小金吾は、深川の岡場所へくりこんだ。

富岡八幡宮裏手の、堀川に面した一帯に立ちならぶ娼家の一つへ上りこみ、その夜の小金吾は、酒と、肌は白いがぶよぶよに肥った女の躰へ溺《おぼ》れこんだものである。

三日のうちに、三両二分をつかい果してしまうと、

（また行ってみるかな……）

小金吾は、ぶらりと坂本へ足を向けた。

食い逃げをゆるしたばかりではなく、向うから「いくらほしい？」ときき、三両もの金を見ず知らずの男にあたえる亭主の気持が、どうにも小金吾には呑みこめない。

つまり小金吾、小諸での半蔵の顔をまったく見おぼえていなかったということになる。

（強く出て、おれに仕返しでもされると怖いのか……それにしても、あの大きな図体《ずうたい》を

していやがって、気の小せえ男だな)

江戸の町は無警察ではない。

坂本界隈《かいわい》にも番所はあるし、お上《かみ》の息のかかった者もいる筈なのである。

(なあに、捕まったらそのときだ)

〔鮒屋〕の、のれんをくぐった小金吾は、さすがに蒼白となって飛び出して来た半蔵へ、

「うなぎと、酒だ」

と命じ、ぬたりと笑って、

「それから、小づかいもな」

半蔵は答えなかった。

だが、帰るときの小金吾のふところには、かなりの重味を感じさせる紙包みが入っていたのだ。

やがて、秋が来た。

そして、いつの間にか冬になった。

「もう……もう、がまんが出来ません」

と、たまりかねた女房のおしんが、半蔵にいった。

「このままじゃア、こっちが潰《つぶ》されてしまいますよ、お前さん――この半年の間に、あ

の浪人さんへあげたお金は二十両にもなるんです」

「だから、いってあるじゃねえか……あのお人は、おれの恩人の息子さんなんだと……」

「それだけですか、たったそれだけしか、女房の私には打ちあけてくれないんですか」

めっきりと痩《や》せこけた顔をうつむけ、半蔵は、いつものように沈黙の堅い殻《から》の中へとじこもってしまった。

半蔵にしてみれば、もう疑うべき何ものもなかった。

あの浪人は、あのときのおれの悪事を楯《たて》にとり、どこまでも、おれをしぼりつくそうとしている……それでいて、

「もう、かんべんしておくんなさい」

と、両手をつき、あからさまに、あのときのことを口にのぼせ、浪人にあやまることが出来ない半蔵なのである。

口にするのは、尚、おそろしかった。

口にしたら最後、相手は最後の手段に出る。どんな復讐《こと》をするつもりか知らないが、半蔵は一度に破滅《はめつ》の淵《ふち》へ落ちこんでしまうことだろう。

(何とか……このままで時をかせぎ、そのうち、あのお人が、おれを可愛想だと思ってくれさえしたら……)

むかしの半蔵なら、浪人の一人や二人は何でもないが、いまは可愛い子と女房を抱えている。

四十をこえた躰にも昔ほどの力はないし、騒ぎでもおこして、これがお上にでも知れたら、女房も知らぬ半蔵の旧悪はすべて白日《はくじつ》の下にさらされることになるのだ。

暗い明け暮れの連続であった。

亭主の陰鬱《いんうつ》な様子は、たちまち、店の景気にも反映した。

客も前ほどには来なくなったし、板前の栄次郎も、つい一月ほど前に、ぷいと飛び出したまま、戻っては来なかった。

「わからねえな。旦那があんな野郎に大金をめぐんでやるなんて——いったい、どうしたわけなんです？」

と、栄次郎が問えば、

「むかし、世話になった人の……だから、このことは決して他へもらしてはいけねえ」

そう答えるのみであるから、

「ばかばかしくって話にもならねえ。あの野郎が店へ入ってくると、へどが出そうになる」

若い栄次郎も面白くなくなり、

「このごろじゃア、旦那のしょぼしょぼした顔を毎日見ているだけでも、気が滅入《めい》りますよ」

などと、あけすけにいったこともある。

女房のおしんも、来るたびに、一両、二両という金をせびりとって行く不思議な浪人にわけもなく屈服している亭主を見ていると、

「これから、いったいどうなるんですよ」

おとなしい女房が見違えるように、とげとげしくなった。当然のことだ。女には家があり、男があり、子がなくてはならない。

「いざとなったら、また出直そうよ……そうだ、江戸を出てもいい」

などと、虚脱《きょだつ》したようにつぶやく半蔵の言葉だけでは納得《なっとく》が行くものではなかった。

半蔵が、おしんに出合ったのは、あのとき小諸の夜を逃げ、一散に和田峠を越えて諏《す》訪《わ》に出て、下諏訪の旅籠〔丸屋〕へ草鞋《わらじ》をぬいだときであった。

おしんは、丸屋の女中をしていた。

半蔵は、次の日も丸屋からうごかなかった。

おしんの人柄が、母も知らず、女の情も知らぬ半蔵の荒《すさ》みきった胸の中へいっぱいに、あたたかいものを流しこんでくれたのである。おしんもまた、早くから両親を失っていたのだ。

二日が五日になり、半蔵は半月も丸屋へ滞在した。

さいわいに湯泉《ゆ》の宿であった。

「どうも、私の病気に効《き》くようだから……」

といい、半蔵は胴巻も宿へ預けたものである。

このときから、半蔵の人生が変った。

何といっても、好きな女が出来た上に四十両という金があるのだ。

半蔵は、江戸の浅草で料理屋をやっているという、丸屋の亭主・万右衛門へもちかけ、おしんを江戸へ連れて行くことに成功した。

(もう二年も江戸を留守にしているんだ。帰っても、むかしのおれは消えているさ)

江戸へついてから、おしんにいった。

「実はな、おれも永い間、旅ではたらきつづけて来て、江戸に店などありゃアしないのだよ。だが、店を出すために帰って来たのだ。そのための四十両さ。この金をためるのに十年もかかった……」

おしんは、いささかも疑うことを知らない女であった。

五

天明七年の正月がきた。鮒屋は、火の消えたようになった。小女も一人きりになっている。

半蔵は、ひとりきりで魚をこしらえ、うなぎをさいた。

客もめっきりと減《へ》り、

「この頃の鮒屋のさびれ方はどうしたものだ」

「店の中が陰気になってしまい、酒をのむ気分にもならねえ」

などという評判がたちはじめている。

半蔵とおしんの夫婦喧嘩も絶えない。

六つになった玉吉までが、すっかりおびえ切ってしまい両親《ふたおや》の顔色ばかり、うかがうようになった。

二月七日の夕暮れであった。このところ、しばらく姿を見せなかった的場小金吾が、

「寒いねえ」

にやにやしながら、久しぶりで鮒屋へあらわれた。

朝から雪もよいの空で、冷えこみが激しい。

そのとき、店にいた客は職人風の中年男が一人きりで、どじょう鍋をつつきながら酒をのんでいた。

「うまそうだな」

と小金吾が、その客のどじょう鍋を見て、

「おれにも、どじょうをくれ——いうまでもねえが酒は熱くしてな」

「へえ……」

小女が去ると、板場の戸口から半蔵が、ちらりと顔を見せた。憔悴《しょうすい》し切っているその顔を横目で見やり、

（まったく、どうかしていやがる……この店は、おれが食いつぶしたようなものなのにな……それでもまだ、手を出そうともしねえ。よほど気の小せえ奴なんだ。だが……）

考えれば考えるほど妙なことなのだ。

それにもう小金吾は、

（おれはもう、ものを考えることなぞしたくはねえのだ）

なのである。どんなかたちでやって来るのか知れたものではないが、むしろ静かに、小金吾は破滅を待っていたのだ。

（なぜ早く、おれを突き出さねえ。おれはここへ来るたびに、お上の手がまわるのを今度か、この次かと思いながら、やって来ているのになあ……）

どうでもいい、と考え直し、その日も、小金吾は、したたかに酒をくらい、夜になってから腰をあげた。

「おい……」

戸口で、板場へよびかけると、

「これで、がまんをしておくんなさい」

半蔵が、震える手で紙に包んだものを出した。

「そうかい、もらっておくぜ」

などと答えていたのは、はじめのうちだけで、この頃の小金吾はものもいわずに摑みとって、ふところへねじこんでしまうのであった。

「あばよ」

外へ出ると、ちらちらと降り出していた。

紙の中には一分《いちぶ》銀が二つ入っていた。

（ふん）

鼻でせせら笑ったが、小金吾の顔は変に硬張《こわば》っていたようだ。

（今夜は、どこを寝ぐらにするか……）

道を右へ切れこむと、突当りが要伝寺という寺で、その向うに田圃《たんぼ》がひろがっている。

（このまま凍《こご》え死んでしまいてえなあ……）

ふらふらと雪の中を歩いて行く小金吾のうしろから、

「お待ち下さいまし」

声が、かかった。

「だれだね」

「ふなやの女房でございますよ」

「ほう……」

要伝寺の門前であった。

おしんは半蔵にもいわず、そっと裏口からぬけ出し、小金吾を追って来たものらしい。

「いいかげんにしてくれませんか」

おしんが、つかつかと進みより、小金吾の目の前へ恐れ気もなく立ち、

「いったい、どういうつもりなんでございます。どういうつもりで、私たちをいじめるんでございます。いって下さい。いつまで、私たちをこんな目にあわせるつもりなんです」

噛みつくような、すさまじい女の声をきいて、小金吾は、がくりと肩を落した。

「そうか……お前さん、あの亭主の女房なのか」

「もう、がまん出来ません。今まで、うちのひとにとめられていました。でも、この上、ひどい目にあったら私たちも……いいえ、たった一人の子供までも、みんな泥沼の中へ落ちこまなきゃならないんです」

「客も、めっきり減ったようだな」

「御立派に刀をさしていらっしゃるお人が、どうして、こんなまねをなさるんです」

「ふん……」

小金吾は自嘲《じちょう》して、

「いいともよ」

うなずいたものである。

「な、何がいいんです……」

「おかみさん、もう、おれは顔を見せねえ」

「え……？」

「安心しろと、亭主につたえておけ」

「ほ、ほんとでございますか」

「おれも、女だけにはかなわねえ。お前さんに、こう出られちゃア、手も足も出なくなったよ。おれは、そういう男なんだものなあ」

「あ、ありがとうございます、あ、ありが……」

おしんがそこへ坐りこみ両手を合せて小金吾をおがむかたちになった。

「こ、この通りでございます、この……」

「よしねえ」

小金吾は遠去かりつつ、

「帰ったら亭主につたえておいてくれ、いろいろすまなかったとな……何だか、わけが

わからねえのに、永い間、すっかり、めんどうをかけちまった。ほんとにわけがわから
ねえのだよ、お前さんの御亭主の親切というものがさ」
小金吾は身を返し、走るように、また坂本の通りまで戻って来た。
〔鮒屋〕の戸口の提灯が、ぽつんと見える。
（ああいう女に出られちゃアおしめえさ）
小金吾にとってはふところの二分が最後になったわけだ。
（まあいい。山下の娼婦《けころ》でも買うか……）
車坂へ出た。
右手は堀川で、その向うに寛永寺の塔頭《たっちゅう》が軒をつらねている。
そこまで来て、小金吾は息が切れて来た。
（のみすぎたかな……）
雪がふる暗い道端にしゃがみこみ、小金吾は汚物を吐《は》いた。
しばらくそのままにしていると、すぐ前の御徒《おかち》組屋敷の塀を曲ってきた二人の男が、
「今一度きくが、たしかなのだな、その鮒屋という店の亭主が半蔵めだというのは
……」
「まちがいございませんよ。前には仲間部屋で一つ釜の飯を食っていたのでございます
から――」

かがみこんでいる小金吾に気づかず、組屋敷の塀の角のところへ、二人は立ちどまった。

一人は、立派な風采《ふうさい》の侍である。一人は、仲間風の中年男であった。

小金吾は息をころして二人をうかがった。鮒屋ときいたからである。

「ともかく、わしは半蔵の面《つら》を知らぬ。半蔵に弟の平七郎を殺され、その仇を討とうても相手は毛虫のような奴だ。その上、弟の仇討ゆえ表向きにも出来ぬ」

「ごもっともで――」

「たしかに見まちがえはないな」

「ございませんとも――今朝方、三ノ輪の御下屋敷へ御用があり、その帰り道、坂本へ通りかかると……半蔵のやつ、表へ出て、どじょうをこしらえておりました。はっきりと何度もたしかめたことなので――」

頭巾《ずきん》をかぶった侍は、財布を出し、金を包んで仲間にやった。

「行けい。あとはわし一人でやる。弟の恨みをはらしてやる」

「首尾《しゅび》ようなされませ」

「だが、このことは他にもらすなよ」

「へへ……こう見《め》えても口はかてえ男でございますよ」

「表向きになっては何かとめんどうゆえな」

「わかっておりますとも——」

「帰れ」

侍が歩き出したとき、的場小金吾は身を起し、ふらふらと近づいて行った。

「何者か？」

と、頭巾の中の眼が小金吾を見とがめた。

「わけは知らねえが……」

小金吾は侍の前へ立ちはだかり、

「鮒屋の亭主の首をとるのだってね」

「何——」

「いまそこで、すっかり聞いたが……」

「おのれは……」

「わけのわからねえことばかりだが……」

と、小金吾が首をふったとき、まだそこにいた仲間が、

「何だ何だ、てめえは——」

威勢よく駆け寄り、小金吾の胸元をつかんだ。

「うるせえ」

叫ぶや、小金吾は身を引き、いきなり仲間を斬った。錆刀《さび》なのだが、おそろしいほど

うまくきまって、

「わあ……」

脳天《のうてん》を割りつけられた仲間が、のめりこむように堀川の中へ落ちた。

「おのれ」

頭巾の侍が飛び退いて抜刀した。

（こいつ、おれの腕で斬れるかな……）

小金吾は刀をかまえつつ、

（これで死場所が出来たな、おれも……）

と思った。ちらりと、小金吾の脳裏《のうり》を、死んだおゆきのさびしげな顔がよぎって行った。

（うまくやっつけたら、おい、鮒屋の亭主。お前さんに恩返しをしたことになるなあ……）

あとは夢中であった。

この十年の暗い人生の中で、このときほど的場小金吾が充実し切っていたときはない。

得体《えたい》も知れぬ闘志が全身にわきあがり、小金吾は、じりじりと相手に迫って行った。

小金吾の脳裏には、鮒屋の亭主の顔なぞ、もう浮んではいなかった。

（おれはなあ……お前さんの亭主のためにやるのだぜ）

胸のうちで鮒屋の女房へ呼びかけ、小金吾は低く身をかまえた。

相手も、もう物をいわない。

双方の間合いが、少しずつ縮《ちぢ》んで行った。

「野郎!!」

けだもののような声を発し、躰をぶつけるように小金吾が錆刀を相手の腹へ突き通したとき、小金吾もまた頭から首すじへかけて火のような衝撃《しょうげき》をうけていた。

たまぎるような相手の絶叫をきいたように思ったが、すぐに、的場小金吾の意識も絶ち切られた。

鬼火

一

永禄十一年（西暦一五六八）の秋――。

近隣の諸国を切り従えた織田信長は、足利義昭《あしかがよしあき》を奉じて入洛しようとしていた。

義昭は、足利十五代の将軍だが、それは名のみのことで、天下は、織田、毛利、武田、上杉、北条など強力な戦国大名たちのすさまじい闘争が、ようやく天下平定の目標に向って大きくしぼられてきており、それでも尚、将軍権力回復への野望を捨てぬ義昭は諸方を流浪しつつ、援護者を求めていた。

そのころ、足利義昭は、越前・福井の城主・朝倉義景の庇護《ひご》をうけていたのだが、朝倉には義昭を奉じ京都へのぼって天下に号令するだけの実力はない。

「織田信長にたよられては……」

と、すすめたのは義昭の家臣・細川藤孝である。

「うまく行こうか？」

「おまかせあれ。信長の臣・明智十兵衛光秀は、それがしと旧知の間柄でござる」

「では、たのむ」

というので、義昭主従は、朝倉家に見切りをつけ、早速、岐阜にいる織田信長へはたらきかけた。

このとき、義昭と信長との会見を取りもったのが、明智光秀である。

さて……。

天下をつかみとるためには、帝都である京を治めねばならぬ。

上洛の機をねらっていた信長は、得たりと、義昭援助に踏み切った。

足利将軍を助けて京へ乗りこむのだから、名目は立派に立つ。

義昭が後で邪魔になれば、これを追い払うことなど、信長にとっては戦さをするよりもやさしいことであった。

この上洛に際し、信長は先ず岐阜から京への一つの関門にあたる近江・甲賀の地を手中におさめんとしたが、

「信長ごときに尾が振れるか」

観音寺城にいて甲賀の地をおさめていた六角義賢《ろっかくよしかた》は、

「——将軍動座のところ、江州の通路難きにより進発すべく忠勤を抽《ぬき》んでよ」

と命じてきた信長の書状を、破り捨てた。

六角家は、近江源氏の名門・佐々木氏の宗家であり、義賢自身も足利十三代将軍・義輝から管領職に任ぜられ、義輝を助け、一時は京へ将軍を還任させたこともある。

新興勢力の織田信長のいうことなどはきけぬというわけであったが、

「古狸め——」

信長は、たちまち近江へ攻めこみ、六角義賢は到底ささえきれずに甲賀を逃げ、伊賀国へ遁走《とんそう》してしまった。

義賢は馬術の天才だったというから、老人ながら逃げ足は速かったろう。

それにしても、六角勢の抵抗は微弱なもので、得意の忍者部隊も、あまり活躍をしてはいないし、信長の手に甲賀の地がおさめられると、信長に仕える豪族もかなり多かった。

義賢の君主としての人格、もはや、この地をおさめるだけの器量をそなえてはいなかった、ということだ。

伴《とも》太郎《たろう》左衛門《ざえもん》資宗《すけむね》が、信長に召し出されたのも、このときである。

世にいう甲賀武士の、その中でも山中、望月、池田など二十一家は、応仁以来の戦乱の世に武名をうたわれ、伴家もその一つで、主の太郎左衛門は、ときに三十二歳。配下に二十余名の〔忍び〕を抱えていた。

観音寺城へ入った信長のもとへ伺候し、夜ふけに馬を駆って下山村の居館へ帰って来た伴太郎左衛門は、

「織田家へ随臣することにしたぞ。信長公の、あの面がまえなら天下をとれよう。いまや、諸国の民百姓は戦さに飽きつくしておる。一日も早く、一時も早く天下をつかむものが出て、世をおさめ守らねばならぬ。そのためにはいかなる障害もはねのけるほどの大名でのうてはならぬのだが……おれは今日、その大名をこの目で見て来たわ」

目をかがやかせて、家人や家来たちにいった。

ここで、十三年の歳月が飛ぶ。

すなわち天正十年である。

この年、織田信長は徳川家康との連合軍をもって、武田勝頼を討滅し、安土《あづち》の居城へ凱旋をしたが、席のあたたまる間もなく、中国で毛利軍と戦っている羽柴秀吉を救援すべく、ふたたび陣ぶれを行ない、みずからは七十余名のわずかな供廻りをしたがえたのみで、京都へ入った。

京の宿所・本能寺に数日滞在をし、諸部隊の集結を待ち、中国へ出陣するつもりであった。

中国の毛利を討てば、それで天下は名実ともに信長のものとなるのである。鎧もまとわぬ平服のまま、遊山にでも出かけるように京都へ入ったのも、信長にそれだけの余裕があったからだ。三河の強豪・徳川家康を傘下におさめ、しかも故・信玄以来の宿敵だった武田家をほろぼしてしまったのである。

青葉の街道を、夏の陽射しを浴びて行く馬上の信長はこのとき四十九歳。武田攻めの戦陣で陽灼けした逞しい顔貌が満面に笑みをふくみ、上機嫌であった。

伴太郎左衛門も、この行列に加わっていた。

太郎左衛門も四十五歳の男ざかりになっており、安土から京への道すじには、彼の手配によって、水も洩らさぬ警戒網が敷かれてあった。

近頃の信長は、こうしたことに無関心であって、

(いまのおれを討つものなぞ、あるべき筈がない)

と、思っている。

だが、太郎左衛門にしてみれば、この十三年間、自分の手で行なってきた役目を、このときだけ放棄するいわれはない。

戦闘については、信長同様、少しもおそれぬ太郎左衛門だが、暗殺者はおそろしい。忍びの活動について熟知しつくしている太郎左衛門だけに、

（すぐれた一人の忍びがいたら……それで上様の御命は絶たれよう）

との緊張は消ゆるべくもない。

太郎左衛門配下の忍びたちは、信長が安土を発つ前に街道すじへ散って行き、油断なく、見張りを行なった。

五月二十九日に、信長の行列は無事に京へ入った。

太郎左衛門の杞憂《きゆう》など馬鹿らしいようなものであって、

「太郎左。苦労であったな」

到着の夜、信長は太郎左衛門をよび、盃をとらせつつ、にこにこと、

「これからは、そちも心をゆるめ、茶の湯なぞもおぼえたがよい」

と、いった。

二

六月一日の織田信長は、朝から多忙であった。

ほとんど〔天下人《てんかびと》〕といってよい信長の力で、京都も、しごく平穏な明け暮れを送り迎えるようになった。

朝廷に対しても信長は細心な配慮をつくしているし、正親町《おうぎまち》天皇の信任もあつい。

ために、この日も朝から公家《くげ》たちの訪問が絶えない上に、信長は本能寺の書院で大茶

会をもよおしたのである。

信長の茶の湯へ対する執着は強いものだし、美的感覚も一流のものであったから秘蔵の名物茶器も多い。

これらの茶道具を披露する意味もふくめての茶会であった。

出陣の途次に、こんなことをして行こうというのだから、信長も悠々たるものである。

いま、羽柴秀吉は備中国・高松の城を包囲しているのだが、毛利輝元の大軍が高松城を救援すべくやって来たので、急使を安土へやり信長の来援を願い出たものだ。

「さるが音《ね》を上げおった。よし、こうなれば、おれが出て行って、毛利をもみつぶしてくりょう」

すでに、京の妙覚寺には信長の嫡子・信忠が手勢をひきいて入っているし、細川、筒井、池田、中川などの諸将も追々集結をしよう。

明智光秀も亀山の居城を今日明日中に発し、これは信長より先に中国へ乗り込むことになっている。

わざわざ、安土から運びこんだ茶道具三十八種の披露と茶会が、にぎやかにおこなわれた。

四十余人の堂上公家をはじめ、鳥井宗室などの茶人、富商、僧侶などが本能寺へあつまり、信長の、甲斐での戦勝と中国出陣を祝った。

嫡子の信忠が宿所へ帰った後、夜半すぎに信長は寝所へ入った。

そして、二日の夜明けも間近いというころ、突如、本能寺は明智光秀の襲撃をうけた。

思いもかけなかったことである。

伴太郎左衛門は、信長の寝所から三つ目の部屋に眠っていたが、

(や……?)

むし暑くたれこめている払暁《あかつき》の闇が怪しくゆれうごくのを本能的に感じて目ざめた。

あたりは、森閑としずまり返っている。

同じ部屋に眠っている信長の近習・薄田《すすきだ》余五郎《よごろう》、落合六郎の健康そうな寝息が室内をみたしていた。

(気の故であろうか……)

と思ったが、太郎左衛門は太刀をつかんで表御殿前の庭へ出た。

夏の朝だが、まだ暗い。

庭先に立って見て、太郎左衛門は、

(闇が押して来る……)

と、感じた。

寺の門のあたりで、けたたましい叫び声が起ったのは、このときであった。

「出合いめされい!!」

太郎左衛門は広縁へ躍り上り、近習たちが寝ている部屋部屋へ、

「異変でござる、出合え、出合え!!」

怒鳴りつづけた。

薄田余五郎が真先に廊下へあらわれた。

「余五郎殿。上様に早う……」

「何事でござる?」

「異変じゃ」

激しく寺の門を叩き破る槌の音が叫び声にまじり合い、おめき声や悲鳴さえもきこえはじめた。

いっせいに、近習たちも起きて来た。

鉄砲の音がおこり、同時に鬨《とき》の声があがった。

その鬨の声は本能寺のまわりへ波及しつつ、急激にすさまじい響《どよ》みとなって寺内へ流れこんで来た。

「明智光秀の謀叛《むほん》——」

と知れたときには、広縁に出ていた織田信長も、

「あやつが……」

つぶやいたきり、しばらくは茫然となったほどで、伴太郎左衛門にしても、このことは夢にも思わなかったことである。

(おれとしたことが……)

太郎左衛門は歯がみをした。

甲賀の伴家の頭領でもある太郎左衛門の役目は、信長をこうした襲撃から未然に守るためのものだった筈だ。

「よきように、そちが計らいくれい」

と、全面的に信長からまかせられたかたちであったが、太郎左衛門としては、この十余年の歳月をかけて周到な手配をめぐらしていた。

たとえば――。

信長の、もっとも忠実な家臣である羽柴秀吉のもとにも、太郎左衛門配下の忍びが入りこんでいる。柴田勝家にも、細川忠興にも、筒井順慶にも、太郎左衛門の目は油断なく光っていた。

だから、明智家にも、むろん手はまわしてあった。

松尾九十郎という男がそれである。

九十郎は六年も前から明智家に入り、戦功をたてるたびに光秀からもみとめられ、たしか、いまは光秀の傍近くつかえている筈であった。

むろん、九十郎が甲賀の忍び、とは知れていない。

知っているのは伴太郎左衛門一人である。

九十郎は旧尼子《あまこ》の残党——それも身分の低い者というふれこみで、わざわざ遠くへ手をまわし、京の妙心寺内の塔頭《たっちゅう》・退蔵院《たいぞういん》の僧で通玄《つうげん》というものの紹介により、明智家へつかえさせた。

この通玄という僧が、太郎左衛門の息がかかった甲賀忍びであることはいうまでもない。

通玄は、太郎左衛門の父の代から退蔵院の僧になりすましている、というよりも、正式の修行をした僧なのである。

二十数年もの間、通玄は、妙心寺を通じて得た種々の情報を甲賀へ送ってきていた。

〔忍び〕の活動とは、およそこうした忍耐の上につちかわれたものが本来のものなのである。

退蔵院の僧からの口ききなので、光秀は、いささかもうたがいをいれず、九十郎を召し抱えたのだ。

さて、本能寺へ戻る。

乱入する明智勢と、寺内の建物を利して闘う信長の手勢、といってもそれが百名にみたぬそれでは、どうしようもなかった。

信長は、みずから広縁へ出て弓を引きしぼった。

「上様。申しわけの仕様もござりませぬ」

伴太郎左衛門が槍をつかみ、傍へ馳《は》せよって頭をたれると、

「よいわ」

弓鳴りの音の間に、信長がうすく笑って、

「これまでのことよ」

と、いう。すばらしいほどのいさぎよさである。

「おそれ入り……」

「太郎左」

「は――」

「女どもを逃がせい。光秀も手はつけまい。その後に、火をかけい」

叫ぶや、信長は弓を捨て、小姓・高橋虎松が差し出した十文字の鎌槍をつかみ、

「早くせよ」

と、命じた。

太郎左衛門は表御殿へ馳せ入り、出来るだけのことをした。

殿舎に火があがると、信長は、さっさと中へ入り、奥の一室へ消えた。

炎と煙の中で、伴太郎左衛門は、信長の入った一室のもっとも近くにいて、近づく敵を突き殪《たお》した。

（九十郎め、何をしていたのか……汝《われ》は何のために明智へ入っていたのだ。甲賀忍びの名折れではないか……）

無念であった。

むろん、松尾九十郎にして何とも出来なかった事情は、あったのだろうが、ほんのわずか前に――それは一椀の飯を食い終るだけの時間でもよい。明智の襲撃が耳へ入っていたなら、太郎左衛門は信長を落すことが出来たろう。

やがて、伴太郎左衛門の鬼神のような奮戦もやんだ。

織田信長は炎の中に腹を切って果てたが、その首は終《つい》に見当たらず、明智光秀を焦慮させた。

光秀としては、信長の首を白日にさらし〔天下の交代〕を世に判然とさせたかったことであろうが、信長は、そのような恥をうける男ではない。

二日の朝――。

織田信忠は父の悲報をきくや、二条御所へ入り、果敢な抵抗の後に、これも殿舎の火の中で自殺をとげた。

このころ――。

松尾九十郎は、中国へ向けて馬を飛ばしていた。

九十郎も太郎左衛門同様に無念であった。

九十郎にしても、まさか……と思っていたし、何しろ光秀が主・信長を討つという謀叛の決意を打ちあけたのは、本能寺襲撃の前夜なのである。

すなわち六月一日の夜に入ってから、明智光秀は中国攻めの軍列を従え、丹波・亀山の居城を発した。

ところが、老《おい》の坂を下り、桂川をわたると、光秀は全軍を休ませ、重臣たちをまねき、ここで、はじめて京へ攻め入る決意をもらした。

このとき、松尾九十郎も軍列の中にあったが、他の将兵同様に、まだ光秀が、そのようなことを考えているなどとは知るべくもない。

羽柴秀吉同様に——いや秀吉よりも、もっと従順で、忠実な家臣として光秀は、信長につかえていた。

光秀の重臣たちですら、そう思っていたのである。

京の町へ入るまで、

(本能寺の上様と合流なさるのだろう)

と、九十郎は思っていた。

甲賀忍びにあるまじき不覚であるが、しかし、それほど、光秀の謀叛はどう考えてみてもそれとわからぬ性質のものだった。
だからこそ、成功したのである。
だからこそ、信長も太郎左衛門も、これを未然にふせぐことは出来なかったのである。
その間際まで〔決意〕は、光秀ひとりの胸にたたみこまれていた、といってよい。
京の町へ入るや、
「松尾九十郎と、坂巻伝蔵をよべ」
と、光秀が命じた。
二人が光秀の馬側へ駈け寄ると、
「これより、両人とも、わしが傍を離れてはならぬ」
光秀が、きびしくいった。
同時に、軍列は速度を早め、本能寺襲撃が全軍につたえられた。
(しまった……)
九十郎は愕然とした。
(明智家に忍びがいても無駄だ)
と思いもし、
(頭領様＝太郎左衛門＝は、もっと、はなばなしいはたらきの場を、おれにあたえてくれてもよいのに……)

忍びとしての不満を抱いたこともある。

奔放無比な、人づかいの荒い織田信長にどこまでもつつましやかに仕え、誠実に役目を果してきた光秀であった。

だから、いまの松尾九十郎は、ときに自分が甲賀忍びだということを忘れかけることがあったほどだ。

光秀は家来たちを大切にする。

九十郎も、

(こんな殿さまなら一生おつかえ申してもよいな)

と思い、いつしか光秀の家来に成り切ってしまっていたのだ。

(しまった——)と知り(何とか、本能寺へ知らせなくては——)とあせったが、無駄である。

光秀の前後左右は、びっしりと武装の侍臣が囲んでいて、姿をくらますことなど思いもよらない。九十郎は坂巻伝蔵と共に、この囲みの中にあって走りつづけねばならなかったのだ。

あっという間もなく、本能寺へついた。

本能寺が炎をふき上げると同時に、光秀は一通の密書を坂巻伝蔵に渡し、

「毛利へ行け」

と命じた。

「大事の役目である。毛利方へ――」

光秀は面をひきつらせ、伝蔵へ必死の眼ざしを投げた。

三

本能寺の戦闘たけなわとなるや、

「ええ、もうこのままじっとしてはおられませぬ。ごめん!!」

機をねらっていた松尾九十郎は槍をつかんで光秀の傍を離れようとした。

「待て、そちは……」

光秀は、あわてて九十郎をとめようとした。

おそらく九十郎も、どこかへ密使としてつかうつもりでいたのだろうが、

「ごめん下され、ごめん――」

わめきつつ、九十郎は矢のように走り出し、本能寺内へ駈け入った。いかにも明智の家来としての、闘志を押えかねたという様子が誰の目にも見てとれた。

だが、一度、寺内へ入った九十郎は混戦の中をくぐり、ふたたび外へ出た。

そのとき九十郎は、もう馬に乗っていた。

本能寺の馬小屋から飛び出して来た一頭を、うまくつかまえることが出来たのだ。

「それ――」

本能寺東面を囲む明智勢の中を、

「ごめん、ごめん――」

わめきつつ駈け抜け、九十郎はたちまち京を離れた。

（こうなれば……）

と、九十郎は決意をしていた。

襲撃はすでにおこなわれたのである。いまさらに寺内へ飛びこみ、頭領・伴太郎左衛門と共に斬死をするよりも、

（毛利へ駈け向った坂巻伝蔵の密書を奪いとってくれよう）

このことであった。

この密書が毛利家へとどけば、信長の死を知った毛利軍は勇気百倍し、秀吉は、いよいよ窮地に立つことになる。

こうなれば、光秀の思う壺であった。

やがては、秀吉は毛利の大軍に圧迫されて破れるだろうし、その間に、諸方の大名たちを屈服させた光秀が、毛利と手をむすび天下をとる。

政治的な準備をまったくととのえていない急激な謀叛、襲撃であったから、すべては

天下さまの信長の首を討ってから、迅速に手を打たねばならない。

坂巻伝蔵へ託した密書に、光秀は祈りをこめていたのだ。


京から備前岡山まで、約五十里。

岡山の西方約三里の地点にある高松城には毛利方の武将・清水宗治《しみずむねはる》が立てこもり、この春から秀吉軍の攻囲を受けている。

秀吉は出血を好まず、城の西北から東南にかけて一里余に及ぶ堤を築き、この中へ足守川の水を堰《せ》き入れ、城を水攻めにした。

以来、一カ月を経て、城中の糧食も尽きたし、開城の一歩前というところまで追いこまれている。

しかし、毛利軍も、ひたひたと秀吉の背後に迫っており、秀吉は防備をかため、前面の城と背後の敵軍とに対し一歩も退かぬ。どちらにしても、高松城の命運は、この二、三日がヤマであったといえよう。

坂巻伝蔵は、京を発し翌三日の夕暮れ近いころに、岡山の北から東を流れる旭川の上流へ達した。

すでに、乗馬は捨てている。

岡山は宇喜多秀家の居城があり、宇喜多家も秀吉軍と共に毛利征伐、中国平定の第一線となっているのだから、伝蔵も迂闊《うかつ》には近寄れなかった。

伝蔵は夜に入る前、岡山の北二里ほどのところにある下牧《しもまき》付近の木立の中から、旭川をわたろうとした。

ときに伝蔵は四十歳。父の代から明智家へつかえてきた伊賀の忍びで、光秀の信頼もふかい。

背丈は低いが巌《いわお》のようにがっしりとした体軀を、そろそろと川水へひたしつつ、伝蔵は密書を取り出し、これを口にくわえた。

あたりに、まったく人影はない。

川の音と、美しい蜩《ひぐらし》の合唱が、野を森をみたしていた。

薄暮である。

(何としても今夜のうちに……)

伝蔵も必死であった。

夜の闇は伝蔵を隠しもするが、また敵をも隠す。油断はならなかった。

さいわい、これから岡山のあたりにかけては伝蔵もよく地理をわきまえている。

しずかに、伝蔵は川を泳ぎわたった。

対岸には山肌が迫っており、ふかい草むらが川辺に落ちこんでいた。

(よし——)

　伝蔵が、岸辺の草へ這い上って、口にくわえた密書を左手にとった。その瞬間であった。

「む!!」

　草むらから、怪鳥《けちょう》のように飛び立った人影が一つ、いきなり、伝蔵へ斬りつけて来た。

「あ……」

　身をかわすひまもなく、伝蔵は本能的に密書をつかんだ左腕を引きこめつつ、辛うじて横倒しに逃れようとしたが、

「やあ——」

　なぐりつけるように払った相手の二の太刀に、

「ぎゃっ……」

　伝蔵の左腕が肘のあたりから密書をつかんだまま切断された。

「おのれ……」

　旭川へ落ちこみかけた伝蔵の張り裂けんばかりに見開かれた両眼は、はっきりと曲者《くせもの》の顔を夕闇の中にとらえた。

「おのれは、九十郎……」

　その叫びが、伝蔵の最後のものであった。

さらに一太刀を浴び、坂巻伝蔵は飛沫をあげて川へ落ちこんで行った。

松尾九十郎は、伝蔵同様に武装を解き、髪も無造作にゆい直し、一見、土民風の姿に変っている。

川へ落ち、かなり早い流れに押し流され、見る見る夕闇の中へ溶けこんでしまった伝蔵を見送り、

「伊賀者め、とうとうきさまは、おれの本体を見破れなかったようだな」

嘲笑をもらした。

九十郎は甲賀の忍びとして伊賀忍びに打ち勝つことの出来た十余年をふり返ってみて、満足であった。

明智家に潜入していて、どれほど、坂巻伝蔵のするどい目をおそれたか知れない。

その苦心、その忍耐が、いま実ったのだ。

京から追いかけ、そして追いぬき、この川岸に待伏せ、見事、密書を奪った。

(だが……)

九十郎は、また、うなだれた。

肝心な一大事を未然に防ぎ得なかった失態は、まさに甲賀忍者として頭領にも、また甲賀の地へも顔向けがならぬ恥辱である。

だが、いつまでも頭をたれているわけには行かなかった。

死を決した松尾九十郎は、血まみれになって落ちている伝蔵の左手から密書をつかみとり、疾風のように川辺の小道を駈けはじめた。

九十郎が、蛙《かえる》ノ鼻にある羽柴秀吉の本陣へ連行されたのは、この日の夜ふけである。

九十郎は、ありのままを打ちあけ、密書を差出し、

「あまりの意外さに機を失い、右府様（信長）の御危難に間に合わず、まことにもって……」

ひれ伏して、泣き出した。

人払いをした秀吉は、だまって密書を読み、ややあって、

「九十郎とやら、正直に、よう申したてた。すぎたることは問うまい。よし、よし。この密書を奪った手柄にめんじ、見て見ぬふりをしてつかわそう」

「ま、まことのことで……⁉」

「そちは、どこまでも明智の密使。わが手に捕えられ密書を奪われた名も無き者じゃ、よいな」

「は――」

意外であった。

打首にされても、異存はないつもりだったのである。

「消えろ、九十郎」

秀吉の声と共に、どさりと重い革袋《かわぶくろ》が九十郎の前へ投げ出された。

「その金銭《かね》で何とか生きよ」

涙あふるるままに九十郎が見上げると、秀吉の顔は、得体の知れぬ興奮と異常な決意に照りかがやき、痩せた小さな、武将には似つかわしくない体軀が六尺にも見えた。

秀吉は、ただちに清水宗治と講和すべく、全力をつくした。

信長の死は、味方の兵たちにも知らされず、たくみに事は運ばれた。

高松城でも、城主の清水宗治が、

「おれが腹切る代りに城兵一同を助命してくれれば……」

と思いつめていたし、目の前まで救援に来ている毛利軍も、まるで高松城を人質にとられているようなものであるし、織田信長みずからが大軍をひきいてやって来るというので、

「餓死をさせるよりも……」

と、毛利輝元も講和に踏み切った。

翌四日の朝——。

清水宗治は城を出て父の月清、重臣の末近某と共に切腹をし、城は明け渡された。

講和成るや、一日おいた六日に羽柴秀吉は陣を払い、姫路の居城へ引返してしまった。

本能寺の異変が毛利方へとどいたのは翌七日の夕刻であった。

それと知っていたなら講和などする筈もない毛利輝元は、さぞ口惜しがったことであろう。

以後――明智光秀を山崎の戦役に破ってからの秀吉については、くだくだと語るにも及ぶまい。

九年後の天正十八年に、小田原の北条氏を下した秀吉は、ここに信長が夢見ていた文字通りの天下平定を成しとげた。

四

松尾九十郎は、六十二歳になっていた。

あの夜、彼が秀吉から金袋をもらい、忽然《こつぜん》と夜の闇に消えてから三十年の歳月を経ている。

京の五条・寺町で〔銭屋〕の主人としておさまっている九十郎に、昔日のおもかげは、全くない。

しなやかで強靭《きょうじん》だった体軀には、でっぷりと肉がつき、頰も瞼も顎も、だらしのない肉のたるみで浮腫《むく》んだように見える。

毛髪も脱落し、白いまげが申しわけほど頭についていた。

貨幣の流通は、いよいよさかんになっているし、大きな町へ行けば各種銭貨の両替や交換を業《なりわ》いとする店が必ずあって、これを〔銭屋〕とよぶ。

九十郎の店は、京の〔銭屋〕の中でも大きく、奉公人も十人ほどいるし、金貸しもやっている。京近在の百姓から借金の代償に奪いとった土地や山林もかなりなものだという評判であった。

九十郎は、名を四兵衛《しへえ》と変えていた。

京へ住むようになってから十年ほどになるが、それまでの彼が、どうして生きて来たか……。

「わしはなあ、おふく。そりゃもう、五十をこえても尚、女房ひとり持たずに諸国を経めぐり、ずいぶんと苦労をしたものじゃが……」

三年前にもらった若い妻のおふくに、これほどのことは洩らしても、後は、くわしく語ろうとはせず、

「じゃが、そのおかげで、お前の……若いお前の、このようにみずみずしい肌身を抱くことが出来た。あと十年も二十年も、わしは生きて、この世をたのしまねばなあ」

六十の老人だが、昼も夜もおふくをひき寄せて離さない。おふくは、洛西・水尾の村の農家のむすめであったのを、九十郎が金をつんでもらいうけたものだ。

何と、子も一人生まれた。

子を生むと、おふくの肉体は、尚更に九十郎を狂喜させるものに変ったらしく、

「お前を抱いていると、お前の肌のあぶらが、わしの肌に沁み通って来るような気がするぞ」

と、有頂天であった。

このころの九十郎は、あまりあくどい儲け方をしないようになり、若い妻と幼い子への溺愛に一日一日を送り迎え、

「いまが、わしの春じゃ」

と、奉公人の前でも放言してはばからない。

すでに、豊臣秀吉は歿し、天下は徳川家康のものとなった……と見てよい。

秀吉の遺子・秀頼は大坂城にあって、尚、豊臣の残存勢力に守られてはいるが、関ケ原合戦で西軍を破ってからの家康は、だれの目にも〔天下さま〕に映っている。

だが、いまの九十郎には、そのような天下のうごきを気にかける余裕はない。

甲賀へも帰れず、忍びとして生きることも出来ず、そのすべてを忘れようとして、九十郎は永い放浪の後に、ようやく今日の幸福を得ることが出来た。

老いた彼の余生は、体力は、そのすべてをあげて妻と子に向けられている。

その年――慶長十七年の春。

九十郎は大坂の同業者との談合があり、大坂へ出かけたが、三日後に、淀川を船で伏

見まで来て、そこに馬をひいて待ちうけていた下男の小平に迎えられた。

「さ、早ういこう」

大坂まで供をして行った与惣《よそう》という店の者を従え、小平が手綱をとる馬にゆられながら、

「早う、早う……」

と、九十郎は急《せ》きたてた。

夜船で着いたのだから、朝もまだ早かった。

伏見から京の店までは約三里。九十郎はおふくの愛らしい唇《くち》を吸うことばかり考え、

「馬を急がせてもかまわぬぞや。もっと早う、早う」

いいつづけるのを、小平と与惣が顔を見合わせて笑った。その笑いが好意的なのは、九十郎が奉公人に評判がよいことを物語っている。

やがて、日がのぼった。

すがすがしい朝の陽射しにみたされた街道には、たまに、ちらほらと農家の人が往来するのみで、小鳥のさえずりが、のどかに快く九十郎の耳へ流れ入ってきた。

竹田をすぎれば鴨川である。街道の両側に密生する竹藪の向うに川の岸辺が見えはじめた。

このとき、街道の向うから騎馬の武士が三人、いずれも編笠をかぶり、ゆったりとこ

ちらへやって来るのが見えた。

（おふくよ、いますぐに、お前の唇を吸うてやるぞ）

にたにたと独り笑いをしながら、九十郎は近づく三人の武士を気にもとめなかった。

ただ、すれ違うとき、小平たちが馬を道へ片よせ、武士たちへ目礼したのに、いまは町人の九十郎もならった。

そのとき、

「それ――」

叫ぶや、馬をあおって九十郎たちを取り囲んだ三人の武士が、馬上から白刃をふるい、小平と与惣へ斬りつけた。

「わあ……」

悲鳴も一瞬のことである。

血しぶきをあげ、頭を割りつけられた小平と与惣は棒を倒すように街道へころがった。

「な、何をなさる……」

三十年前の九十郎なら、馬上から身を躍らせ、苦もなく地上に立って反撃も出来たろうが、

「あ、ああっ……」

肥軀が落ちぬように馬の首へしがみつくのが精いっぱいであった。

馬を寄せて来た曲者の一人が、いきなり九十郎の襟をつかみ、引起すや、拳《こぶし》で胃のあたりをなぐりつけた。

九十郎は気絶した。

後は、もうわからない。

気がつくと、下着ひとつになった躰の両手両足をしばられ、猿轡《さるぐつわ》をかまされており、柱へくくりつけられた九十郎は身動きもならず、暗い物置小屋のような土間にいた。

戸の隙間から、細い線となって戸外の光が見えたが、中は暗かった。

「うごくなや……」

背後の、土間の一隅から、しわがれた、うめくような声がした。

「うごくと、苦しいぞよ」

姿は見えない。

(お前は、だれだ!?)

問おうとしても口がきけない。

おそらく見張りの者に違いないのだろうが、それも老人らしい。

(だれだ……だれが、わしを……)

惑乱《わくらん》の中で、九十郎は、懸命に考えてみようとした。

「案ずるなや」

と、背後の声がいった。

「おぬしは盗賊にさらわれたのじゃわえ」

(え……!?)

「身代《みのしろ》の金銀と引き替えに、帰してやると御頭《おかしら》さまが申されてじゃよ」

(そうか……そうであったのか……)

「じゃから、さわぐな。何もきかず、何も見ず眠っていろ。そうすれば……無事に帰れるじゃろう」

五

次の夜――。

〔銭屋〕四兵衛の女房おふくは、奉公人の五助にまもられ、金銀を入れた木箱と共に、洛北・市原の里へ到着した。

その日の朝、まぎれもない四兵衛自筆の手紙が〔銭屋〕へとどけられ、

「……何事も、この手紙を持参したお人のいう通りにしてくだされ。帰ってから、ようう話してきかせるが、ともかくも、このことは他人にもらさず、おぬしひとりで事をはかろうてくれ……」

と、記してある。

手紙をとどけたものは眼のするどい中年男で、どこか近在の百姓のような風体をしており、おふくと二人きりになると、これこれの金銀を持って市原の某所へ来るように、といった。

おふくは思いなやんだ。

そもそも、昨日の朝、伏見まで四兵衛を迎えに出た下男の小平も店へ戻ってはいない。

それで昨夜になって、おふくは大坂へ四兵衛の安否をたずねに人をやりもした。

そこへ、四兵衛の手紙が来た。

間違いなく夫の筆蹟なのをたしかめ、おふくは、ほっとした。

使いの男は、

「所司代《しょしだい》(役所)なぞへとどけると、四兵衛さまのお命が危ういかと存じます。何事も、このお指図の通りになされませ」

ていねいにいい、そのまま、おふくの傍を離れようともしなかった。

おふくはその男のゆるしを得、奉公人の中で、もっとも四兵衛に信頼されている五助をよび、金銀を箱へつめることを命じた。

何といっても、四兵衛の手紙は本物なのである。

おふくも、五助も、使いの男のいうままに行動するより仕方がなかった。

金銀の入った箱を背にした馬と、おふくと五助、そのうしろから使いの男がついて、三人が市原の里へ入ったとき、すでに夕闇は濃かった。

このあたりは鞍馬や貴船の入口にあたり、山間の里は森や原野がひろがっており、物さびたところである。

ここまで書けば、後は知れていよう。

五助は使いの男に惨殺され、おふくは金銀と共に、森の奥にある小屋へ連れ込まれた。

その夜のうちに、七人ほどの盗賊団は、市原の里を出発した。

馬に乗った賊の首領は編笠の中から、小屋の前で見送っている一人の老人にいった。

「では、先へ行くが……きさまも用がすんだら早う後を追いかけて来い。これからは当分、若狭にいるつもりだ」

「へえ、へえ……」

「おれを捨てるなよ。きさまのような知恵者が、おれには必要なのだからな」

すると、老人が闇の中で哀しげに笑い、

「いまとなっては、この老いぼれがどこへ行く手段《てだて》もござらぬ」

と、いった。

七人の盗賊たちは駿馬で去った。

残った老盗賊は、そっと小屋の戸をひらき、中を見た。

中はかなりひろい。

炉の火が、ちろちろと燃えており、その向うに、おふくが全裸のまま横たわっていた。

彼女の躰が、どのような目にあったかはいうまでもない。

七人の荒くれ男の凌辱《りょうじょく》にまかせた後、おふくは気を失っていた。

それからしばらくして、老盗賊は、少し離れた林の中にある別の小屋へ入って行った。

銭屋四兵衛……いや、九十郎は、もう飢えと寒さに耐えかね、狂人になりかけていた。

春とはいえ、山間《やまあい》の夜の冷気はするどい。その上、昨日から飯粒一つ呑みこんでいないのだ。

「おい……」

老人の声と共に、うまそうな匂いが、暗い小屋の中へ流れこんできた。

「猪《しし》の肉じゃが、食べるか?」

九十郎は、もう夢中で何度もうなずいた。

しかも猪の肉は、甲賀にいた少年のころからの大好物なのである。

老人の手が、湯気をたてている鍋を九十郎の前へ置き、猿轡を外し、両手だけを自由にしてくれた。

「ああ……うう……」

けだもののような唸り声をあげ、九十郎は鍋の中のものへかぶりついた。

「どうじゃ、うまいか？」

「うまい、うまい……」

胴と足をしばりつけられながら食べる苦しさも感ぜず、九十郎は野菜と肉の煮えたのをほお張りつつ、

「いつ、わしは帰してもらえるのだ？　身代金はとどいたのか？」

返事はない。

油断なく見張っていた老人は、食べ終えた九十郎の両手を、また柱へくくりつけた。

「お、おい……わしを、いつ……」

「だまれ」

また猿轡をかまされた。

老人は出て行き、すぐに戻った。

老人は、右手に松明《たいまつ》を持ち、左の小脇に何やら抱えていた。

松明の灯で、九十郎は老人の顔を見、姿を見た。

老人の左腕は無かった。

「まだ、わからぬらしいの」

にやりといい、老人が肘《ひじ》から先は無い左腕の小脇に抱えていた女の着物を、九十郎の前へ放り出した。

まさに、女房・おふくの衣裳ではないか。

「う、うう……」

九十郎は、必死に身をもがいた。

老盗賊は松明の火を、おのれの顔へ突きつけ、

「おい、松尾九十郎」

と、いった。

九十郎が目をみはった。

「互いに老いぼれてしもうたので、見忘れるのも無理はないが……」

「う、うう……」

やっと、わかった。坂巻伝蔵の老残の姿が、顔が目の前で無気味に笑いこけているのである。

「おれも、そろそろ七十になるが、おぬしよりは、まだ躰もうごく、頭もはたらくわえ」

「う、うう……」

猿轡の中でうめき、九十郎はもがきつづける。

「三十年も、おぬしを……いや汝《われ》を探しまわり、ついに見つけることがかなわず、野盗の一味にまで成り下って、わしも、すでにあきらめていたところ、汝めが、網にかかった。この小屋へ連れ込まれた汝を見たとき、わしはもう、何というてよいか……」

語りつつ、坂巻伝蔵の顔からは笑いが消えた。

恨みをこめた白い眼で、まばたきもせず喰い入るように九十郎を見つめて、

「野盗の頭は、汝の始末を、このわしにまかせたのじゃぞ」

「う、ああ……」

「わめけ、泣け」

九十郎は、ぼろぼろと涙を流し、懸命に哀願の表情をつくって見せる。

「ようきけよ」

伝蔵が、すさまじい声で、

「いま、汝が食うた鍋の肉は、汝の女房の躰じゃ」

九十郎の目が凍りついたようになった。

「猪の肉の中へ、わしが切り刻《きざ》んで入れた汝の女房の左腕の肉じゃ」

いいつつ、伝蔵は左肩を寄せ、

「あのときのこと、よもや忘れはすまい。汝を責め殺す前に、女房の肉を食わせてやったのも慈悲じゃと思え」

ぴくん……と、九十郎の躰がうごいた。

それきりであった。

それきりで、九十郎はショック死をしてしまったのである。

老いた銭屋四兵衛としては、当然のことであったかも知れぬ。

「チェ……」

九十郎の死を見とどけると、坂巻伝蔵はいまいましげに舌打ちを鳴らし、

「もろい奴め。もっと苦しみ死をさせてやりたかったのにのう……」

つぶやくと、とぼとぼ小屋の外へ出て行った。

馬がいた。

馬へ乗り、夜の闇の中へ溶けて行きながら、伝蔵は小屋の中へ言った。

「汝が食うたのは、正真正銘の猪の肉だけじゃ。女房どのは別の小屋に、まだ眠ってござる。ふん、ふふん……甲賀の忍びともあろうものが、何という態《ざま》じゃ。おろかものめ、おろかものめ、おろかものめ……」

語尾が、むしろ泣くように消えた。
市原の闇の野に風が鳴っていた。

首

一

甲賀忍びの岩根《いわね》小五郎《こごろう》が、そのことをきいたのは、慶長四年（一五九九）初夏の或る日のことだ。

「光秀が生きていたぞよ」

と、小五郎にささやいたのは、同じ甲賀忍びで〔夜張《よば》り〕の助七《すけしち》という男である。

「ばかをいえ」

と、小五郎は気にもせず、

「そのようなことが、あろう筈がない」

いい切ったが、助七は、

「それならそれでよいわさ。じゃが、生きていたのを、わしは見た。たしかに見たぞよ」

確信にみちた声で、いい返した。

助七は、甲賀五十三家といわれる忍びの頭領の中でも勢力が大きい山中大和守俊房《としふさ》につかえる下忍だが、このとき五十四歳。甲賀忍者の中でも指折りの錬達をほこっている。

岩根小五郎も助七におとらぬ忍びであった。

年齢も四十をこえたばかりで、忍者としては、もっとも脂《あぶら》の乗りきったところである。

彼も助七などと共に、以前は、山中俊房の指揮の下にはたらいて来たのだが、十年ほど前から山中家をはなれた。

ということは、団結のつよい甲賀忍びとは別箇に、単身で活動しはじめたということになる。

いま、小五郎と助七が立話をしているところは、近江・八日市の町を出外れた街道沿いの森の中であった。

少し前に、馬を駆って八日市から北へ向う岩根小五郎を、森から出て来た〔夜張り〕の助七が、

「小五郎どのではないかや。久しぶりじゃな」

と、声をかけた。

そして、

「光秀が生きていたぞよ」

になったのである。

光秀とは、明智光秀のことだ。

織田信長という不世出の英雄を討ったことによって、光秀が歴史に印した足跡は強烈なものとなった。

周知のごとく……。

光秀は、わずか十日ほどの間、天下人《てんかびと》の栄光をのぞみ、その最短距離に立ったのみで、羽柴（豊臣）秀吉に破れた。

光秀は――天正十年六月二日の未明に、京都・本能寺へ泊っていた信長を討ったのはよいが、はやくも十三日には敗軍の将となり、わずか六名の家臣を従えたのみで必死の逃亡を敢行した。

十三日の、まだ梅雨もあけきらぬ暗夜、光秀と近臣たちは、山崎の北東にある勝竜寺城をぬけ出し、秀吉軍の包囲をくぐりつつ、伏見・大亀谷から山越えをして小栗栖《おぐるす》へ出た。

これから大津へ出、さらに近江・坂本の居城へ逃げるつもりだったのである。

だが、ここで、光秀は死んだ。

小栗栖の竹林の中で、土民の槍にかかって腹を突刺され、

「もはや、いかぬ」

光秀は、家臣の溝尾勝兵衛茂朝《みぞおかつびようえしげとも》に介錯《かいしやく》をさせ、溝尾は主人の首を鞍覆につつみ、竹林の土中に隠して坂本へ逃げた、と、いうことになっている。

けれども、甲賀忍びの小五郎にいわせれば、

（あのとき、光秀を槍で突いたのは、このおれだ）

なのであった。

小五郎は、そのとき、二十五歳。まだ山中俊房の配下にあった。中国から引返して来る羽柴秀吉の急使を受けた山中俊房の命により、小五郎や助七をはじめ、二十七名の甲賀忍びが秀吉のためにはたらいたものである。

小五郎は〔戦さ忍び〕として戦場に活動し、勝竜寺城を脱出する明智光秀をとらえ、これを単身で追跡した。

味方に知らせることは容易であったが、

（よし。おれがやる!!）

若い小五郎は、独りで光秀の首を討つ決意であった。

〔戦さ忍び〕が敵将の首を討っても公表されない。あくまでも、その手柄は秘密のものとしておかねばならぬ。けれども、それは忍びの誇りであり、忍び同士の中での名誉で

もある。

そして、ついに小五郎は光秀を手槍で突き、馬上から落とし、首を掻こうとしたが、光秀の家臣たちの猛烈な抵抗に阻《はば》まれた。

で、小五郎は逃げ、後から秀吉軍の一隊を誘導し、小栗栖へ戻り、土中から光秀の首を発見した。

夜張りの助七と同様に、岩根小五郎は、そのときまでに数度、明智光秀の顔を見ている。何しろ、秀吉とならび、織田信長麾下《きか》の将として名声のあった光秀のことだ。

甲賀や伊賀の忍びなら、必ず、その顔を見知っている。

槍を突き通したとき、馬上から自分をにらみつけた光秀のすさまじい顔を、小五郎は、たしかに見た。

光秀の首は、十五日になって、秀吉の前にそなえられ、十六日には京都・粟田口《あわたぐち》に曝され、諸人の目にもふれた筈なのである。

その明智光秀が、十七年後のいま、生きているというのだ。

「おれはな、その光秀を池田山の釜ケ谷の林の中で見たぞよ」

と夜張りの助七老人はいった。

「いま、光秀はな、桜野宮内《さくらのくない》と名乗っていてなあ」

小五郎は、まだ疑わしげに、しみじみと助七をみつめたままだ。

森は鮮烈なみどりに彩《いろど》られていた。

夕暮れの光の中に、二人の忍者は互いの顔を見つめ合い、しばらく黙念としていたが、やがて、小五郎が、

「助七は、なぜ、おれに、そのようなことをきかすのだ!!」

「ききたくはなかったのかや⁉」

「嘘なぞ、ききたくはない」

「わしが何で嘘をいう。思うてもごらんなされ。わたしはもう忍びとしての欲も得もない。ただ頭領さまの指図に従ごうてはたらくまでのこと。したが小五郎どのよ。おぬしは甲賀・伊賀の忍びという忍びの間では明智光秀を討った男として名高い。おぬしが、甲賀の頭領の下をはなれ、ただ一人、存分のはたらきをするようになったのも、その誇りがあったればこそであろうがな」

「む……」

「じゃが、もし……その桜野宮内という武士が、生きていた光秀であったことが知れたとき、気の毒じゃが、おぬしは忍びの恥さらしとなる。ふ、ふふ……岩根小五郎ともあろう者が、影武者の首をつかまされたことになるのじゃものなあ」

まさに、その通りである。影武者の首をはねた忍者の恥は、ぬぐい切れぬものがあるのだ。

小さな躰を屈めて助七は森の奥へ去ろうとした。

「待て、助七……」

「小五郎どの。わしが、このことを知らせてやったのも、むかしのよしみからじゃ。思うてもごらんなされ。わしは、おぬしに、この一命を救われたことがある男じゃ」

「待て。待ってくれい」

「何じゃな……」

「その桜野宮内という武士、いまは何処にいるのだ⁉」

「見とどけるつもりか……もしも、光秀ならば殺すつもりか。いや、まことの忍びなら、そうなくてはなるまい」

互いに、すぐれた忍び同士である。

小五郎にしても、夜張りの助七が、まんざら嘘をいっているのではないことを直感せざるを得なかった。

「助七、たのむ……」

小五郎が緊迫に青ざめて、またいうと、

「教えてもやろうが、そのかわり……」

「そのかわり？」

ぬたりと、助七は笑い、背中を見せながら、しずかにいった。

「十日のうちに、石田治部少輔《じぶしょうゆう》三成《みつなり》さまの御首《みしるし》を討ちとっておじゃれ」

「何……」

岩根小五郎は愕然となった。

ここからも程近い近江・佐和山（彦根）の城主・石田三成は、いまの小五郎がつかえている主であった。

「さらば……返事は三日後、同じ、この場所できこう」

夜張りの助七は、こういい残すや、森のみどりの中へ……一片の葉となったかのように消えた。

二

明智光秀がほろびてから十八年目のいま、すでに豊臣秀吉もいない。

ずいぶん永い間、秀吉は天下に号令をしてきたように思われるが、去年、彼が伏見の城で病歿するまで、彼の天下は十六年つづいたのみである。

秀吉が死んでからいままで、この一年の間、天下動乱のきざしは日毎に明確なものとなってきた。

次の天下を担《にな》うものは誰か……。

秀吉の遺子・秀頼は、まだ六歳の幼児にすぎぬ。この秀頼を中心に、諸国大名たちは、尚、豊臣政権の体面を維持しつつあるけれども、大老・徳川家康の実力と声望は今や充実し切っており、事実、秀吉歿後の家康は、みずから意識して〔天下人〕の座へ一歩一歩と近づきつつある。

この家康の勢力と、いま一つは、――故秀吉の寵臣・石田三成が、これも大老の前田利家を押し立てた勢力とが、大きくいえば豊臣政権の二大勢力であって、諸大名は何らかの形で、それぞれにこの二派に分かれている。

だが前田利家は、つい先頃、病患が重《おも》って、ついに歿した。

石田三成は、彼がたのむ大きな力を失った。

利家の死後、徳川派の勢力が増大し、諸大名の複雑をきわめたうごきや、頻発《ひんぱつ》した幾多の事変、異変については、この物語で、ふれることもあるまい。

とにかく……石田三成は、天下政治の中心である大坂、伏見から去り、いまは居城の佐和山へ隠居というかたちで引きこもっている。これは家康のすすめによるものであった。

三成と家康との間には、表向き何事もないが、

「このままでは、すむまい」

と、誰の目もそう見ていたし、家康もそのつもりでいる。

岩根小五郎が部下の忍びたちを指揮し、絶えず徳川派諸大名の動勢をうかがっている

のも、このためであった。

小五郎は、石田三成の家老で島左近勝猛《かつたけ》の家来、ということになっている。

三成と左近が、徳川家康を排除した〔豊臣政権〕の成立を目ざしていることは事実だし、そのためには、どうしても徳川との決戦をおこなうつもりでいることもたしかなのだ。

その三成を暗殺すれば、明智光秀の……いや桜野宮内の所在を教えるといった夜張りの助七の意外な言葉は、すなわち、甲賀の頭領・山中俊房が徳川方のためにはたらいている、ということにもなる。

（だが……まことのことなのか、光秀が生きているというのは⁉）

その夜、佐和山城内にある島左近の屋敷へ帰って来てからも、岩根小五郎は迷いつづけていた。

三成や左近から厚い信頼を寄せられているだけに、小五郎が三成を暗殺することはわけもなくやれる。

そして、その代わりに助七から桜野宮内の所在をきけば、これも必ず暗殺出来よう。

となれば、この二つの事件は、あくまでも助七と小五郎だけの秘密として闇から闇へほうむり去られることだろう。おそらく石田三成の怪死は急病の結果として公表されるだろうし、小五郎もまた何喰わぬ顔で、三成の死を哀しむことも可能だ。

けれども、それでは小五郎の心がすまぬ。

島左近が、小五郎にかけている期待は大きい。

「家康さえほうむってしまえば、豊臣の天下も万々歳じゃ。そうなれば小五郎。おぬしの身柄も、わしがきっと請け合おう」

と、左近はいってくれている。

甲賀出身の忍者が、立派な武将に取り立てられようというのだ。

小五郎としては、石田三成の暗殺をする代わりに、徳川家康の寝首を掻くほどのはたらきをしなくてはならぬ現状なのである。

(よし。まだ三日ある……)

助七と会うまでの三日間に、小五郎は単身、桜野宮内の行方を追って見ようと決意をした。

(たしか助七は、池田山の林の中で光秀を見た、というたな……)

翌朝、岩根小五郎は主人の居間に出て、

「岐阜城下に嫁ぎおりまする妹に会うてまいりたく、二日の間、おひまを下されますよう」

と、願い出た。

島左近は一も二もなくうなずき、

「よいとも、いまのうちじゃ、そのうちに忙しゅうなるからの」

と、ゆるした。

小五郎は、部下の忍び〔一本眉《まゆ》〕と宮坂長蔵をよび、佐和山の警戒を厳重にせよと命じた。

「油断がならぬときとなった。徳川方の忍びが、この城下へ入りこみ、三成様や殿の御命を狙うているやも知れぬ」

「どこへおいでなさる？」

「おれか……おれは妹に会うて来る。いまこのときをおいて、当分は妹とも会えぬような気がするので」

「後のことは案じられますな」

「では、たのむ」

佐和山を出た岩根小五郎は、むさくるしい乞食姿になっていた。

そのころ……。

甲賀・柏木郷・宇田の村にある山中大和守俊房の屋敷で、夜張りの助七は主の俊房と語り合っていた。

「いまごろは、小五郎め、おそらく美濃の池田山へ向ったことであろうな」

と、山中俊房がいった。

助七は、白髪頭をうなだれて、こたえなかった。

「なれど、桜野宮内は……」

と、俊房は、うす笑いを浮かべ、

「見つからぬわ」

声が、不気味に沈んだ。

助七が辛うじていった。

「この年になって私めは、小五郎ほどの忍びを、はじめて、いつわりました」

「小五郎が、お前に負けたのじゃ」

「なれど」

「明智光秀が、生きておることは事実なのじゃ。お前は、たしかに見たというたな」

「はい……たしかに——なれど、それは池田山ではござりませなんだ。河内の願成寺《がんじょうじ》に於てでござりました」

願成寺は、甲賀とも関係のふかい寺だし、この二月はじめに、夜張りの助七が、この寺で一夜をすごした折、泊り合わせたのが、桜野宮内であった。

翌朝、廊下で擦れ違ったとき、助七は愕然とした。

（み、光秀ではないか……小五郎が暗殺したのは影武者であったのか……）

だが、さすがに助七は、動揺を、みじんも顔色には出さなかった。

桜野宮内という、ふくよかな顔貌をしたその老武士も、別に助七を気にとめず、三名の家来と共に何処かへ去った。

助七は、この後をつけ、その所在を突きとめている。光秀……いやその老武士は、比《ひ》叡山《えいざん》の東麓にある〔長寿院〕という寺へ入ったのだ。

「お前は、別に嘘をいうたわけではない。光秀は生きておるのじゃから……」

と、山中俊房は、庭に咲き群れている白百合の強い匂いを吸いこみつつ、

「ともあれ……岩根小五郎がいては、これからの、われらのはたらきの邪魔になる。きゃつめ、何を仕出かすか、知れたものではないからの。いざ、戦さともなれば……内府公の御首も危うい」

といった。

内府とは、徳川家康をさす。

どうやら、山中俊房が夜張りの助七をつかって岩根小五郎をうごかした意味は〔三成の首ではなく、小五郎の首を討ってしまいたい〕のであるらしい。

「では……」

と、助七が腰を上げた。

「どこへ行く？」

「大坂表へ戻りまする」

「そうか。よし、行け」

助七は大坂に一戸をかまえている。そこで彼は、腕のよい鎧師《よろいし》として数名の弟子を抱え、諸大名の名ある家来たちとも交際がふかい。五年も前から、助七は大坂に住み、種々の情報を得、これを頭領・山中俊房に通じていた。助七の弟子たちは、いずれも甲賀の忍びであるし、彼の家が大坂における山中忍者の基地になっていることはいうまでもない。

わざわざ、助七ほどの忍びを呼び出したのは、

「お前でなければ、小五郎ほどの者をたぶらかすことは出来ぬ」

と、山中俊房がいった通りである。

むかし、この二人は力を合わせて〔忍び〕に、はたらいたものだ。

あの山崎の合戦があったとき、二人は〔戦さ忍び〕として戦場に出ていた。戦さ忍びとは、戦火の最中に忍びのはたらきをすることで、このとき、二人にあたえられた役目は、敗走する明智光秀の行方を突きとめることであった。秀吉軍に圧倒された光秀が、御坊塚の本陣から最後の反撃をこころみたとき、その本陣近くに、明智軍の軍兵に変装して潜入した助七は敵に発見され、二十名近い槍の攻撃を受けた。

これは、明智軍の中に、助七を見知っていた伊賀の忍びで石打才次《いしうちさいじ》というものがいたからである。

夜張りの助七は重傷を負いつつ闘ったが、

（もう、いかぬ……）

血と汗にぬれた躰から急に、すべての力が衰え、地の底へ引きずりこまれるように気を失った。

気がついたとき、助七は岩根小五郎の血みどろな顔を目の前に見た。助七よりも近く光秀の本陣に迫っていた小五郎が引返して、助七を救ってくれたのだ。

「もしも光秀を見失のうたら、どうする……なぜ、わしを放り捨てておかなんだのだ？」

助七が、きくと、

「おれの忍びの術は、助七に教えられたようなものだからな」

にやりと小五郎は笑い、

「光秀は逃げたらしい。これから追う」

「おぬし、傷を負うたか……すまぬ」

「何の……ここに寝ていてくれ。それ、すぐそこまで味方が押し寄せて来ている」

いい捨てて、小五郎は走り去った。

それから彼は、単独で、あの光秀に槍をつけるという放れ業《わざ》をやってのけたのだ。

そのとき受けた傷を癒すのに、助七は二年もかかった。いくつもの傷痕は、いまも、彼の老体に残っている。

三

伊吹連山につらなる美濃の池田山は、中山道・赤坂の宿駅の北、池田郷の西方にあった。

佐和山から約十里余の道のりだが、岩根小五郎は、早くも昼すぎに、池田郷へ達した。一日四十里余を走る彼の足をもってすれば、これでまだ、ゆっくりと足を運んだほうだ。

そして、夕暮れ前に、小五郎は池田山の谷間の一つである〔釜ケ谷〕へ入った。

ふかい谷間でもなく、揖斐川の源流ともいうべき渓流に沿って谷をのぼりながら、

(助七が、その武士を見たというのは、どのあたりなのか……!?)

さすがの岩根小五郎も絶望的になった。

人気《ひとけ》の絶えた谷間である。手がかりがつかめない。

夕闇は濃かった。

桜の老樹がこの谷間には多い。

小五郎が、渓流沿いにつけられた小道を、ぼんやりと進んで行くと、

(や……!?)

山腹を少し切りひらいたところに木樵《きこり》小屋のようなものが見えた。

(煙が出ているな……人がいるに違いない)

何か、その木樵にでもきいてみたら手がかりがつかめようと考えた。

小五郎は足を速めた。

小屋の戸口まで、あと五間《けん》というところまで来たとき、どこからか風を切って飛んで来たものがある。

(あ……⁉)

小五郎は〔火矢〕が、小屋の小さな窓から中へ吸い込まれて行くのを、はっきり見た。

矢先に、油をひたした布を巻き、これに点火して射かけるのが〔火矢〕である。

小五郎は、獣のような嗅覚《きゅうかく》で、本能的に山道へ伏せた。

同時に、すさまじい爆烈音があたりをゆるがせた。

「小五郎どの。早う逃げよ」

どこからか、助七の声がした。

見ると、木樵小屋は吹き飛んでしまっていた。

はね起きた岩根小五郎へ頭上の山林の中から、いっせいに矢が射かけられた。

その矢よりも速く、小五郎は岩間にかくれ、むささびのように身を躍らせ、下方の茂みへ飛んだ。

そこにも、数条の刃《やいば》が待ちかまえており、一目で知れる甲賀忍びが、小五郎へ殺到した。

夜張りの助七の声は、もうきこえなかった。

血の飛沫と刃風の中で、小五郎は夢中に闘った。

彼に飛びかかる忍びたちの中には、小五郎の見知っている顔もある。

乞食姿であったが、杖に仕込んだ刀もあるし、〔飛苦無《とびくない》〕とよぶ手裏剣も所持していた小五郎だけに、むざとは討たれなかった。

一瞬の差で、小五郎は救われたのである。

火矢を放ったのは、夜張りの助七であろう。

この火矢は、小五郎が小屋の中へ入って後に放たれるべきものであった。

となれば、岩根小五郎の五体は、小屋と共に、中へ仕かけられた火薬の爆発によって、粉々となっていたろう。

その夜ふけに……。

大垣城下の〔銭屋〕重蔵方へ、傷ついて逃げこんだ岩根小五郎は、

「夜張りの助七は、やはり、むかしかたぎの忍びのよさを失ってはおらなんだ、義理がたいことよ」

と、重蔵にいった。

〔銭屋〕とは、各種銭貨の両替や交換を業《なりわ》いとする店で、貨幣流通がさかんになったいまでは、大きい町には必ずある。

ここで〔銭屋〕をしている下山重蔵は、いうまでもなく小五郎の配下の者で、もとは武田家につかえていた〔伊賀忍び〕の一人である。大坂の助七の店が甲賀の基地であるように、ここは美濃における小五郎の基地であった。

「では……わざわざ、池田山へ小五郎殿をさそい込んだのは……」

「そうとも、治少《じしょう》（三成）様の御首がのぞみではない。おれの首がほしかったのだ」

と、小五郎は重蔵の手当をうけつつ、満足そうに笑った。

いまは徳川方のためにはたらく甲賀の頭領が、それほどまでに、おれを恐れていたのか……と、小五郎は初めて知った。

（さもあろうよ）

なのである。

この正月に、小五郎は配下と共に、伏見から船で大坂へ向う徳川家康を急襲したことがある。

これは、島左近の独断による命令があったからだ。

このときは、間一髪の差で、船に仕かけた火薬の爆発が遅れ、家康の身辺を守る伊賀忍者三名の犠牲によって、家康は難をのがれた。

むろん、どこのだれがやったものか、わからぬように小五郎は襲撃をしている。だが、それ以後、家康身辺の警衛は非常なものとなった。

（あのとき、失敗《しくじつ》たが……いざ、戦さともなれば、内府の首は、おれが討つ）

岩根小五郎の自信は少しもおとろえない。

それだけに、山中俊房としても、この隠れたる（異常の戦力）を何よりも先に破砕《はさい》してしまいたかったのであろう。これは、忍びなればこその戦いであった。

歴史の表面に浮かばぬが、むかしから、忍者の活躍がどれほどなものであったか……。

そのはたらきが、どれだけ歴史のうごきを変えているか……。

それは、忍びだけが知っている（暗黒の史実）なのだ。

「それにしても……」

と、下山重蔵と枕をならべて目をとじた岩根小五郎が、つぶやいた。

「夜張りの助七は、もう、この世にはおるまい」

そのころ……。

夜張りの助七は、池田山の林の土の中に横たわっていた。

甲賀忍びが、この裏切者の躰へ下した刀痕は十数カ所に及んだ。そして助七の死体は、山林の土中に埋められたのである。

そして、同じころ、甲賀の山中屋敷では、池田山から帰って来た配下の忍びたちの報告を受けた山中俊房が、苦虫を嚙みつぶしたように、

「まさかに……助七に裏切られようとは……これで、小五郎を討つ機会が、とらえにくくなったの」

つぶやいていた。

池田山で、小五郎に殪《たお》された忍びは七名に及んだ。

翌朝……。

岩根小五郎は、晴れ晴れとした顔つきで、大垣の〔銭屋〕重蔵方を発し、佐和山への帰途についた。

(これでわかった。明智光秀が生きていたなど嘘の皮なのだったな。すべては、このおれを討つための嘘──それにしても、夜張りの助七には、おれも見事、だまされた。いや、だまされるほどに、おれが助七の言葉を信じたことによって、助七は後になり、おれを助けてくれる気になったのだ。まことの忍びとは、こうしたものでなくてはならぬ)

道を行くうち、よろこびが、助七への哀悼に変り、岩根小五郎は、むずかしい顔つきになっていた。

昨日、受けた右足の傷が痛んだ。

四

翌慶長五年秋――。

石田三成は、会津の上杉景勝と謀り、上杉征討軍をひきいて会津へ向った徳川家康に挑戦をした。

〔関ケ原合戦〕である。

戦闘の経過を、いまさらのべるまでもあるまい。

家康の東軍と、三成を主将とする豊臣派の西軍とに別れた諸国大名が、関ケ原に決戦したのは、九月十五日の朝であった。

夜来からの濃霧がうすらぐや、先ず井伊直政・松平忠吉の東軍部隊が、西軍・宇喜多秀家の部隊へ攻めかかった。

関ケ原は、山稜に囲まれた南北一里、東西半里ほどの狭い原野である。

この小さな原野の中で、東軍七万五千。西軍八万余、合わせて十六万の大軍が、鍋の中の芋《いも》を掻きまわすように押し合い、もみ合い、延々として戦った。

この決戦が東軍の勝利となって、徳川家康が、名実ともに〔天下さま〕となったことは、誰も知っている。

しかし、朝から昼までは、むしろ西軍が押し気味であった。

午後になって、西軍の小早川秀秋をはじめ諸将が、それぞれの部隊をひきいて徳川方へ寝返った為、形勢は一挙に逆転をした。

このときまで、岩根小五郎は〔忍び〕としてではなく、一小隊をひきいる隊長として勇戦をつづけていた。

ちなみにいうと……。

この半月の間に、江戸から東海道を上って来る徳川家康を、小五郎は部下の忍びたちと共に、三度にわたって襲撃をしていた。

一度は、家康が二万五千の本軍をひきいて江戸を発し、小田原へ到着したとき、二度目は岡崎から熱田へ向う途中で、さらに三度目は、岐阜から赤坂の東軍本拠へ向うときに——小五郎は、再三にわたって、家康を急襲し、家康は急遽、影武者数名を仕立てたほどだし、甲賀の山中俊房は撰《え》りすぐった部下の忍び二十余名によって家康の身辺を警戒させた。

そして、関ケ原開戦を迎えるまでには、小五郎は宮坂長蔵をはじめ部下の忍びのほとんどを失い、徳川方の忍びは、甲賀・伊賀を合わせて三十七名という大量の死傷者を出した。

こうした忍び同士の激突の中を、家康は大軍と共に肝を冷やしつつ、進んで来たのである。

さて——。

午後一時ごろになって、いよいよ西軍の敗色濃厚となったとき、

「これまでだ」

岩根小五郎は、いったん天満山の陰へ退き、血と泥にまみれた鎧や兜をぬぎ捨て、ここに、かねて隠してあった東軍・井伊部隊の鉄砲足軽の武装と着替えた。

そして彼は、馬にも乗らず、混戦の中を、じりじりと徳川本軍目ざして進みはじめたのである。

このとき、家康は関ケ原東方の桃配《ももくばり》山の本陣を払い、関ケ原の中央、陣場野にまで馬を進めていた。

叫喚と馬蹄の響きと、飛びはねる血しぶきの中を、岩根小五郎は、たくみに東軍の一兵となり、陣場野の本陣へ接近して行った。

驟雨が来た。

その白い雨の幕の向うに、家康本陣の馬印や旗指物が見えた。

(よし!!)

今度は、明智光秀どころではない大物を殪すのだ。

もし成功すれば、まさに忍者の本懐であったろう。

すぐ目の前の林の中から、徳川方の一隊が槍を押し立てて出撃して来る。

小五郎は負傷の態《てい》を見せ、ぬかるみの中へ、へたり込んだ。そして、この一隊をやりすごそうとした。

わあーっ……。

喚声をあげ、この一隊は、小五郎のすぐ傍を走り去ろうとした。

諸方からも、東軍の旗指物が、いっせいにうごきはじめている。

敗走する西軍を追いかけはじめたらしい。

右手に槍をつかみ、片ひざを立てて、小五郎が、走り抜ける人馬の一隊を、ふと見やって、

「ああっ……」

思わず、叫んだ。

隊の後尾にあり、十名ほどの槍足軽をひきい、馬を駆って近づいて来る老武士の顔をはっきりと見た小五郎は、

(み、光秀――明智……)

あっ、という間もない。

その老武士は鉢巻の顔を引きしめ、馬をあおって小五郎の二間《けん》ほど向うを走り抜けた。

「うぬ!!」

一瞬、小五郎の躰がはね起きた。

すさまじい執念の眼光が、馬上の老武士を狙って、

「む!!」

小五郎の腕から槍が飛んだ。

だが、それは悪夢のような瞬間であって、さすがに、小五郎の狙いも狂ったのか
……。

槍は、老武士が乗っている馬の尻へ突き立った。

馬が、悲鳴をあげて棒立ちになった。

「くそ!!」

刀を抜き払って走りかけた小五郎へ、

「曲者!!」

「油断あるな!!」

声と共に背後から別の一隊が小五郎へ殺到して来た。

味方の足軽だと見ていた男が、味方の武士へ槍を投げつけたのだから無理もない。

後は、もう夢中であった。

馬上の老武士（おそらく桜野宮内と名乗る……）がどうなったかをたしかめる間もなく、小五郎は背後から襲いかかった十数名の兵との闘いに奔命しなくてはならなかっ

た。

槍は、もう手になかった。

辛うじて、小五郎が忍ばせていた〔火薬玉〕二個が無かったら、彼はこの関ケ原合戦の名もなき一兵として土中に埋められてしまったろう。

闘って、傷だらけになって……。

小五郎は、必死で逃げざるを得なかった。

気がついたとき、彼は、あの池田山の釜ケ谷の森の中に横たわっていた。

(なぜ、ここへ逃げて来たのか……)

理由は、わからぬ。

関ケ原から約五里の道を、どう走って来たかも、おぼえていなかった。

(やはり、光秀は生きていた……)

雨の闇の中で、小五郎は歯がみをした。

(この釜ケ谷で、甲賀の奴どもが、光秀を探しに来たおれを襲うたのは、去年の夏であったが……)

あたりを見まわすと、あの木樵小屋があった近くであった。

小五郎の目は、忍びだけに闇を見透す。

(夜張りの助七も、ここで殺されたのだろうか……それとも、捕えられて甲賀に連れて行かれ、裏切者の処刑にされたか……)

とにかく、ぐずぐずしてはいられない。

敗走者を探しまわる東軍の目は迫りつつある筈だ。

小五郎は陣笠も武装もぬぎ捨て、それこそ身一つになり、山を上りはじめた。

山ごえに日坂の峠へぬけ、そこからまた谷へ下り、揖斐川の源流沿いに、天狗山の裾まで行けば、岐阜の町家へ嫁いでいる妹の、その夫の実家がある山里だ。

小五郎は急いだ。

知らぬ間に倒れて眠ったためか、意外に疲れがとれていたし、傷の血も止まった。そこはやはり常人とは異《ちが》う忍者の鍛えぬかれた肉体の強さであった。

谷を上り切ったとき、小さな草原に出た。

その草原を行きすぎようとして、

(や……!?)

小五郎が闇の一点を凝視した。

草の中から一にぎりほどの棒状の木が一尺ほど突き出ていた。

その突端が、ななめに切りそがれていた。これは甲賀忍びが死者をほうむったときの簡単な墓標ともいうべきしるしであった。

「助七……」

低く叫び、小五郎は夢中で土を掘り起しはじめた。

裏切者の夜張りの助七であったが、彼の人柄をしたう忍びの誰かが、この墓標を立てずにはいられなかったものと見える。

助七は、そこの土中に眠っていた。

すでに白骨化していた。

「すまぬことをした……」

その白骨を抱き、岩根小五郎は慟哭《どうこく》した。

むかしは忍び同士の間でも当然だった義理も、いまは消えている。助七が小五郎へ返した義理の堅固さは一昔前のそれであった。いまは味方の忍び同士でも手柄を争うためには殺し合うことも平気だし、大名たちから二重三重に雇われ、二重三重に報酬を得て、裏切ることも寝返ることも、それが忍びの常識となってしまっている。

それだけに、小五郎は泣かずにはいられなかったのであろう。

ふと気がついた。

夜張りの助七の白骨化した左手が何かをにぎりしめているのだ。

取りあげて見ると、それは二寸に足らぬ小さな木の札であった。指でさぐると何か彫りつけてある。それは甲賀の〔忍び文字〕という一種の記号であって、〔ひえい・ちょうじゅいん〕

と、指で読めた。

「比叡山・長寿院か……」

つぶやいたとき、岩根小五郎は背すじが寒くなった。

（比叡山の長寿院に、明智光秀がいた……死を覚悟して、この木札をたずさえ、そのことを助七は、おれに知らせてくれようとしたのか……いつか、おれが、ここへ来て、自分の死体を掘り起こしてくれることを見通していたのか……）

それにしても、老熟し切った忍びのすることは、はかり知れぬおそろしさがあるものだと、小五郎は茫然としていた。

やがて、彼は、助七の白骨をひとまとめにして、自分の肌着で包み、これを抱き、夜明けも近い奥山へ消えて行った。

五

慶長六年三月末の或る日――。

旅の〔針売り〕に変装した岩根小五郎が、東海道を下っていた。

去年の関ケ原戦の後、徳川家康の威望の下に諸大名は屈し、石田三成、小西行長などの西軍首脳も次々に捕えられて処刑された。

ただ、ふしぎなのは、三成の家老・島左近の行方である。

あのとき、開戦間もなく、左近は東軍の銃撃によって重傷を負い、後方へ運び去られたことは、小五郎も目撃している。

それから後、左近が行方不明になった。

もし、戦死をとげていたなら、左近ほど天下に知られた武将の首が黙って捨て去られる筈がないし、捕えられたのなら尚更の事である。（どこかへ落ちのびられたに違いない）

と、小五郎は確信をしていた。

主人の島左近の行方をたずねることも、これからの小五郎の生甲斐となったが、それよりも先ず、

（光秀の行方をたしかめねばならぬ）

のである。

関ケ原戦後、光秀の名も、桜野宮内の名も世に出てはいない。

いま、生きていれば、七十六歳の明智光秀であった。

その高齢で、よくも戦場に出られたものと思うが、

（たしかに、光秀の顔だった……）

白髪の頭に鉢巻きをしめ、黒地の金箔で何かの模様をぬいとった陣羽織を着ていた。

あの老武士の顔は、まさに二十年前、山崎の竹藪で自分が槍にかけた明智光秀そのもの

であった。

岩根小五郎ともあろう忍びの目が狂う筈はないのだ。

あれから……。

小五郎は、天狗山の小屋に隠れ、苛《い》ら苛《い》らと時を待っていた。

いまでも、西軍落武者の探索はきびしいのだが、

(もう、待ち切れぬ)

思い切って天狗山から出て来た。

先ず、比叡山の長寿院をたずねた。

「桜野宮内さまに御恩を受けたものでござりますが……」

と、このときの小五郎は裕福そうな町人の身なりをしており、

「岐阜城下にて銭屋をいたしております高畑弥兵と申すものにて——」

と、名乗った。

長寿院でも、桜野宮内が明智光秀だなどとは少しも知らぬらしい。

「桜野どのは、相模国《さがみのくに》の依智《えち》というところの郷士じゃそうな。このごろは見えませぬが……十年ほど前に比叡山へのぼられた帰途、当寺へお泊りなされてから二度ほど、京へまいられるたびに、ここへも見えられたが……」

と、長寿院の院主がこたえてくれた。

それ以外のことは何も知らぬらしい。

そしていま、小五郎は針売りに姿を変え、東海道を下っている。

目ざすは、いうまでもなく相模・依智の村里である。

依智は相模川と中津川にはさまれた丘陵の地で、現代の神奈川県・厚木の北方であり、源平のむかしには名ある武将も出ているそうな。

岩根小五郎は、京都から百余里を三日で走破し、平塚の宿駅にかかった。

夕暮れである。

風は強く、相模湾の海鳴りも激しかった。

ここから馬入川に沿って六里も北上すれば、この川は二つに別れ、相模川と中津川となり、依智の里は、そこにある。

この道は、小五郎も通ったことがなく、

（ともあれ、明日のことだ）

はやる心を押えつけて、その夜は平塚の旅籠《はたご》へ泊ることにした。

もし、桜野宮内が光秀であったときは（小五郎は、もう光秀であることを疑っていない）どうするつもりなのか……。

むろん〔暗殺〕してしまわねばならぬ。

影武者を本人と見間違えた忍びの恥を、そそがねばならぬ。

これは、小五郎一人が知っておればよいことなのだ。

そうすることによって、小五郎は忍びとしての自信を取戻さなくてはならぬ。そうしなくては、これから先、たとえ島左近とめぐり合えても、彼のために忍びとして、はたらく自信がもてないからだ。

それが証拠に、小五郎は甲賀の手によって、むざむざと池田山へおびき出されるという失態を演じてしまったではないか。

夜ふけて、雨になった。

小五郎は、まんじりともせず、夜が明けると、まだ降りやまぬ雨の中を街道へ出て行った。

これから依智の里まで、彼の足なら二刻（四時間）もかかるまい。

平塚の町を出て行く小五郎と擦れ違った旅僧が、笠中で目を光らせ、

「見つけたぞ」

と、つぶやいた。

六

その朝……。

依智の里にも春の雨がけむっていた。

段丘の上の欅《けやき》の林にかこまれた屋敷の一室で、桜野宮内は妻のもよや、二人の息子と三人のむすめの、それぞれの配偶者にかこまれ、死の床にいた。

関ケ原で、岩根小五郎の槍が自分の馬に突き立ったとき、宮内は落馬もせず、従って戦闘が終りを告げたときも、彼は無事であった。

「それにしても……」

と、桜野宮内は、ぜいぜいと呼吸を乱しながらも安らかな顔つきで、

「年甲斐もなく、ばかなことをしたものよ」

老妻を見上げ苦笑をもらしたようである。

「わしには、亡き父や兄の血が流れているものと見える。いまでも、あの関ケ原の戦場に立ったときの……何というたらよいのか……」

「武者ぶるい、でございますかえ⁉」

「そうじゃ、その通り」

うなずく夫を、妻は子供をあやすように、

「さ、いま少し、おねむりなされませい」

と、いった。

「いや、今度ねむったら、もう目ざめぬよ」

「また、そのような……」

「わしはな、七歳の折に、美濃国から、この相模へ来た。明智光秀殿の腹ちがいの弟……そのわしの面《つら》つきは何でも光秀殿と瓜二つじゃそうな。このことを知らせてくれたのは、ほれ、美濃から此処まで、わしを送って来てくれた土屋才次が、よくいうていたものよ」

依智の郷士で、先代の桜野宮内の二女於睦《おむつ》は、早くから美濃の親類の家にもらわれて行ったという。

この於睦が、光秀の父・明智光綱の愛妾となり、一子をもうけたが、産後、間もなく病歿した。生まれた子は亀丸と名づけられた。すなわち当代・桜野宮内の幼名である。

光秀は正夫人の腹から三年前に生まれていたが、光秀十歳の夏に、父・光綱も死んだ。

ときに亀丸は七歳であったが、

「亀丸は実母の実家《さと》へ帰してやったほうがよい」

と、光秀の伯父・明智光安がいい出した。

母も実父も死んでしまった亀丸の身辺は、いうまでもなくさびしいものであったし、

「弟めには、のびのびと一生を送らせてやりとうござる。性質《さが》もやさしい生まれつきゆえ」

と、光秀も承知をした。

何しろ明智家なぞは美濃の小豪族で、岐阜の斎藤道三の下について何とか戦乱の世を切りぬけようとしていたのだし、のちには、斎藤道三父子の争いに巻きこまれ、明智家は押しつぶされてしまったほどなのである。

それから、織田の臣となるまでの光秀の苦労は大変なものであったらしい。

「それから六十余年もたって、わしは、手づるを求め、徳川勢について戦場へ出た。亡き兄の形身の太刀を腰にしてのう」

桜野宮内は、けたけたと笑い出し、

「それはよいが……いざとなったら、もはや躰がいうことをきかぬ。最後には敵の槍を馬の尻に突き刺され、危うく落馬しかけたものじゃものな」

そして、子供たちを見まわし、

「おぬしたちも、これから武士のまねなぞするのではない。たとえ血がさわぐことがあってもな」

と、いい、さらに、

「じゃが、無駄ではなかった。わしは徳川家の御味方をしたことになっておる。もはや天下は徳川のものじゃ。徳川の世がつづくかぎり、わが家は安泰じゃものな」

宮内は、枕頭におかれた家康からの感状を老妻にとってもらい、しみじみとながめつつ、

「わしが、家康公に御目通りがかのうたとき、家康公は妙な顔つきになられてな。宮内は明智一族とかかわり合いがある者か、といわれてのう」

そのとき、桜野宮内が何と答えたかは筆者も知らぬ。

間もなく、宮内の息は絶えた。

そのころ、岩根小五郎は依智の里へ足をふみ入れていた。

桜野屋敷がある丘の道を、小五郎が登りかけたとき、背後から雨の幕を切り裂いて疾《はし》って来た数個の車手裏剣が、彼の後頭部へ適確に命中した。

ほとんど、うめき声をあげず、小五郎はぬかるみの中へ倒れ伏した。

「み、光秀……」

と、声にもならず唇がうごき、それが岩根小五郎の最期であった。

川沿いの木立の中から、これを見とどけた旅僧は、

「甲賀を離れたものの最期は、これじゃ」

いい捨てるや、風のように元来た道を引返して行った。

この旅僧は、後年、大坂夏の陣の戦さで死んだが、甲賀の山中俊房の右腕といわれた柏木万介である。

寝返り寅松

一

天正十八年二月（いまから約三百七十年前）に、豊臣秀吉は大軍を発して、小田原城にこもる北条氏政・氏直を攻囲した。

織田信長が本能寺の変に殪《たお》れて以来、秀吉の天下経営の夢は着々とみのり、四年前の九州攻めの成功を見た後、

「あとは関東のみじゃ」

秀吉は、いよいよ懸案の北条氏攻略に手をつけたのである。

北条氏が関東を制圧してから、すでに八十余年を経ていた。

この間、武田、上杉、今川、織田などの強敵を相手に、北条氏は政治的にも軍事的にも、よく関東の盟主たるべき地位をまもりつづけてきたわけだが……。

こんなはなしが、むかしの本に出ている。

北条氏政が父・氏康の後をつぎ、小田原城主となってからのことだが、或夜、重臣たちもまじえた宴席で、

「ああ……」

突然、隠居の身となった北条氏康が箸をおいて嘆息をもらし、

「北条の家も、わたし一人で終わってしまうのか……」

とつぶやいた。

父のすぐ前で、これも飯を食べていた氏政がおどろき、

「父上。何をおおせられますのか?」

「何でもない。おぬしがことじゃ」

「え……⁉」

「いま、おぬしが食べているのを見ると、一ぜんのめしに汁を二度もかけている。人たるものは一日に二度、めしをくらうゆえ、ばかものでないかぎり、食事の修練をつむが当然じゃ。しかるに、おぬしは一ぜんの飯にかける汁の量もまだわきまえてはおらぬのか。一度かけて足らぬからというて、また汁をかける。まことにおろかじゃ。朝夕にすることさえ忖度《そんたく》が出来ぬのでは、ひと皮へだてた人の肚《はら》の内を知ることなど、とてもかなわぬ。人の心がわからなんだら、よき家来も従わず、まして敵に勝てよう筈もない。

なればこそ、北条の家も、わしの代で終わると申したのじゃ」

満座の中で、きびしく我子をいましめたという。

このとき氏政は、冷笑をもって老父の諫言にこたえたのみである。

こういう氏政だから、やかましい父・氏康が死ぬと、たちまちに、ぼろだらけの本体をあらわしてしまい、ここ十五年ほどの間に、北条氏は少しずつ激しい時代の流れに乗り遅れていった。

難攻不落といわれた小田原城あるかぎり、どのような強敵にも負けぬという単純な自信をふりかざし、氏政はあぐらをかいていたのだ。

豊臣秀吉も、こんな敵をおそれてはいない。

ただ、つまらぬ出血をさけ、戦わずして北条氏を自分の実力の前に屈服せしめようという考えであった。

それにはそれで、秀吉も数年前から、こまかい手くばりをしている。というのは、北条氏に従う関東の大名、武将たちへの対処であった。

上州から武蔵にかけて、松井田、松山、八王子、岩槻、忍《おし》、鉢形《はちがた》などの諸城には北条方の諸将がおり、結束もかたい。

ことに武州・鉢形の城主は、氏政の弟・北条氏邦で、若いころから謀略と戦闘にもみぬかれた武将である。

この鉢形城へ、小田原戦役が始まる三年も前から、秀吉の手によって二人の忍びが潜入していた。

このころ、豊臣秀吉の間諜網をあやっていたのは、山中長俊という人物で、近江・甲賀の出身である。山中長俊は、はじめ柴田勝家につかえ、勝家ほろびた後に丹羽長秀を経て、秀吉の家来になった。

この長俊の「又従兄弟《またいとこ》」に、山中俊房がいる。

山中俊房は甲賀二十七家とよばれる豪族の一人で、むかしから忍者の頭領として活躍した男である。彼が縁類の長俊を通じて秀吉のためにはたらくようになったのは、およそ七年ほど前からであった。

だから、鉢形へ潜入した忍びも山中俊房配下のもので、飯道《はんどう》弥平次、小出寅松の二人がそれである。

中年の弥平次は、鉢形城と荒川をへだてた高山にある鐘撞堂の鐘打ちになった。

鐘打ちは二十余人で、いずれも北条家の足軽だし、いざというときになれば、この鐘の乱打によって信号が伝達され、隣接の砦《とりで》や城がたちまち非常態勢に入る。

若い寅松は、鉢形でも猛勇の武将として知られる山岸主膳之助の家来となったのだが、この二人が、それぞれに北条方につかえるまでの経過を、のべるにもおよぶまい。

そのようなことは、熟達した甲賀忍びにとってわけもないことだからである。

ところが……。

いよいよ年が明けたら小田原征討軍が編成されようという天正十七年十二月になって、

「小出寅松が寝返りまいてござる」

と飯道弥平次から報告があった。

この知らせを持ち帰ったのは、お万喜《まき》という女忍びで、彼女は北条方へ入りこんでいる仲間からの報告を頭領の山中俊房へつたえるべく関東と甲賀をいそがしく往復している。

「お万喜。そりゃまことのことか？」

山中俊房は、この信頼する女忍びに問うた。

お万喜は七十に近い老婆の、しかもむさくるしい女乞食になりきっているが、年はまだ三十をこえたばかりであった。

「寅松は、山岸主膳之助のむすめ正子《せいこ》を妻にいたしたようで」

「ふむ。それだけのことか」

忍びが敵方の女を妻にして活動を容易ならしめることは、いくらも例があることだ。

「いえ、弥平次が申しますには……」

「何と？」

鉢形城主・北条氏邦は、ちかごろ頻繁に小田原へ馬を飛ばせて行き、本家の主でもあり兄でもある北条氏政と作戦を練っている。豊臣軍が近いうちに攻め寄せてくることは、すでにこの秋、秀吉が諸大名へ向けて発した〔討伐軍令〕によって天下が知っていた。北条方の作戦会議がくり返されたところで、ふしぎはない。

「なれど、気にかかりますのは……」

と、お万喜が顔をしかめた。

つまり北条氏邦は、兄・氏政の、

「小田原城へたてこもれば、いかに秀吉の大軍が来ようとも平気である」

などという昔からの楽観論に対し、急に反対をとなえはじめ、

「それでは、秀吉の術中におちいるばかりでござる、兄上——城を出て戦うべし。戦うて機をつかむべし。なぜならば秀吉めは、こなたが籠城をのぞみ、そのための軍略をもって事をすすめておりまする。上州・武州にあるわれらが城なぞはどうでもよい。全軍を小田原にあつめ、北条の命運を賭けて決戦つかまつろう」

といい張ってやまぬという。

はじめは籠城説に賛成だった北条氏邦が、鉢形城を捨てても出撃すべきだという決意をかためたのは、

「まさに、小出寅松の裏切りによるものでござる」

と、弥平次はお万喜にいった。

寅松が義父としてつかえている山岸主膳之助を通じ、北条氏邦へ、豊臣方の作戦計画をもらしたにちがいないというのである。

「確証をつかんだわけではありませぬが……御油断はなりませぬ。いちおう御頭さまへおつたえ願いたし」

と、弥平次はいっている。

もし北条軍が死物狂いで出撃するとなれば、豊臣軍の出血は非常なものとなる。いきおい秀吉は講和にふみ切らざるを得まい。講和と降伏とでは、名実ともに天下をつかみかけている秀吉の威勢が大分に割引されることになる。

秀吉としては北条氏政を籠城させ、その間に、まわりの属城を一つ一つたたきつぶして小田原を孤立させ、兜をぬがせるのが、もっともよいのだ。

もし、寅松の裏切りが本当なら、

「弥平次の手にはおえまい」

と、山中俊房は思った。年は若くても、弥平次に隙を見せるような小出寅松ではない。

「よし」

山中俊房は、すぐに決意をした。

「お万喜、お前が行け。すべてをまかす」

「では……寅松の生死をも？」

「うむ」

この夜、お万喜はただちに鉢形へ飛び、いままでのお万喜の役目は、孫八という老人の忍びがつとめることになった。

二

小出寅松は、柴田勝家の遺臣・上田十右衛門というふれこみで鉢形へやって来たのである。

寅松を山岸主膳之助へ紹介したのは小田原城下にある法城院の和尚、心山《しんざん》であった。

心山は七十をこえた老僧で、小田原へ来てから二十年にもなり、本家の北条氏へも親しく出入りをゆるされていたから、鉢形の北条家としても、山岸主膳之助としても、寅松の奉公にうたがいをはさむことがなかった筈だ。

だが、この心山和尚は甲賀の息のかかったものであり、山中俊房との関係は、俊房の父・俊峯のころからのふかいものであった。むろん、心山は甲賀・柏木郷の出身で、若いころに仏門へ入ったのも、甲賀の指令によるものである。

心山が、小田原の寺の住職として暮してきたのは、今日のためではない。そのころ、まだ天下は信長のものでも秀吉のものでもなかったからだ。

当時、甲賀の頭領たちは配下の忍びたちをふくめ、それぞれに意思を通じ合っていたし、ゆえに心山は、郷土の甲賀全体のためにはたらいてきたものである。

いまでは、甲賀の忍びたちも、それぞれの頭領に従い、諸方の大名にやとわれたりして、その結束もばらばらになってしまったが、心山は尚も山中俊房のために暗躍をつづけているのだ。

さて——。

甲賀を発したお万喜は、先ず小田原へ足をとどめた。

例によって、小田原へ入ったときのお万喜は、むさ苦しい老婆の乞食姿であったが、深夜、音もなく、法城院内・心山の寝所へあらわれたとき、彼女は灰色の忍び装束に身をかためていた。

寝所の闇の中へ水がにじむように浮き出したお万喜は、しずかに、心山和尚をゆりおこした。

「お万喜か……」

「はい。先日、私が甲賀へ戻ります前におたのみしておきましたことは？」

「うむ。小出寅松寝返りのことじゃな」

「いかにも」

「まだ、ようはわからぬ。なれど、昨日な……」

「昨日？」

「また鉢形から北条氏邦が駆けつけてまいっての。例によって軍評定《いくさひょうじょう》があったらしい。むろん、相つづいて籠城の仕度もいそがしゅうととのえておるが……箱根の山中城をはじめ外部の砦へも、今朝方から急に兵をさしむけたり、鉄砲、煙硝《えんしょう》なども運びはじめたようじゃ」

「と申されるのは……」

「やはりな、お前のいうように、どうやら籠城はやめて、全軍、野に出て豊臣勢を迎え撃とうという気配が濃うなってきたぞよ」

「なるほど……」

「昨夜な、城中から氏勝が、この寺へ見えての」

「はい」

北条氏勝は主家から姓をもらったほどの重臣だし、武勇の士である。心山とは、ことに親交があり、心をゆるしている。

この氏勝が四千の部隊をひきいて、箱根・山中城の松田康長の援軍となるため、今朝、小田原を発した。

このとき氏勝は法城院へ立寄り、

「どうやら、鉢形の氏邦様の主張が通りそうにござる」

うれしげにいい置いて去ったのは、氏勝も出撃派の一人であったからだろう。

「じゃからというて、寅松が寝返ったときめこむこともなるまいな」

「いかにも。何分、戦さも迫っていますゆえ、弥平次もくわしくはしらべなんだようで」

「そこで、今度は、お前が行くのか？」

「弥平次には手を出させぬ。いざというときまで、あの男は鉢形に残ってもらわねば……」

「それが甲賀の仕様じゃものな」

「北条氏勝、山中城へ援軍のことは？」

「うむ。夜張りにつたえおいたわ」

〔夜張り〕とよばれる忍びは、小田原城下で酒を商っている。これが心山の甲賀との連絡を受けもち、急報あるときは、彼が箱根山中で、木樵《きこり》をしている蟇仙《ひきせん》という忍びにこれをつたえ、蟇仙は甲賀へ飛び、夜張りはまた小田原へ戻って酒を売りながら次の指令を待つのだ。

お万喜は、夜が明けぬうちに法城院から消え鉢形へ向かった。

三

小出寅松が、主の山岸主膳之助によって忍びの正体を看破されたのは、およそ一ヵ月ほど前の或夜であった。

すでに、寅松は主膳之助のむすめ正子を嫁に迎え、鉢形城三の丸にある山岸屋敷内の一棟をもらって暮していた。主膳之助には勝千代という十五歳になる男子がいて、これが家をつぐことになっている。

その夜――。

寅松をよびよせて酒宴をした山岸主膳之助が、

「これから湯をあびるが、おぬしも共にどうじゃ」

と、さそった。

何気なく、寅松は、この主でもあり養父でもある主膳之助の声に応じ、裏庭に面した浴舎へ共に入った。

湯気の中で、裸体になった寅松は、これも素裸の主膳之助の背の垢を竹へらでこすりはじめた。

このとき、主膳之助が何気ない口調で、

「おぬし、いずこの忍びなのだ?」

ふわりと、問いかけてきたのである。

声はおだやかなものだが、その呼吸といい、えらんだ場処といい、主膳之助のしたことは尋常のものではなく、さすがの寅松も胸をつかれた。しかし、それも一瞬のことだ。今年二十八歳になる寅松は、年齢の若さには似合わぬ技術と体験によって数度の手柄を頭領・山中俊房にみとめられている。

「忍びでござりますと？」

問い返した寅松の声も自然であった。

「ちごうか？」

「はて――なぜに、そのようなことを申されますか」

「だが、わしは、おぬしの亡き父親を見知っておるのだが……」

「は、はは……今夜の殿は、ちと、おかしげな……」

「おぬしの父の名は、たしか上田喜六とか申したな」

「もと柴田の臣でござりました」

「それもきいた」

寅松の手は、少しの動揺もなく竹へらをうごかしている。

「だが……」

と、山岸主膳之助は五十歳に見えぬたくましい裸体を寅松の腕にまかせたまま、のび

のびと心地よげに眼をとじ、

「だが、わしの見知っていたおぬしの父親は、甲賀忍びの小出重六という男であった」

「私、知りませぬな」

「二十年前、まだ武田信玄公の生きてあるころ、小出重六は武田家をさぐるため、何度も甲斐の国へやって来たものだ。そのころ、わしは武田につかえ、武田忍びのひとりであったが……」

「はじめてうかがいまする」

「そうか……」

永い沈黙の後に、主膳之助がいった。

「もしもそうなら、おぬしがまだ、小出重六を斬った男が、このわしだということを知らなんだわけじゃな」

今度は、小出寅松のこたえがなかった。

「武田の忍びであったころのわしは名もなく地位もない闇の中に生きるのみの男であったが、武田ほろびて後、北条につかえ、槍一筋の武功によって城内に屋敷をたまわるまでになった。一介の忍びが、まことの武士になれたわけだが、……左様、武田家につかえていたころのわしは、飯田彦蔵という名であったよ」

寅松の手がとまった。

「わしは伊那谷に生まれた忍びでな。父も武田家につかえていたわけだが……左様、おぬしの父とは何度も闇の中で対決し、闘い合ったものだ」

寅松の躰が気配もなく、うごきかけた。

「それが、ついに……あの元亀三年の三方ケ原の戦場で、わしは武田の、おぬしの父は徳川の、共に戦さ忍びとして駈けまわるうち、ついに、祝田《ほうだ》の坂で出合い、斬り合うた。そしてわしが勝った」

寅松の手から、竹へらが落ちた。

すべてが適中している。

亡父・重六が三方ケ原で戦死したのは事実で、このとき徳川軍に加わっていた甲賀忍び五名が父と共に戦さ忍びとして戦場に出た。乱戦の中に敵将・武田信玄の首を討ったための指令を受けたからである。

このうち二名が生き残って甲賀へ戻った。

そして、父の死をきいたわけだが、父を討った男がだれであるかは、わからぬままであったのだ。

完全に、このときの小出寅松は山岸主膳之助に呑まれてしまった。

忍びとしても、人物としても段違いの貫禄があったし、しかも自分を父の敵と狙っているやも知れぬ寅松に、こだわりもなくわがむすめをあたえているのである。

さらに——。

寅松は主膳之助につき従い、鉢形城中の隅から隅まで見とどけているし、軍評定の席も二、三度のぞいたことさえあるのだ。

虚脱したようになった寅松へ、主膳之助は浴舎を出て行きながら、こういった。

「おぬしの顔は、亡き小出重六殿に生きうつしよな」

「な、なぜ、今まで、この私を……」

「いまこのとき、父の敵をなぜ討たぬ」

「甲賀忍びに敵討ちはゆるされませぬ」

「父の敵より、役目大事か。なるほどのう」

「ああ……」

寅松は、うめいた。

「なれど……なれど正子どのまで私に……」

「おぬしが正子を愛《いつく》しみくれる心は、とくから存じていた。なればこそ、正子をあたえたのじゃ。正子もまた、おぬし一人を想いこめていたによってな」

「むウ……」

「忍びだとて温き血はある。愛《いと》しげな女を捨て去り役目に生きる苦しみは、わしも何度となく味おうたものよ」

戸の外から、主膳之助の声が、つぶやくようにきこえた。

「鉢形を去ること、おぬしの心のままじゃ」

しかし、小出寅松は去らなかった。

そして、このときから、彼は山岸主膳之助の娘聟《むこ》として生きる決心をしたのである。

小出寅松の場合、かたちは異常なものであったが、忍びの変節、裏切りの一典型であったといってもよい。

なぜなら、寅松の決意の底には、やはり正子という女と、彼女の腹にやどった我子への愛が存在していたからである。

いままでの血のにじむような修業も、忍びとしての勲功も、すべてむなしくなった。

(ああ……おれの忍びの術は、こんなものだったのか)

なげく心と、

(これでよい。さばさばした)

妻と、生まれ出る子へ、ひた向きにかけて行ける愛へのよろこびが、寅松の胸の中で激しく交錯した。

だが、裏切りはしても、豊臣方の作戦や甲賀の忍びの組織まで主膳之助へ洩らしたわけではない。

また、そのようなことをきき質《ただ》すような山岸主膳之助ではなかった。

主膳之助は、寅松が正子と共に、いつまでも暮してくれることだけで、満足だったのである。

あの夜、浴舎の中で起った出来事は、だれも知らなかった。

寅松は、依然、上田十右衛門として山岸屋敷に暮していた。

小田原籠城反対は、北条氏邦自身の主張であったにすぎない。

けれども鐘打ち弥平次は、時折、鐘打山の砦を巡視する山岸主膳之助と小出寅松の間にかもし出される気配の微妙な変化を見て、寅松の裏切りを、忍びの嗅覚で直感したのであろう。

四

よくよく考えてみれば、甲賀の忍びが豊臣方の作戦の全貌を知っていよう筈がない。

ただ、弥平次と寅松へは、この秋ごろから、

「殿下（秀吉）は、北条方の籠城をのぞんでおられる。ゆえに、そのつもりで万《よろず》につけ忍びばたらきのこと」

という、山中俊房からの指令が、ひそかにとどけられた。

弥平次の思いすごしは、この簡単な指令に神経をとらわれていたからだが、しかし、寅松の心の変化を看破したのは、さすがだというべきであろう。

甲賀のお万喜は、十二月七日に、武州・鉢形の南方二里のところにある大内沢の谷間へつき、夜になってから忍び装束となって鉢形へ潜入した。

大内沢の谷間の木樵小屋に住む老人も甲賀の者であって、鉢形と甲賀をむすぶ根拠地の一つである。

(弥平次の言をきくよりも、先ず、私の目で、寅松をたしかめて見よう)

と、お万喜は思いたった。

彼女は、荒川に面した和田河原から崖上にひろがる鉢形城内へ忍び入った。

豊臣方との開戦をひかえているだけに、城内の警戒もきびしかったが、お万喜にとっては、わけもないことだ。

彼女は、織田信長が武田勝頼をほろぼしたとき、武田方の城という城へ潜入して忍びばたらきをしたほどだし、小田原城へも何度も入って城郭のしらべをおこなっている。

秀吉の九州攻めにも同様の活躍をしめしたほどの女忍びである。

諏訪曲輪《すわぐるわ》の内濠から三の丸へ入ると、そこが山岸主膳之助の屋敷だ。

小出寅松が住む長屋は前に、一度、ひそかに訪問したことがある。

星空が凍りついたような夜であった。

お万喜が台処の屋根へ猫のように飛び上り、明かりとりの窓から潜入した。

下僕や下女は昼間の疲れで眠りこけている。

土間から裏廊下へ、お万喜は空気のようにゆれうごいて行ったが、

（あ……）

寅松の寝所の前まで来て、息をつめた。

淡い燭台の光が、寝所の中でゆらめいていた。

たくましい寅松の裸体の下で、正子があえぎをたかめている。

その、あえぎを耳にしただけで、

（あの女、身ごもっているな）

と、お万喜は知った。

やがて、夫婦の愛撫がやみ、正子が廊下へ出て来た。

すぐ目の前の闇に、お万喜がひそんでいるのも知らず、正子は寝衣をつくろいながら、厠《かわや》へ入って行った。もりあがった若々しい乳房の一部が、この寒い夜ふけなのに汗で光っているのをお万喜は見て、胸のうちで舌うちをした。

正子と入れちがいに、寝間へすべりこんで来たお万喜を見て、寅松は苦笑した。

「知っていたが、やめるわけにも行かなんだ、お万喜どの」

「とくと、見とどけたわいの」

「弄《いろ》うな」

「では、待っているぞよ」

「心得た」

 正子が戻って来る間に、すばやくささやき交し、お万喜が廊下へ出、正子が寝間へ入るのを見すましてから、台処へ、そして屋根へ戻る。

　しばらくして、小出寅松が屋根へ上って来た。

「女は寝入ったかえ？」

「うむ。ところで、何か急な……？」

「いや……それよりも城内の絵図を受けに来た」

「心得た」

　寅松は、手にしていた分厚い書状をわたし、

「城外、城内の戦備、すべて、その中にしたためてある」

　いささかも寅松の様子には、以前と変わるところがない、とお万喜は感じた。

「ところで、寅松」

「何か」

「この城の北条氏邦は、小田原籠城に反対じゃそうな」

「うむ。小田原でも、その気になったらしい」

　と、寅松のこたえには渋滞がない。

「それは、どういうわけじゃ。もとより、小田原の氏政は籠城の決意かたく……」

「なれど、氏邦の意見に押し切られたらしい。と申しても、まだ、はっきりと決まったわけでもなく、このところ、氏邦は鉢形へも戻らず、小田原へつめ切りで籠城反対を叫びつづけているのだ」

寅松は、ありのままをいっている。だから声に、言葉に、嘘のにおいはみじんもない。お万喜もすぐれた忍びだけに、それがよく感じられて、

「やはり、弥平次の思いすごしか……」

むしろ安堵のおもいであった。寅松ほどの忍びを甲賀から失いたくはない。

お万喜は、もしも、というとき寅松を殺すつもりでここへ来たわけだが、

「では、いずれな……」

屋根から消えて行った。

寝所へ戻ってから、小出寅松は、ひとり微苦笑をもらした。

(お万喜ほどの忍びに、おれは勝った。勝つ道理だ。ありのままをつたえているのだものな)

山岸主膳之助のいう通りにしたまでである。

「鉢形の城なぞが、いくら戦備をかためたところで、今度の戦さの役には立たぬ。甲賀にさぐらせたければ、いくらでもさぐらせてしまえ」

と、いうのである。

「このたびは、北条方のすべてが小田原を中心として敵に当るより他に道はないのだ。殿はもう鉢形を捨てて小田原へ入るおつもりじゃ。そして敵の機先を制し、沼津・富士川のあたりまで陣を進め、攻め寄せる敵軍を、こなたも全軍をあげて喰いとめ、蹴散らしてくれる。血を血で洗うすさまじい戦場の中にこそ、秀吉に兜をぬがせる機が見出せるのじゃ。小田原の本城は老公（氏政）ひとりにおまかせしておけばよい」

その戦闘にこそ、すべてがあるので、鉢形城なぞは、むしろ問題にすべきではない。教えることがあれば、いくらでも教えてやれ、と主膳之助は笑った。

お万喜は、この夜のうちに鐘打山へのぼり、寅松がよこした図面や、山中俊房あての書状を弥平次に見せた。

弥平次は、子細《しさい》に検討した上で、

「それがしの思いすごしでござるような……」

といい、

「それにしても、つい先頃までの山岸主膳之助と寅松の様子は、只事ではないような気がいたしたので……」

「どういうことじゃ」

「いや……寅松が主膳之助を見る眼の中に、畏敬《いけい》の心があったように思われたのでござる。忍びが敵をおそれ敬《うやま》うことは、これまでの例にもあるごとく、裏切りの第一歩

「……」

「もう、よろし。で、近ごろの寅松は？」

「それがさ。ふしぎに元の寅松の眼の色になり申した」

「それ見よ」

弥平次は、右の小鼻にある大豆の粒ほどの大きなほくろをぴくぴくさせながら、つぶやくようにいった。

「それがしのあやまりで、あった、やも知れぬ」

「ともあれ、私が見とどけたことじゃ、安心しなされ」

「心得た」

三日後、お万喜は百三十里余を走って甲賀へ着き、寅松の書状その他を山中俊房へ見せた。

「これで、うたがいは、はれたな」

俊房も満足そうにいったが、

「じゃが、籠城せぬとなれば、こなたも手を打たねばなるまい」

「急がねばなりませぬ」

「よし。では、すぐにこれから大坂へ飛んでくれい」

「はい」

俊房は、大坂城内にいる〔又従兄弟〕の山中長俊へ密書をしたためた。

山中長俊は、密書を読み終えるや、

「お万喜。北条氏邦に負けぬほどの勢力《ちから》をもつ北条方の重臣はたれかな？」

お万喜は、にこりとして、

「いろいろとござりますが……、先ず、松田憲秀《のりひで》などはいかがでござりましょうか？」

と、いった。

そして、年の暮れぬうちから、小田原城外・箱根宮城野の砦へ詰めている松田尾張守憲秀へ豊臣秀吉の意を体した密使〔甲賀忍び〕が飛んだ。

そして、翌天正十八年の年が明けるころ、早くも松田憲秀の心がうごきはじめている。

つまり、

「伊豆、相模の両国をあたえるほどに……」

という秀吉の〔さそい〕に乗りかかったのである。

果然、正月二十日に小田原城でおこなわれた最後の作戦会議において、

「箱根の険より外に出て戦うなど、もってのほかのことじゃ。先ず箱根をかためれば当分の間、敵は手も足も出まい。しかも、この小田原には年余の兵糧、武器弾薬がたくわえてある。海内《かいだい》一ともいうべき小田原の城には箱根の要害があることを忘れてはなりま

すまい」

にわかに、北条氏邦へ反発しはじめた。

松田憲秀派の重臣も、これに賛意をあらわし、何よりも、この憲秀の言をよろこんだのは、北条氏政・氏直父子であったという。

いままで、氏邦の熱意と闘志に引きずられたかたちであった他の重臣たちも、次第に動揺しはじめた。

夜が明けるころ、北条氏邦は憤然として鉢形城へ帰って行った。

軍議は、籠城と決したのである。

五

二月一日に豊臣秀吉は諸将に動員令を下し、一カ月後に京都を発し、早くも四月三日には豊臣軍は箱根を抜いて小田原城を包囲した。

「それ見よ、いわぬことではない」

箱根・山中城が豊臣軍のものとなった報に接して、鉢形の北条氏邦は、

「こうなっては、もはやどうにもなるまい。なれど、敵の囲みがととのわぬうち、こなたも全軍をまとめて打って出れば、まだ、のぞみもあろう」

降伏が厭《いや》なら、どこまでも戦うべしという積極さを、まだ氏邦は捨てていない。すで

に、前田利家、上杉景勝などの豊臣軍が上州・松井田まで迫って来ているので、氏邦は城主の責任から鉢形を出るわけにも行かなくなっていた。

そこで、久長但馬守と山岸主膳之助に五百の部隊をあたえ、

「小田原へ駈けつけ、わしの意をつたえると共に、鉢形勢の意気込みを本家のものどもへ見せてやれ」

と、命じた。

これが四月三日の夜ふけであった。

山岸主膳之助は、小出寅松をよび、

「おぬしは、いかがするな？」

と、きいた。

「お供つかまつる」

寅松は言下にこたえた。

「この戦さには、もはや勝目はないぞ」

「はい」

「おぬしにとっては何の益もないことだ、おれと共に死ぬることは――」

「では、どうせよと？」

「おれが指図することではない、おぬしがきめることではないか」

「はい」

「甲賀へ戻るか？」

「ま、そのことは小田原へ着いてからで、よろしゅうござりましょう」

寅松は、ふてぶてしく笑った。むろん、小田原で死ぬつもりはない。そればかりか、山岸主膳之助も、むざむざと死なせたくないのだ。父を討った男なのに、そのうらみを少しも感じない寅松なのである。

戦国のころの人間の血は熱い。自分の夫の敵を討ちに出かけて、その敵の男を好きになり、ついに夫婦となってしまった武家の女もいたほどで、まして忍び同士の決闘によって敗れた父なのだから、少しも不名誉ではなく、

（主膳之助ほどの男に討たれたのなら、父も満足だったろう）

なのである。

甲賀の忍びと知りつつ、堂々と胸をひらき、むすめまであたえた度量のひろさに、寅松は胸をうたれたのだ。

主膳之助のためになら死んでもよい。ということは、これほどの武士を腰ぬけの北条氏政なぞと〔心中〕させるべきではない、との思案につながるのである。

主膳之助や鉢形の殿（氏邦）の主張が通って戦野に豊臣軍を迎え撃つというのなら、

（それも面白い）

なのだが、ろくな戦闘もせずに籠城し、みすみす秀吉の術中におちいるほどなら、自分も死にたくないし、主膳之助も死なせたくない。

ともかく、小田原へ向かう支度にかかりながら、

「案ずるな。父上は死なせぬぞ」

寅松は妻にいった。

翌四月四日の早朝、鉢形城兵五百は小田原へ向かった。

五日の夜に入って、相模の萱野まで来たとき、部隊は思いもかけぬ敵の襲撃を受けた。

徳川の将・榊原康政が千五百の部隊をもって待ち伏せていたのである。

月は無かった。

うわあ……。

突如、前方の木立、草むらから突撃して来た敵軍の喚声をきいたとき、

(しまった……)

寅松の脳裡をよぎったのは、鐘打ち弥平次の顔であった。

弥平次の小鼻のほくろが、にんまりと笑いかけたような気がした。

(弥平次が敵に知らせたのだ)

これであった。

小田原の近くでならともかく、このあたりに敵が出張って来る筈がなかったし、しかも待ち伏せて包囲されるというのは、

(やはり、弥平次にちがいない)

なぜ、彼の存在に気づかなかったのか……。

(おれとしたことが……)

寅松は唇を噛んだ。

あまりにも開放的な山岸主膳之助のいうままに、甲賀の忍びへ対処していたことが、この油断を生んだのであろう。

敵の槍が、刃が、馬が迫って来た。

怒号と悲鳴が飛ぶ。

闇の中を進んで来た二列縦隊の鉢形勢は、両側からの敵襲を受けて、寸断された。

寅松は、槍をふるって敵兵を叩きつけつつ、

「父上、父上!」

よんだが、闇でも見える彼の眼も、主膳之助をとらえかねた。

すさまじい混戦、乱戦である。

そのうちに、ふいと、小出寅松の姿が消えた。

この夜の戦闘で、山岸主膳之助の槍にかけられた敵は七名におよんだという。

尚も闘うとき、どこからか闇を切り裂いて飛んで来た槍の柄が主膳之助の両足へからみついた。

「あっ……」

たまらず倒れかかる主膳之助へ敵兵が飛びかかり、

「敵将じゃ。生け捕れい！」

と叫び、押し重なって、ついに捕縛し、榊原康政の陣所へ引立てて行った。

榎《えのき》の大木の上から、小出寅松は、このさまを見とどけ、

（うまく行けばよいが……）

と、祈った。

槍の柄を飛ばし、わざと主膳之助を敵の手にゆだねたのは、寅松である。

「引け、引けい」

鉢形勢は、大半が戦死し、残ったものが退却にかかり、戦闘の響音が遠ざかった。

（しずまったな）

寅松は榎の大木から草むらに飛び降りた。

血のにおいが、あたりにたちこめている。

「おい」

どこかで声がした。

「寅松よ。おぬしは、やはり寝返っていたのだな」

「弥平次か……」

「見たぞ。山岸主膳之助の命を助けたのを……」

「ふむ。言いわけもおぬしには利くまい」

「よい覚悟だ」

「おぬし、敵の道案内に立ったのか」

「フン、そうか。きさま、豊臣方の勢《ぜい》を敵とよぶのか」

「ふむ。で、どうする」

返事のかわりに、弥平次が投げた車手裏剣が寅松を襲った。

闇の中で、二人の忍びの決闘が、いつまでもつづいた。

六

鉢形城は六月十四日に開城。城主・北条氏邦は剃髪《ていはつ》して、僧衣をまとい、前田利家の軍門へ降り、城兵は四散した。

氏邦が、ほとんど戦闘をまじえなかったのは、戦意のない小田原の本家に愛想をつかしたからである。

(あのような本家のために、家来共を死なせたくはない)

からであった。

そして、小田原も七月十日に落城をした。

その前に、こんな話がある。

豊臣方へ内応した、あの松田尾張守憲秀についてだが……。

憲秀の実子で左馬之助秀治《ひではる》というものが、父の内応を知った。

落城も近いと見て、父が、しきりと城外の豊臣勢と連絡をとりはじめたのを発見したのである。

左馬之助は或夜、名も知らぬ者からの書状を受け取った。朝、陣所で目ざめたらふところへ差し入れてあったのである。

「御父君の寝返りをごぞんじあるや、いかに――」

と、それだけのものであったが、左馬之助はふしぎに思いつつ、それとなく父の動向をさぐると、まさに内応の事実がある。

父の陣所へ、ひそかにやって来た豊臣方の密使が、父と密談をかわしているところへ飛び込み、

「父上。恥を知りなされ!」

叫んだ左馬之助は密使を斬り倒し、

「わが父ながら、このままにはすまさぬ」

と、わめいた。

松田左馬之助は北条氏邦派の主戦派であって、かねてから父・憲秀のしわざをこころよく思っていない。このことは北条方のだれもが知っていたことだ。

かくて、松田憲秀は小田原開城の五日前に息子から詰め腹を切らされてしまったのである。

松田左馬之助のふところへ手紙を投げこんだのは、小出寅松である。

あの夜、相模・萱野の夜戦があったとき、飯道弥平次と決闘し、自分も手傷をうけたが、ようやく弥平次を殪し、その死体を土中ふかく埋めこんでから、寅松はなにくわぬ顔で小田原城下へ潜入し、法城院へ入った。

城下といっても石垣山の裾にある法城院は、すでに豊臣軍の陣営と化しており、

「よう戻った」

さいわい心山和尚もいて、寅松は何くわぬ顔をして、またも甲賀の忍びに帰ったのだ。

お万喜もやがてあらわれ、

「弥平次が鉢形勢のうごきをつたえに来たが……それから行方知れずとなった。おぬし、知らぬか？」

と、きいたが、

「冗談ではござらぬ。私がその鉢形勢の中にいたのを、弥平次は見殺しにするつもりだったのか」

おどろいて見せると、お万喜も舌うちをもらし、

「年ばかりつんで、まだ弥平次には忍びとして足らぬところがある」

「いかにも」

このとき、寅松は、お万喜の口から松田憲秀内応のことをきかされ、いたずら心をおこして、松田左馬之助へ密使をしたのである。

さて——。

戦争は終わった。

北条氏政と、弟・氏照は切腹を命ぜられ、また、氏直は徳川家康の聟であるので、

「高野山へ放て」と、秀吉は命を助けた。

豊臣秀吉は、鉢形城の北条氏邦に対しては好意を抱き、

「氏邦の子・光福丸が十五歳になったあかつきには十万石をあたえよう」

といい、前田利家の金沢城内へ押しこめられている氏邦に対しても、

「本家の腰ぬけ共とは違って、武勇の男ゆえ、大切にあつこうてやれ」と命じた。

こういうわけだから、捕虜になった山岸主膳之助に対しても、

「徳川へつかえたらよい。わしが口きこう」

と、いい出し、家康が身柄を引きとることになった。

この小田原の戦後、徳川家康は秀吉から関八州の地をあたえられ、家康は江戸城へ入り、ここに徳川の江戸経営も第一歩を踏み出すことになる。

その後、山岸主膳之助は、江戸にあって町づくりにはたらいた。家康が彼にあたえた禄高は、七百石ほどだが、後年、主膳之助が病歿して、一子・勝千代が後をついだときには千五百余石。立派な徳川の旗本になっていた。

山岸の屋敷には、寅松の子を生んだ正子も引き取られていて、一年に数度、旅商人だの旅僧だのに変装をした小出寅松がたずねて来たものである。

寅松は、まだ甲賀の忍びとして生きていた。

小田原戦後は、頭領・山中俊房が徳川家康のためにはたらくこともあり、それは秀吉の無謀な〔朝鮮出兵〕の失敗を機にして、さらに度をふかめて行った。

甲賀は早くも豊臣の天下に見切りをつけたのである。

「いまは父上と共にはたらいているようなものですな」と、寅松はいった。

小田原戦のときの彼のはたらきは甲賀でも大いにみとめられ、

「あのさ中で、あれだけのさぐりをしたのは寅松、大出来じゃ」と、頭領はほめてくれた。

「これも父上のおかげのようなもので――」

寅松がいえば、主膳之助も笑って、

「おぬしも運のよい忍びよ。弥平次の口からもしも寝返りがもれたら、いまこうして、妻や子に会うこともなるまい」

「まったく――弥平次から声をかけなんだら、あのとき、あの男を殪《たお》すことも出来ませんでした。甲賀にとっては私などより、弥平次のほうがどれだけ役に立っていたか……」

山岸主膳之助が慶長七年に六十二歳で歿するころ、天下は名実共に徳川のものになりかけていた。

さらに、大坂戦役によって豊臣家が完全にほろびた後、小出寅松は甲賀をはなれ、またも名を上田十右衛門とあらため、徳川につかえたという。

ときに、彼は四十をこえていたが、ここにようやく、正子と一子・松之助と共に暮せるようになったわけだ。

その後の、小出寅松あらため上田十右衛門の〔忍びばたらき〕については、まだ面白い話もあるが、どうやらちょうどゆるされた原稿の枚数もつきた。

忍びの中にも、彼のように妻子と家庭を得て長生きをしたものがまだかなりいるようである。

舞台うらの男

一

服部《はっとり》小平次《こへいじ》の父は、宇内信重《うないのぶしげ》といい、播州《ばんしゅう》・赤穂《あこう》五万三千石、浅野家につかえ、ながらく京都屋敷につとめていた。

だから、小平次は京都で生まれ、育ったわけである。

のちに、江戸屋敷へうつることになったときには、

「ああ、いやらし」

と、小平次は町人ことばをまる出しにし、夫の転勤をいやがる現代の新妻のように身をもんで、

「京をはなれて、さわがしい江戸へ行くほどなら、わし、腹を切って死んだほうがましや」

などと、大いになげいたものだった。

むりもない。

殿さまの御城がある赤穂の国もとや、藩邸とはちがい、京都屋敷は、まことにのんびりとしたものである。

国もとが浅野家の本社なら、江戸、大坂、京都などの藩邸は支社ということになるだろうが、社長である殿さまは、めったに京都へは来ることもない。

そのかわり、天下泰平の世の中に、家来として腕をふるうチャンスもないし、したがって、出世の階段へ足をかけるきっかけもつかめぬというものだ。

「わし、そないなことは、どうでもええのや」

と、小平次は、ただもう、ひたすらに京の町と人から、はなれたくなかったのである。

もともと、小平次は家を継げる身ではなかった。

平太夫《へいだゆう》という兄が、いたからである。

この兄は、少年のころから学問も剣術もよくでき、藩の重役から見こまれ、早くから親の手もとをはなれて国もとの赤穂の城へ出仕し、殿さまの小姓をつとめたほどのしっかり者だった。

こういう長男がいると、父母も、

（わが家には立派な後つぎができた）

何か安心してしまい、末っ子の小平次に対しては、どうしても甘い育てかたをするようになる。

「じゃが、小平次もさむらいの家の子ゆえ、あまりに町家の子どもたちとまじわるのは、いかがなものかな」

「はい。よう申しきかせてあるのでございますけれど……」

と、これは父母の声である。

浅野家の京屋敷は〔仏光寺《ぶっこうじ》通り東洞院《ひがしのとういん》東入ル〕ところにある。

付近には町家が多い。

屋敷内には、家来の子弟もいるわけだが、小平次の遊び友だちといえば町家の子供ばかりといってよい。

おさだまりの学問、剣術のけいこから帰りみち、小平次は町家の友だちの家へ立ちよっては遊んできた。

小平次は、生まれつき器用だったらしく、十歳のころに、

「これ、母さまがおつかい下さい」

ま新しい有明行燈《ありあけあんどん》を外から持って帰った。

「何かえ？」

見ると、その行燈は、朱ぬり丸型のもので、台には引出しまでついており、把手《とって》の一《いち》隅《ぐう》には精巧極まる木彫りの蜻蛉《とんぼ》が一つ、とまっているではないか。

「ま、みごとな細工ですこと」

「さようですか、うれしいな」

「このようなものを、どこで、お前は……？」

母の喜佐が問うや、

「へヘン……」

小平次が、ひくい鼻をうごめかし、何やら得意げだった。

「どうしました、小平次」

「その行燈は、わたくしがこしらえました」

「え……？　まさか……」

「ほんとうです」

「冗談をいうものではない。細工といい塗りといい、こりゃもう立派な職人の手になるものではありませぬか」

「つくるのに一月もかかってしまいました」

それぞれの家業をもつ遊び友だちの家で道具を借り、材料をもらって製作したのだと、小平次はいいはる。

不審におもった母が、翌日になって、藩邸近くの〔よろずや勘助〕という塗師《ぬし》をたずねると、

「いつもいつもうちのせがれめが坊《ぼ》ンさまのお遊び相手をさせてもろて……へい、もったいないことでござりまする」

あるじの勘助は、恐縮しながらも、

「なんとも、坊ンさまのお手さきの器用さには、びっくりいたしております。へえ、そりゃもう、坊ンさまがおひとりで、あの行燈のうるしをお塗りになりましたんどす」

と、こたえた。

おどろきながらも母親はいくらかの礼をわたし、次に、烏丸《からすま》五条の彫物師を訪問すると、

「せがれのところへお見えになりましたとき、坊ンさまは、わたくしどもの仕事を、じいっと見ておいでになりましたんどすな。そのうちに、鑿《のみ》のつかいかたを教えろ、かように申されまして……」

あるじは、身分ちがいにて恐れ入るが、もしも小平次が町家の子だったら内弟子にもらいうけたいほどだとほめそやした。

以来、十数年の間に、こうした例はいくらもあり、書いていたらキリがない。

さらに小平次は、古道具屋や刀鍛冶《かたなかじ》、表具師などの家へ入りびたって少しも倦《う》むこと

を知らぬ青春を送ったらしい。

「もはや、匙《さじ》を投げました」

と、母がいえば、

「どうせ、家督も出来ぬ身のかわいそうなやつじゃ。好きなようにさせておけ」

父が、こたえた。

二

小平次、二十歳《はたち》をすぎると、いろいろの工芸品や刀剣の鑑定もやるようになった。

人形や、種々の細工物をみずからこしらえ、

「へえ、こりゃまた美事《みごと》なモンどすな。わたくしの店で引きとらせてはいただけませぬか」

「よいとも」

というので、これがよく売れるようになった。

だが、そうした製作は幼友だちがいる、〔よろずや〕方の一室を借りておこなうのだから、別に藩邸へめいわくをかけない。

とにかく、冷めし喰《く》いの次男坊にしては、小づかいも充分というわけで、女あそびもさかんなものだった。

鼻はひくいが色白で、すらりとした体つきの服部小平次は愛嬌《あいきよう》たっぷりな双眸《め》をかがやかせつつ、よく昼あそびに伏見へ出かけたものだ。

伏見・撞木《しゆもく》町の廓《くるわ》は、慶長のころにもうけられたもので、京の島原のような上級のものではなく、格も、遊女の質も一段二段と下った遊廓《ゆうかく》だった。

それだけに、

（気もおけぬし、京の市中《まちなか》から三里もはなれているところが何より、何より）

と、小平次はここへ来て、ゆるりと昼あそびをやり、夕暮れまでにはきちんと藩邸へもどる。

したがって、

（御物奉行のせがれどのは、変り物だ）

という評判はあっても、彼が遊蕩《ゆうとう》することを知るものはいない。

それは、貞享《じようきよう》二年夏のある日のことだったが……。

（少し暑いが、ひと汗かくかな）

久しぶりで、小平次は撞木町へ出かけて行った。

行きつけの〔しまや〕という妓楼《ぎろう》は廓内のはずれにあり、二階から田圃《たんぼ》が見わたせる。

「もう十日もお顔を見なんだえ。ええ、もうつれない小平次さま……今日は夜まで帰しやせぬわえ」

なじみの小徳《ことく》という遊女が金ばなれのよい小平次のくびへもろ腕を巻きつけ、他《ほか》の客にはゆるさぬくちびるをおしつけてくる。

「小徳。汗ぬぐいの手ぬぐいを三つ四つ、冷たくしぼってこいよ」

小平次は、女としたたかにたわむれ〔しまや〕を出たのが八ツ半（午後三時）すぎだったろうか。

（まだ、匂《にお》うな）

出るとき、ふろ場で水をあびてきたのだが、着ている帷子《かたびら》のふところから、小徳のつけていた白粉《おしろい》の香がただよい出て、小平次の鼻腔《びこう》をくすぐる。

（今日は小徳め、あられもなく、みだれおったな）

にやにやしながら編笠《あみがさ》をかぶり、通りを曲ったとき、小平次は向こうからきた男の足の甲を踏みつけてしまった。

「何さらす」

三人の仲間をしたがえ、どなった男を見ると、これは淀川《よどがわ》下りの船頭たちの中でも〔暗物船頭《くらものせんど》〕とよばれる、荒くれ男ばかりの性質《たち》のよくないやつどもである。

「やい、さむらい、足ふんで、だまって通る気イか」

「や、これはかんにん」

小平次は腕に自信がないから、にっこりと頭を下げ、いくらかの銭をやって切りぬけようとしたが、

「ふン、これでもさむらいかえ」

「ひとつぶちのめしてやれ」

「そりゃ、ええな」

なぐりつけておいて財布ごと強奪しようというつもりになったらしい。

「やい!!」

いきなり、一人が小平次の胸ぐらをつかんでふりまわしかけたが、

「げえッ……」

急に、そやつはがくりとひざを折り、へなへなと倒れ伏してしまった。

なぐられるつもりで、閉じた眼《め》をひらいた小平次の前に、これも編笠をかぶった武士が背を見せて、

「去《い》ね」

ものしずかに船頭どもへ声をかけた。

「畜生め!!」

と、だまっているような彼らではない。

三人が、どっと殺到して来るのへ、その武士は我から進み、

「や!!」

みじかい気合を発したとき、

「きゃあ……」

「う、うう……」

どこをどうされたものか、船頭ふたりが、たちまちに転倒し、残るひとりが何か刃物をふところから出して、わめきながら突っこんで来たかと思うと、

「わあっ……」

そやつは、大きく宙に舞って投げ飛ばされ、いやというほど地面へ叩《たた》きつけられてしまった。

「去ね」

と、武士がいう。

何ともすさまじい早わざを見せておいて、呼吸のみだれが少しもない。

〔暗物船頭〕たちは、当身をくらって気絶をした二人を、別の二人が引きずるようにして、こそこそと逃げ去った。

「これは、これは、危うきところをお助け下さいまして……」

人だかりもしているが逃げ出すわけにもゆかず、小平次は笠をとって礼をいい出した。

すると、編笠の武士が、

「何だ、服部小平次ではないか」

「え？　あなたさまは……」

いきなり、武士が小平次の腕をつかみ歩き出した。

裏道へ来てから、

「わしじゃ」

その武士が笠をとり、微笑をうかべている顔を見せた。

「あっ……ご、御家老さま」

さすがの小平次も青くなった。

厄介者《やっかいもの》の次男坊が昼あそびをしていることさえけしからぬのに、さむらいの身で船頭ふぜいの手ごめにあおうとしたのである。

(こりゃ、ただごとではすまぬ。おれはともかく、父の身にもしものことがあっては……)

青くなるのも、むりはなかった。

相手は大石内蔵助《おおいしくらのすけ》といって、浅野家の国家老をつとめ、赤穂の国もとにいるが、年に一度は京へ出て来る。

これは公用のためばかりでなく、内蔵助の生母の熊子《くまこ》が京都に住んでいて、このきげ、んをうかがいに来るのだ。

このとき、大石内蔵助は二十七歳で、服部小平次より四つの年長だった。

大石家老が昨日、京都屋敷へついたことを知らぬ小平次ではないが、まさかに、このような場所へあらわれようとは思いもかけぬことだったし、あのような手練のもちぬしだとは考えてみたこともない。

「ここへは、なじみか？」

と、内蔵助がいう。

「はっ……いえ、その……」

内蔵助の年齢にふさわしくない、ぼってりとした小柄《こがら》な肥体が近よって来て、

「なじみか、ときいておるのだ」

「ひらに、おゆるしのほどを……」

「ふン……」

と、内蔵助が鼻で笑った。

ふっくりとした顔つきは若々しく、鳩《はと》のように、まるみをおびた可愛《かわい》らしい眼つきをしている。

おそるおそる、小平次が、

「御家老さま、ここへ……」

「ここへ来る用事は、きまっておるさ」

「な、なれど、このように低俗なる場所へ……」

「女を抱くには、気のおけぬ所ほどよろしい」

ぽかんと口をあけたままになっている服部小平次の肩を扇でたたき、内蔵助が、さらにおどろくべきことをいった。

「この近くの墨染寺《すみぞめでら》門前にも、近ごろ遊所ができたそうだな」

「は……」

「行って見たか？」

「いえ、もう、あそこは、ここより低俗にて……」

「それもおもしろい。よし、これから墨染へ行ってみよう。おぬしも来いよ」

「な、なれど、それは……もはや御屋敷へもどりませぬと……」

「わしがうけ合う。案ずるな」

内蔵助は四日ほど、京の藩邸に滞在し、小平次を供にしては遊びまわった。

翌年の春にも来て、

「小平次。どこぞ、めずらしいところを見つけておいたか？」

といえば、もう小平次は欣然《きんぜん》として、

「おまかせ下さい」

胸を張った。

国もとでの、大石内蔵助の評判は、

〔昼あんどん〕

と、うわさをされるほどで、城へ出て来てもひまさえあれば居眠りばかりしており、政務は他の重臣たちのするにまかせているらしい。

それでいて、別に失敗も見せぬので、

「人物が大きいのじゃ」

などと、小平次の父・服部宇内や、宇内の上役の小野寺十内などは、しきりに内蔵助をほめている。

小平次は、それほどえらい人物と考えてもみなかったが、内蔵助の供をして廓あそびをするうちに、別の意味で、

「大したお人だ」

舌をまいた。

下等な遊所の中の、低俗なる遊所の中から、内蔵助は「これは——」と、目をみはるような女を見つけ出して遊ぶのがうまい。

また、そうした女たちは二人を見くらべると、手もなく小平次を振って、内蔵助へ寄りそってしまう。

「御家老にはかないませぬな」

くやしがるどころか、小平次はうれしくてならない。

口数は少ないが、女たちに取巻かれた内蔵助が、にこにこと酒をのんでいると、座敷いっぱいに春の陽光がみなぎりわたるような雰囲気《ふんいき》になってしまうのだ。

遊び好きの小平次には、それが、たまらなくたのしかったのである。

「人に知れるとうるさいゆえ、ふたりの遊びはふたりだけの遊びにしておこうな。もっとも念を入れるにもおよぶまいが……」

と、内蔵助は小平次にいった。

この年の秋――。

小平次の兄・平太夫《へいだゆう》が赤穂《あこう》で死んだ。

疫病《えきびょう》にかかり、あっけないほどの急死だった。

さらに、年があらたまった貞享四年正月に、今度は父の宇内が死んだ。いまでいう心臓麻痺《まひ》である。

こうなると、いやでも小平次は服部の家をつがねばならぬことになった。

三

小平次は服部家の当主となり、名も亡父の宇内をついだのだが、このものがたりでは前名のままで、はなしをすすめたい。

家をついだとたんに、

「江戸屋敷詰めを申しつける」

と、殿さまからの命が下った。

江戸へ転勤となったわけだ。

「ああ、いやらし」

と、小平次がなげいたのは、このときである。

すると、赤穂から大石内蔵助が急便をよこした。

その手紙には、

「……自分に考えがあって、おぬしを江戸へやるようにはからったのだ。少しの間、辛抱をして奉公にはげむように」

と、したためてある。

内蔵助が小平次について何を考えていたものか、はっきりはせぬが……。

どちらにしても家をついだからには、京の藩邸にいて希望もないかわり不足もないという一生をすごすよりも、まず、江戸藩邸へ送って小平次のはたらきをためしてみよう、というようなつもりであったのだろう。

こうなれば、転勤が厭《いや》だといっても通る武家の世界ではない。

主家の命令は絶対のものだ。

服部小平次は、いやいやながら、母をともない、江戸屋敷へ向かった。

江戸藩邸で、小平次は〔江戸番頭《ばんがしら》〕の支配下へ入った。

江戸と京都とのちがいはあるにせよ、これは亡《な》き父の役目より低い。

母は、なげいたようだが、

(こりゃ、このほうが気らくだな)

むしろ、小平次はよろこんだ。

あまり責任がない役目だったからである。

そして……。

江戸の水になれれば、これもまた、おもしろかった。

優雅な京の都にくらべ、はじめは雑駁《ざっぱく》きわまると見ていた江戸市中の活気にみちみちた繁栄ぶりも、

(さすがは、将軍おひざもとだな)

次第に、小平次の眼が生き生きと光りはじめた。

小平次は藩邸内の長屋(四間)の一室に、京でつかっていた細工物の道具をおき、非番の日はここにこもりきりで、まず自分がつかう机や見台《けんだい》を製作しはじめた。

そのうちに、市中の細工師や、工匠や古道具屋などに知り合いが出来ると、京都での

ように、やがて小平次のふところに内職の金も入るようになる。百五十石どりのれっきとした藩士で、若党、小者、下女などを合せ六人の主人である服部小平次なのだが、好きにつかえる小づかいが入れば、それだけ、たのしみもふえる。

決してこれをためこもうとするのではなく、入れば入るだけ、きれいにつかい果すのだった。

京におとらず、江戸の遊所もさかんなものである。

自分の遊びが勤務のさしつかえにならぬように、小平次は藩邸の足軽《あしがる》や中間《ちゅうげん》にまでも要領よくたちまわり、同僚との交際にも気前よく、つかうものをつかう。

たちまちに、一年がすぎた。

元禄《げんろく》元年の夏――。

突然に、大石内蔵助が江戸へあらわれた。

「どうだな、御奉公は？」

「はあ、はげみおります」

「ところで、小平次」

「はあ？」

「どこか、おもしろいところを見つけたかな」

「おまかせ下さい」

「わしも六年ぶりの江戸だ。それにな、小平次。国家老でありながら、何かと用事にかこつけ、京や江戸へ出て来るので、実は、殿さまのごきげんを損じてしもうた。これが江戸の見おさめのつもりなのだ」

「それは、それは……」

「なれど、おぬしには、いずれ赤穂へ来てもらうつもりでおる。もっとも国もとには、おもしろいところはないが……」

出府して二日後に、大石内蔵助は服部小平次の案内で、谷中《やなか》の〔いろは茶屋〕へ昼あそびに出かけた。

ここは、現在の上野公園の裏の、天王寺門前にあって茶屋は二十七軒。ひらかれて年も浅い遊所であるし、茶汲女《ちゃくみおんな》が色を売るところは、ちょっと京でのそれに似てもいる。

「ところがら、坊主《ぼうず》の客が多いそうで……なれど、女はよろしゅうござる」

小平次のいう通りだった。

内蔵助はむきたての玉子のような若い女《め》を見つけ出し、大いに堪能《たんのう》したらしく、夕暮れとなって藩邸へ戻《もど》る道にも、

「あれはよい。フム、あそこはよろしい」

の連発なのである。

「明後日も共にまいろうな、小平次」

「こころえました」

ところが当日となり、非番の小平次は、朝から内蔵助の呼び出しを待っていたが、何の沙汰《さた》もない。

（急な御用でも出来《しゅったい》いたしたのかな？）

いらいらしていると、夕刻になって、

「大石様がお呼びでございます」

と長屋へ声がかかった。

場所は、藩邸内の用部屋である。

いそいそと出かけた。

内蔵助は、用部屋の中に一人きりで、しかも紋服・裃《かみしも》の礼装をつけ、厳然として、

「これへ」

白扇をもって小平次をさしまねく。

「はっ」

いままでに見たこともない大石内蔵助の威容だった。鳩のような両眼が三倍ほども大きく見え、ひきむすんだ口もとのきびしさに、小平次は圧倒された。

（いったい、何ごとなのか……？）

おどろきつつ、頭を下げるのへ、内蔵助が、おごそかにいった。

「小平次、ようきけ」

「はっ」

「人のうわさ、世のうわさというものが、うわさされている本人の耳へとどくまでは、かなりの間がある。わがうわさをきいたときには、もはや取り返しのつかぬことがあるものだが……いまから、わしが申すことを、おぬしはまだ知るまい」

「は……?」

「おぬし、この春ごろに、無地赤銅《むじしゃくどう》に竜《りゅう》を彫ったる小柄《こづか》を手に入れ、これを、みずからの手にて細工をほどこし、後藤祐乗《ごとうゆうじょう》の作と称し、金五十両にて売ったそうだな」

小平次は声も出なかった。

その通りなのだ。

後藤祐乗は、むかし足利《あしかが》将軍につかえたほどの彫金家である。

小平次が、その赤銅の小柄を市ケ谷の道具屋で見つけたとき、

(たしかに、これは祐乗の作だ)

と、見きわめをつけ、

「いくらだ?」

きくと、道具屋の主人は、まさかに祐乗作とは思わぬので、

「三両でございます」

「よし、買おう」

しかし、小平次には確信があった。

彼は二カ月もかかり、この小柄に細工をほどこし、日本橋室町の刀屋〔岩付屋重兵《いわつきやじゆうべ》衛《え》〕方へ持ちこんだのである。

ゆらい、祐乗の作には銘がない。

「何と見るな?」

すでに懇意となっていた岩付屋重兵衛へ出して見せると、ややあって、

「たしかに祐乗作でございますな」

一も二もなく、五十両で買いとってくれたのだ。

つまり小平次は、道具屋の眼から見て祐乗作と思えるような細工をほどこしたわけであるが、

(まさに祐乗作なのだから、わるいことをしたわけではない)

と、考えていた。

だが、このことを、だれが知ったものか……。

それをたしかめる間もなく、

「ふとどき者め!!」

いきなり、大石内蔵助《くらのすけ》に叱《しか》りつけられた。

「は……なれど、たしかに祐乗作でございます」

「たしかなれば、なぜに細工を加えた？」

「ちょっと衣裳《いしょう》を着せましたまでのこと……」

「よし。そこまで申すなら、おぬしの目利《めきき》をよろこぼう。なれど、武士には士法あり。主君につかえて禄を食《は》む身じゃ。きさま、百五十石を食んで諸人の上に立つ身でありながら、そのような利益を得て、さだめし、おもしろかろう」

「…………」

小平次は不服である。

大石だって千五百石の家老職にありながら、そっと安い娼婦《しょうふ》を買いあさり、色事にうつつをぬかしているではないか。

内蔵助は、ゆるさなかった。

「今後、細工などの手なぐさみは一切無用である。もしも、がまんがならぬときは退身《たいしん》をして道具屋となれ!!」

ぴしりと、きめつけられた。

昨日までの、あの親しさを全く忘れたかのような、内蔵助の苛烈《かれつ》な態度に、小平次も逆上してしまった。

思わず、

「よろしゅうござる。それがし退身つかまつる」

と、叫び返してしまった。

すると、打てばひびくように、

「よろしい、たしかにきいたぞ、これより殿さまに申しあぐる」

あっという間もなかった。

大石内蔵助は、さっと座を立ち、たちまちに奥へ消えた。

服部小平次は、有無をいわさず辞職させられてしまったわけだ。

（か、勝手にしろ）

小平次も怒り、ふてくされ気味で長屋へ帰り、母に報告をした。

むろん母親はなげき悲しんだが、どうにもなるものではない。武士に二言《にごん》はないのである。

こうして小平次は浅野家を退身し、やがて、池《いけ》の端《はた》仲町に道具屋の店をひらき、名も〔鍔屋家伴《つばやいえとも》〕とあらためた。

いよいよ、天下晴れて、細工や鑑定が出来る。何しろ腕も目も抜群の彼であるから、
三年もたつと商売の間口をひろげ、十人もの奉公人をつかうほどになった。

「母上。私が両刀を捨てて、かえってようございましたろう」

「ほんにな。町家ぐらしが、このように気らくなものとは思うてもみなかったことじ

や」

と、母の喜佐も、よき嫁と孫たちにめぐまれ、まんぞくしている。

母は、元禄十四年正月六日に、五十八歳の生涯《しょうがい》を終えた。

この年の三月十四日――。

小平次の旧主人・浅野内匠頭《たくみのかみ》が、江戸城中・松の廊下において吉良上野介《きらこうずけのすけ》へ刃傷《にんじょう》におよび、江戸市中は、このうわさでわき返ったが、

(内蔵助め、とんだことになって、さぞ頭が痛いことだろう。よかった、あのとき武士をやめていて……)

小平次は別だんの感慨もなかった。

四

浅野家がほろびて後の、いわゆる〔赤穂《あこう》浪士〕については、くだくだしくのべるまでもあるまい。

小平次は、この事件に関心をもっていたわけではないが、商売がら諸方の大名や旗本の屋敷へ出入りすることが多く、いやでも、赤穂浪士のことが耳に入ってくる。

さいわいに、江戸へ来て間もなく武士をやめた小平次だけに、彼が、もと浅野の家臣であったことは、ごく少数の人々にしか知られていない。

うわさをきいても、だまっていればすむことだった。

その年の夏になると、大石内蔵助が旧藩の残務を終え、一個の浪人となり、妻子と共に京の山科《やましな》へ隠宅をかまえたことを小平次は知った。

さらに——。

内蔵助が、故内匠頭の弟・浅野大学をもって主家の再興を幕府へ願い出ていることもきいた。

幕府にしても〔喧《けん》嘩《か》両成敗《りょうせいばい》〕の掟《おきて》を無視して吉良上野介の肩をもったのだから、

（それ位のことはしてやってもよいのだが……）

と、小平次は思っていたし、

（なるほど、内蔵助のねらいも、そこにあるのだな）

と、なっとくがいった。

秋になった。

小平次は商用のため、急に京都へ出向くことになった。

けれども、ついでに山科へ大石内蔵助をたずねてみようなどとは考えてもみなかった。

あのとき、用部屋に呼びつけられ、高びしゃに叱りつけられ、強引に退身させられたときのくやしさが、まだ胸の底によどんでいる。

京都へ着いた日の翌日だった。

三条・加茂川《かもがわ》べりの宿屋で、おそい朝飯をすますと、まず商用よりも、

（むかし、暮していたところは、どうなっているかな？　幼友だちも、みな大人になって、どのような面《つら》つきになっているかな）

小平次は宿を出るや、ふらふらと旧浅野藩邸へ足が向いた。

十五年ぶりなのである。

いまは人気《ひとけ》も絶えた旧藩邸門前に立ったとき、

（町の様子も、屋敷の門も塀《へい》も少しも変っていないな。おれが父母と共に苦労した長屋もそのままだろうか……中に入ってみたいものだが……）

さすがに、懐旧の情にかられ、かなりの間を、門前から塀をめぐり、また門前へ戻ったりして、立ち去りかねた。

と……。

小平次の肩に人の手がふれた。

振りむいて小平次が、

「や、御家老……」

「久しぶりだの」

大石内蔵助だった。

「京へ来ているのか？」

「はあ……」

「ふと、ここを通りかかって、おぬしに逢《あ》えた。どうやら元気そうな……」

「…………」

「ふ、ふふ……おぬし、まだ怒っているのか、あのときのことを」

おもしろくもなさそうな顔をしている小平次を見やった内蔵助は着流しの姿で、編笠《あみがさ》を手にしている。

小平次へ向けられた内蔵助の眼《め》のいろは、むかし、撞木町《しゅもく》の廓《くるわ》で見せたときの親しみをこめたものだった。

「どうじゃな、小平次」

「何がで？」

「やはり、あのとき、武士の世界から足をぬいておいてよかったであろう」

この、やさしげな内蔵助の声をきいた一瞬に、小平次の脳裡《のうり》を電光のようによぎったものがある。

（そ、そうだったのか……）

五

後に、赤穂浪士の一人、横川勘平から小平次がきいてわかったのだが、あのときの藩邸内の評判は、小平次が祐乗作の小柄を売った一件を頂点として、あやうく殿さまの耳へも入りかねないところだったらしい。

知らぬは小平次ばかりで、内職の小づかい稼《かせ》ぎを内密《ないしょ》にしていたつもりでも、京都とちがって江戸では人の口もかるく、現代でいえば、

「あいつは、月給のほかに、うまい内職をしている」

とうらやまれ、ねたまれるのと同様のことだ。

このことを耳にしたら、物がたかった殿さまのことだから、

「武士にあるまじきけしからぬやつ。切腹を申しつけよ」

などということになったやも知れぬ。

江戸へついた早々に、この小平次のうわさをきいた内蔵助が、

(やはり、小平次は好きな道へ進ませたほうがよいな)

と、心をきめ、むしろ強引に、小平次の口から身を退くといわせるように仕向けたのであろう。

「足をぬいておいてよかったであろう」

と、いわれたとき、そうした事の経過が形ではなく、瞬時のひらめきとなって、小平次をなっとくさせたのだった。

「さ、左様でございましたのか……」

うめくようにいい、小平次は内蔵助の前へ頭をたれた。

それだけで二人の間には通じ合うものがあった。

「町人姿が、ぴたりと身についておるぞ」

「おそれいりました」

「ま、少し歩こうか」

「はい」

「母ごは、お元気か？」

「今年の正月に亡《な》くなりました。それはともかく、このたびの事件《こと》では、さぞ御心痛のことでございましょう。お察し申しあげます」

わだかまりが解けてしまえば、小平次も元は浅野の家来だし、何だか急に他人事《ひとごと》ではないような気もちがしてきたのもふしぎだった。

「世の中には、いや人の一生には、いろいろのことがあるものでな」

「御家再興の儀は、いかがなりましょうか」

「さあて……」

「もしも再興ならぬときは？」

（仇討《あだう》ちを決行するつもりなのだろうか？）

と、小平次はさぐるような視線を内蔵助へ向けたが、

「そのときはそのとき。先ざきのことは何も考えぬようにしているのじゃ」

「なるほど」

「それよりも小平次。久しぶりに撞木町へ出かけようではないか。わしも、このごろは、とんとひまが出来たゆえ、撞木町ではだいぶ、よい顔になったぞ。は、はは……」

この夜、二人は十六年ぶりに伏見・撞木町に遊んだ。

いまの大石内蔵助は、伏見の廓で〔うきさま〕とよばれるほどの遊蕩《ゆうとう》ぶりで、世評もうるさいのだが、小平次にしてみれば、むかしと少しも変らぬ内蔵助を見たまでのことだ。

二人は、もう今度の事件について一言も語り合わず、およそ十日ほども京都に滞在した小平次《こへいじ》は、毎夜のように内蔵助の供をして伏見へ出かけたものである。

六

幕府は大石内蔵助が願い出た浅野家再興の嘆願をにぎりつぶした。

内蔵助が、

「やむをえぬ」

と、天下政道への抗議のため、吉良上野介を討つべく江戸へ入ったのは、翌年の十一月である。

その前から小平次は鍔屋家伴として、本所の吉良屋敷へ出入りをするようになっていた。

如才《じょさい》はないし、道具屋としても名の通った小平次だけに、

「家伴よ。たびたび遊びにまいれ」

上野介も大変に気に入って、茶事の相手もさせられるようになった。

こうして小平次が近づいて見ると、吉良上野介という人物は、家来たちにもまことに親愛の情がこまやかだし、三州・吉良の領地に対する治政も、至ってこまごまとゆきとどいているらしい。

(うわさにきくような人物ではないようにも見えるな)

吉良が、権欲や利欲に執念がふかく、傲慢《ごうまん》なふるまいが多かったことは、小平次のみか、大名、旗本たちの間にも知れわたっていることだった。

つまり、外に威を張り、内に愛をこめるという吉良の性格が、はっきりと小平次にものみこめてきたのである。

服部小平次が、赤穂浪士をふくめて、大石内蔵助のために隠密《おんみつ》のはたらきをした事実

は、他《ほか》の協力者たちの名と共に、知るものは知っている。

あの十二月十四日の茶会に、吉良が本所屋敷に在邸のよしを内蔵助に知らせたのは、大高源五だ。

大高は、これも吉良家出入りの茶人で、四方庵宗遍《しほうあんそうへん》に弟子入りをし、四方庵の口から茶会のことをきいた。

しかし内蔵助は、

「念には念を入れよ」

尚《なお》も、慎重な態度をけっして、くずそうとはしない。

このごろの吉良上野介は、実子の上杉綱憲《うえすぎつなのり》(米沢十五万石の領主)の屋敷へ出かけて泊りこむことが多い。

死をかけた吉良邸討入りは二度と出来ぬ。内蔵助にしては慎重が上にも慎重にならざるを得なかったのだ。

ところが、十四日の朝になって、服部小平次の報告が、浪士・横川勘平のもとへ入った。

「本日の茶会に吉良どのが出られることは、まちがいなし」

というのである。

これで二つの報告が一致した。

「よし」

内蔵助がうなずいた。

これで茶会の果てた十五日の午前二時前後に吉良へ討入ることが決定した。

これより先、小平次は吉良邸絵図面を二枚、これも横川を通じて内蔵助のもとへとどけている。

なぜ、小平次は赤穂浪士たちのためにはたらいたのか……。

「ただ一人の、好きな遊び友だちのために、義理をしたまでさ」

すべてが終ったとき、彼は、妻女のよねのみにこうもらした。

けれども、いざ吉良上野介が討ちとられたとなると、小平次は妙にさびしかった。

吉良邸へ行くたびに、

「家伴、これも妻と子たちへ……」

と、上野介は必ず、みやげの菓子や品物をもたせてよこしたものである。

そのときの上野介の温顔が、小平次の胸にやきついている。

それに、上野介には並たいていではない金もうけをさせてもらっていた。

(ああ、どうも寝ざめがわるいな)

眠れぬ日がつづいた。

小平次は、それまで丈夫だった胃腸を病み、しつこい下痢になやまされたりした。

赤穂浪士に対する世間の評判は熱狂的なもので、いわゆる〔忠臣義士〕のほまれは、以来、数百年を経ても消えることのないほどのものとなってしまった。

翌元禄十六年二月――。

諸家へ御預けとなっていた赤穂浪士たちに、切腹の命が下った。

彼らへの讃美《さんび》の声は、日本国中を風靡《ふうび》し、それに反して、生きのこった上野介の子・吉良左兵衛《さひょうえ》は、領地没収の上、諏訪《すわ》へ流される始末だった。

赤穂浪士の栄誉がたかまるにつれ、小平次の胸も高鳴りはじめた。

(あの人びとのはたらきのかげで、このわしも一役買ったのだからな)

と、例の寝ざめの悪さなど忘れたように、ひそかに低い鼻をうごめかしているのも、わるくない気もちなのである。

妻も、

「よいことをなされましたね。お見あげ申しましたよ」

などと、ほめてくれる。

いつの間にか、小平次の胸底から吉良上野介の温顔が消えてしまっていた。

下痢もやみ、日毎《ひごと》に、彼は健康を取りもどし、今度は見る見る肉がついて、腹が張り出してきた。

二年たち三年たっても、浪士たちの評判は絶えぬ。

五年たっても、

「赤穂の方々が討入りをなさった前の夜は、ひどい雪でしたなあ」

十二月になると江戸の人びとは、赤穂浪士のうわさでもちきりとなるのだ。

そのころになると、服部小平次も、ごく親しい人たちには、

「いや私もな。これで、むかしは浅野様には少々御縁がござりましてな。左様で、あの大石内蔵助さまのお若いころには、格別のおひきたてにあずかりましたもので……」

などとしたり顔で、いいはじめるようになった。

小平次は、もう全く吉良上野介の顔をおぼえていない。

鍔屋《つばや》家伴《いえとも》としての〔家業〕はいよいよ繁盛した。

熊田十兵衛の仇討ち

一

喧嘩《けんか》の、直接の原因はつまらぬことであった。

その夜……。

播州《ばんしゅう》(兵庫県)竜野《たつの》五万一千石、脇坂淡路守《わきさかあわじのかみ》の家臣で、勘定奉行《かんじょうぶぎょう》をつとめる長山主《しゅ》馬《め》の屋敷において年忘れの宴会がひらかれた。

これは、例年のことである。

長山奉行は、部下のめんどうをよく見るし、温厚な人柄を上は殿さまから下は足軽に至るまでに好《この》まれているし、

「この一年、ごくろうであった」

一年も終ろうとする師走《しわす》の吉日をえらび、部下を自邸にまねいて馳走《ちそう》をするのであ

る。

勘定奉行といえば、一藩の諸経費・出財の一切を管理する役目であり、勘定役二名、勘定所元締《もとじめ》三名、勘定人二十名、合せて二十五名の部下をしたがえている。

ところで……。

この夜の忘年会で、勘定役をつとめる熊田勘右衛門《かんえもん》が、下役の勘定人で山口小助《こすけ》というものを、満座の席でののしった。

熊田勘右衛門は、このとき五十一歳。ふだんはつとめぶりもまじめだし、むしろ無口なほうで、

「石橋をたたいてわたるというのは、熊田うじのことじゃ」

と、藩中でも、その実直《じっちょく》ぶりをみとめられている。

禄高《ろくだか》は百石二人扶持《ぶち》、役目の上での失敗は、一度もないが、

「ところが、酒が多く入るといかぬな」

「まるで、人が違ったようになるぞ。なに、飲みすごすのは三年に一度ほどだからよいようなものの、わしは一度、熊田にからまれて大いにめいわくしたことがある」

こういうはなしもきく。

この夜の熊田勘右衛門は、その三年に一度の悪日《あくにち》であったといえよう。

「おぬしのような男《やつ》は、御家《おいえ》の恥さらしだ。いまのうちに、その悪い癖を直しておかぬ

と、御奉行（長山）にも御めいわくがかかることになる。この大馬鹿ものめ!!」

と、いきなり勘右衛門にどなりつけられた男が、山口小助であった。

山口小助は三十石そこその身分もかるい藩士で、勘右衛門の下で算盤《そろばん》と帳面を相手につとめている若者である。

小助もおとなしい人柄だし、剣術は一向《いっこう》に駄目《だめ》なのだが算盤は達者、字もうまい。徳川将軍の威令の下《もと》、日本国内に戦乱が絶えてより約百六十年も経《へ》たそのころの武士が〔官僚化〕してしまっている中では、その事務的才能を買われ、

「あの男、見どころがある」

と、長山奉行も目をつけているほど役に立つ。

「御奉行に目をかけられて、山口小助もしあわせな男だ」

「この、せちがらい世の中で、たとえいくばくかでも行先に昇進《しゅつせ》ののぞみがあるというのは、うらやましいな」

同僚が、うわさをしている。

「しかし、山口もあの癖が直らぬといかぬ」

と、いう者もいた。

あの癖……つまり、女には目がないということだ。

むろん、女あそびの金があるほどの身分ではないのだが、色白の、すらりとした美男

子だし、気性《きしょう》もやさしげなので、

「別に、おれが手を出すのではない。女のほうから寄ってくるのだ」

と、これは山口小助のいいぶんなのである。

独身《ひとりみ》だし、飯たきの下女を一人使っているのだが、これにも手をつける。

この春には、城下に住む経師屋《きょうじや》の後家《ごけ》とねんごろになった。

その情火が消えたと思った夏には、これも城下の薬種屋で〔千切屋太郎兵衛《ちぎりやたろべえ》〕のむすめ、およしというのとねんごろになり、夜ふけに、千切屋へ忍んで行き、情を通じた。

この事が発見されたのは、千切屋の主人が娘の寝間へ入りこむ山口小助を見つけてつかまえ、

「嫁入り前のむすめを傷ものにされました」

ひそかに、小助の上役である熊田勘右衛門へ訴え出たからだ。

勘右衛門は、これをうまくもみ消してやり、小助をよんでこんこんと意見をした。決して小助を憎んでいたのではない。

で、長山奉行邸の年忘れの宴のことだが……。

宴たけなわとなって、熊田勘右衛門が小用のために廊下へ出たとき、

（や……？）

廊下の曲り角で、山口小助が長山邸の侍女の肩を抱き、たわむれているのを目撃し

た。

侍女のほうもまんざらでもないらしく、懸命に嬌声を押しころしつつ、かたちばかりに身をもがいている。

勘右衛門は舌うちを鳴らした。

小助は狼狽《ろうばい》し、あわてて一礼するや、宴席のほうへ去った。

このときは、

(仕方のないやつ……)

と、苦《にが》い顔つきになっただけだが、座敷へ戻り、盃を重ねているうち、勘右衛門は胸がむかむかしてきた。先刻のことは忘れ果てたように、山口小助が同僚たちと、たのしげに酒をのんでいるのが見えた。

謹直で、いつも下役の尻《しり》ぬぐいをしてやっているだけに、

(いかに若者とはいえ……いまのうちに灸《きゅう》をすえてやらねば取り返しのつかぬことになる)

小助をとなりの席へ呼びつけ、意見をしているうちに、勘右衛門は我を忘れた。

山口小助が頬《ほお》をふくらませ、さも不愉快そうに自分の忠告をきいているのも癪《しゃく》にさわる。

(こいつ、このごろ、御奉行に目をかけられているのを鼻にかけ、ろくにわしのいうこ

ともきこうとはせぬ）

声が高くなった。

怒鳴《どな》りはじめた。

何を怒鳴ったか、よくおぼえてはいないが、山口小助が顔面蒼白《がんめんそうはく》となって自分をにらみつけていた顔だけはおぼろげにおぼえている。

宴席が気まずくなり、やがて終った。

外へ出た熊田勘右衛門は、

（いいすぎたかな……わしも酔っていたらしい）

師走の冷たい夜風が鳴っている。

（小助が、わしをすさまじい顔つきでにらみおった。よほど、ひどいことをいったものと見える。しかも満座の中で……わしもどうかしていたわい）

これも三年に一度の後悔というべきか……。

武家屋敷の塀《へい》が切れ、草原になった。ここは火除地《ひよけち》になってい、この原を横切ると、また武家屋敷がつづく。

勘右衛門が、この原を横切りはじめたとき、原の土に伏せていた黒い影が、

「おのれ、勘右衛門……」

かすれ声をあげ、起《た》ち上がって駆け寄るや、

「おのれ、おのれ……」

めちゃくちゃに白刃をたたきつけてきた。

勘右衛門の手から提灯《ちょうちん》が飛んだ。

「わあっ……」

ろくに剣術の稽古《けいこ》もしたことのない山口小助だったが、はずみというものはおそろしいもので、熊田勘右衛門は、いきなり後頭部を斬《き》られて、転倒した。

その上から、斬った小助が、まるで悲鳴のような叫びをあげて尚も刃をたたきつける。

その場から、彼は竜野城下を逃亡した。

宴席での熊田勘右衛門の忠告が度をこえていたことはさておき、これは山口小助の逆《さか》うらみといわれても仕方がない。両者の平常の素行《そこう》から見てもである。

(うぬ、小助め。あれほど父の世話をうけていながら、よくも父を……)

それだけに、勘右衛門の一人息子、熊田十兵衛の怒りはすさまじい。

十兵衛は山口小助と同じ二十五歳であった。

無外《むがい》流の剣術をまなび、その手練《しゅれん》は藩中随一《はんちゅうずいいち》と評判されている十兵衛であるから、

「山口小助の首、みごとに討ちとってくれる」

自信まんまんとして城下を発し、小助の後を追った。

殿さまも家来たちも、

「十兵衛なら大丈夫じゃ」

「山口も、ばかなことをしたものよ」

「この仇討ちは先が見えているわい。年が明けるまでに、十兵衛は小助の首を抱えて戻って来よう」

などと、うわさをし合ったものだ。

二

ところが、そうはゆかなかった。

すぐに後を追ったことだし、藩士たちも手わけをして諸方に散り、逃げた山口小助の消息をさぐったのだが、ついに見つけることが出来ない。

次の年が明け、そして暮れた。

この間に熊田十兵衛は、一度、城下へ戻り、あらためて旅支度をととのえ直し、

「逃げ足の早い奴《やつ》でござる。なれど必ず、近きうちに小助めの首を……」

親類や母のみねにいいおき、竜野を出て行った。

さて……。

逃げている山口小助のほうでも、

(とんだことをしてしまった……)

後悔しきりであった。

(なにも、勘右衛門を殺さぬでもよかったのに……)

である。

しかし、なんといっても小助は武士である。

満座の中で、あれだけ罵倒《ばとう》されたのでは黙ってはいられなかった。あのとき、もしも彼が熊田勘右衛門にののしられて手出しもせずにいたら、

「山口め、あれでも武士のはしくれか」

家中のさむらいたちの軽侮《けいぶ》をうけたことであろう。

(それにしても、十兵衛に追いつかれたなら、とてもとても勝目はない)

胸毛の生えた六尺に近いたくましい体軀《たいく》をもち、らんらんたる眼光もするどい熊田十兵衛の風貌《ふうぼう》を思い出すたびに、山口小助は寒気がしてくる。

(あんな男につかまえられたら、とてもとても……)

であった。

とにかく、小助は夢中で逃げた。

ほとんど路用の金を持たずに出奔《しゅっぽん》したのであるから、先ず第一に金である。

竜野から西へ約二十余里。岡山城下の先の矢坂近くの街道で、小助は供の下男をつれ

た旅の商人に刃を突きつけて財布を強奪し、付近の山の中へ逃げこんだ。

白昼のことであったが、さいわい人影もなく、財布の中には二十八両余の金が入っていた。これだけあれば、何とか二年近くは食べてゆけるにちがいない。

その二年目の夏の午後であったが……。

さむらいを捨て、思いきって頭をまるめ、旅の乞食《こじき》坊主のような姿になった山口小助が、東海道・藤枝《ふじえだ》の宿《しゅく》へあらわれた。

両刀も捨てた。

刀をもっていたとて、もしも見つけられたら十兵衛には歯がたたぬことをわきまえていたからである。

駿河《するが》（静岡県）藤枝は江戸から五十里。近くに田中四万石、本多伯耆守《ほうきのかみ》の城下もあって、宿《しゅく》はすこぶる繁盛《はんじょう》をしている。

瀬戸川をわたって宿場へ入った山口小助は、高札場近くの煮売りやの中の縁台に腰をかけ、おそい昼飯を食べていた。

蟬《せみ》の声が何か物倦《ものう》げにきこえてくる。

日ざかりの街道が白く乾いて、通行の旅人の足も重《おも》げにあった。

箸《はし》をおき、小助が茶をのみかけたとき、煮売りやの前を、ずっと通りぬけて行った旅の武士がある。

「あっ……」

思わず声を発し、小助は茶碗《ちゃわん》を落した。

「坊さん、どうか、しましたかえ？」

煮売りやの亭主が声をかけた。

「い、いや、なんでもない……茶碗、割れなかったようだな」

「かまいませぬよ。そこへ置いといて下さいまし」

いま、目の前の道を通りぬけて行ったのは、まさに熊田十兵衛であった。

さいわいに、気がつかなかったようだ。

おそるおそる街道へ出て見やると、自分が来たのとは反対に、江戸の方からやってきた十兵衛が足を速《はや》めて行く後姿が見えた。

（ああ、見つけられなかった……）

ほっとするのと同時に、

（そうだ）

電光のように、小助の脳裡《のうり》をよぎったものがある。

（そうだ。十兵衛の後をつけて行こう）

その決意であった。

この二年間、小助が十兵衛にねらわれている首をすくめ、恐怖のあまり、夜もろくろく眠れぬ月日をすごしてきた。

この恐ろしさは〔敵持《かたきも》ち〕の身になって見ぬとわからぬ。

まるで生きている甲斐《かい》のないような明け暮れなのだが、それでいて、

（ああ、死にたくない。なんとか逃げて生きのびたい）

いまの小助は、この一事のみに、ひしと取りすがっている。

だからこそ、

（おれの首をねらう相手のうしろをつけて行けば、決して見つかることはない。こちらが目をはなさずにいるかぎり、相手は、うしろにいるおれを見つけることはできない）

そこまで思いつめたものである。

小助は笠《かさ》をふかぶかとかぶり、彼方《かなた》の十兵衛のうしろから、恐る恐る歩き出していた。

そしてまた、二年の月日がながれ去った。

三

さらにまた、一年がすぎた。

熊田十兵衛が故郷を発してから、五年を経たわけである。

敵《かたき》の山口小助は、まだ見つからぬ。

小助は小助で、必死に十兵衛のうしろからついて行く。十兵衛は前方ばかり見て旅をつづけているのだから見つかる筈《はず》はないのだ。

なんともばかばかしく、なんとも無惨な二人の人生ではあった。

封建の時代《ころ》は、日本国内にいくつもの国々にわかれ、それぞれに大名がこれをおさめていた。

その上に、徳川将軍がいて天下を統一しているわけだが、大名たちがわが領国をおさめるための法律も政治も、それぞれに異なる。

ゆえに、A国の犯罪者がB国へ逃げこんでしまえば、A国の手はまわりかねる。

むかしは日本国内に、いくつもの国境が存在していたということだ。

武家の間におこなわれた〔かたき討ち〕も、だから法律の代行といってよい。

かたきを討つ者は、かたきの首を討ちとって帰らぬかぎり、その身分も職も、ふたたび我手へはもどってこない。

つまり、さむらいとして〔かたき〕を討てなくては食べてゆけない。

だからこそ、親類もこれを助けてくれるし、藩庁も出来るかぎりの応援はしてくれる。

だが、

「熊田十兵衛が出て行ってから、もう五年になるのか……」

「おれは、もう忘れかけていたよ」

そんなうわさが思い出したようにかわされるころになると、熊田家の親類たちも、

「どうも、いかぬな……」

「年々、路用の金を送ってやるのにも張り合いがなくなってきたわい」

と、いうことにもなってくる。

そうなると、熊田十兵衛の心にも躰《からだ》にも憔悴《しょうすい》の色が濃くなってくるし、

（ああ……、このまま、おれは山口小助にめぐり逢えぬのではないか……）

絶望感に抱きすくめられ、旅から旅への生活に疲れが浮きはじめる。

一方、山口小助のほうでも……。

（ああ……こんな暮しをいつまでつづけていたらよいのか……）

息を切らしつつ、おそろしい相手のうしろへついて諸国を経めぐり歩いているのである。

うっかりすると相手を見失ってしまうので、そのことに神経をつかうだけでも大変なことであった。

乞食坊主のようになった小助にしてみれば、十兵衛と同じような旅をするわけにもゆかぬ。路用の金を工面するだけでも非常な苦労をともなう。

十兵衛が宿屋へ入って眠っているすきに、

（いまだ）

自分より弱そうな通行人を見つけて追はぎをやったり、空巣《あきす》もやる、盗みもするという始末であった。

こんなことをしながらも、何とか十兵衛のうしろへついて行けたのも、むかしは人が住む場所も旅をする道すじもきまっており、泊るところも食事をするところも、およその見当がついたからであろう。

（このままでは、とてもたまらぬ）

と、山口小助も時折は、

（いっそ、すきを見て十兵衛を殺してしまえば、もう安心だ。よし、すきをねらって……）

思うこともあるのだが、いざとなると手も足も出ない。

（もしも失敗したら……とたんに立場は逆になってしまう）

街道を行く十兵衛の後姿には、あきらかに疲労の色がただよっていたけれども、その堂々たる体格、寸分のすきもない身のこなしなどを遠くからながめただけで、

（ああ……やっぱり無謀なまねはできぬ）

と、小助はため息を吐くばかりであった。

いつであったか、中仙道《なかせんどう》、三富野《みとの》の宿場近くの街道で、熊田十兵衛が三人の浪人者と

喧嘩をしたのを山口小助は見たことがある。

ぎらり、ぎらりと刀をぬきはらい、その三人の浪人者が十兵衛を取り巻いたとき、

（しめたぞ!!）

と、小助が胸をおどらせたのは当然であったろう。

ところが……。

「来るか!!」

叫ぶや、熊田十兵衛は刀もぬかず、三人を相手に烈《はげ》しく闘《たたか》い、

「それっ」

なぐりつけたり、

「馬鹿者め」

蹴倒《けたお》したり、
相手の刀をうばいとって威嚇《いかく》したりで、浪人三人はほうほうの態《てい》で逃げ去ってしまった。

「去《い》ね」

（きさしにまさるすごい腕前だ……）

街道を見おろす山肌《やまはだ》の木立の中に身をひそめ、この場面を目撃した山口小助は鳥肌だつおもいがしたものである。

以来彼は二度と、

(すきを見て十兵衛を暗殺してしまおう)

などとは考えぬことにした。

そしてまた、二年がすぎた。

四

そのころ、熊田十兵衛は病《や》んでいた。

剣術にきたえぬかれた肉体だけに、まったく病気に縁がない筈なのだが、病んだのは眼である。

いまでいう〔そこひ〕の一種でもあったのか……。

原因は、わからぬ。

なにかの拍子に、どちらか片方の眼を傷つけでもしたのを、十兵衛が、

(なに、大したことはあるまい)

手当もせずに旅をつづけていたのが悪かったのかも知れない。

〔そこひ〕の場合、片方が悪くなると、別の眼も悪化する。やむを得ぬ場合は、悪いほうの眼をえぐり取ってしまわなくてはならないのだ。

十兵衛は、何度目かの東海道を歩いていて、

（これは、いかぬ）

さすがに放ってはおけぬほどの苦しみを感じ出し、御油《ごゆ》の宿場の〔ゑびすや安右衛門〕という旅籠《はたご》に滞在し、ここで医者の手当をうけたが、どうも芳《かん》ばしくない。

「とても、私の手には負《お》えませぬ」

御油の医者はさじを投げ、

「これはどうも、江戸へ出られて手当をおうけなさるがよろしい。私が手紙をしたためますゆえ、江戸の、牛込・市ケ谷御門外の田村立節《りゅうせつ》先生のもとをおたずねなされよ」

と、いい出した。

もはや、そうするほかに道はない。

御油に滞在している一カ月ほどの間に、十兵衛の悪かった右眼はもとより、左眼のほうも視力がうすれてきた。

頭痛、めまいが、耳鳴りをともなって十兵衛を襲い、頭髪がぬけはじめた。

病状は、急激に悪化しはじめているらしい。

山口小助も托鉢《たくはつ》をしたり、例によって、こそこそと盗みをはたらいたりしながら御油の宿の付近をうろうろしていたが、

（十兵衛は眼を病んでいるらしい。それも、かなり重症らしい）

と、見当がついた。

或日《あるひ》——十兵衛が泊っている〔ゑびすや〕の真向かいにある饂飩《うどん》屋の店の中で、うどんをすすりつつ、〔ゑびすや〕を見守っていると、

（や……？）

思わず、小助は腰を浮かせた。

〔ゑびすや〕の街道に面した二階の廊下へ、熊田十兵衛があらわれたのを見たのである。

十兵衛が手すりにつかまり、足もとも危なげに歩み出したとき、階段口を駆け上がってきた中年の女中が、

「まあ、およびになって下されればよいものを……」

声をかけ、十兵衛のそばへ来て、その手をとり、しずかに誘導しつつ、階段口へ消えた。

（よほどに悪いらしい……）

息をのんで、小助は立ちつくしている。

医者が日に一度は〔ゑびすや〕へ入るのを見たことはあるけれども、あのようにおとろえ切った熊田十兵衛を見たのは、はじめてであった。

「お気の毒でございますよねえ」

小助の背後で、うどん屋の女房の声がした。

女房も偶然に、いまの十兵衛の姿を見たものであろう。

「うむ……」

と、小助は、

「よほどに、お目が悪い……」

「へえ、へえ」

したり顔に女房がうなずき、

「いま、あのおさむらいさまの手をひいてあげた女中さんは、お米《よね》さんといって親切な女《ひと》ですがね、よく、ここへ、うどんを食べに来るんですよ」

「ほほう……」

「昨夜おそく、うどんを食べにお米さんが来たときのはなしに……、なんでも、このあたりの医者では手当が行きとどかなくなったとかでねえ」

「ふむ、ふむ……」

「明後日《あさって》の朝、あのおさむらいさまは、ゑびすやの下男がつきそい、江戸へ行って手当をうけるんだそうです」

このとき、旅僧姿の山口小助の双眸が白く光った。

「なにか、よくよくのわけがありそうなおさむらいさまだと、お米さんもいっていましたけれどねえ」

小助は、こたえず、勘定をはらって外へ出た。

暖春の太陽《ひ》のかがやきが路上にみちている。

手にした笠をかぶり、その笠の中で、まだ小助の双眸は殺意に光りつづけていた。

(両眼がろくに見えぬ十兵衛になってしまった……お、おれにも殺《や》れるだろう、いや、き、きっと殺れる……)

なのである。

(殺るべきだ。江戸へ行って、手当をうけ、もしも眼病が癒《なお》ったとしたら……おれは一生涯、ろくに女も抱けず、食うや食わずの苦しいおもいをしながら、十兵衛の後をくっついて行かねばならぬ。この機会《とき》を逃がしては、もはや、おれの浮かび上がる瀬はないのだ)

歩みつつ、山口小助の殺意は次第に、ぬくべからざる決意に変っていた。

両刀を捨てたといっても、さすがに小助もさむらいであった。

ふところに短刀を、かくしてある。

(おれとすれちがっても、十兵衛は気づくまい。これから江戸へ上る道中、人気《ひとけ》のない場所はいくらでもある。それとも、夜中に旅籠へ忍びこんで刺すか……)

この御油から江戸までは、七十六里余もある。

〔ゑびすや〕の下男をやとい、これに手をひかれてすすむ十兵衛の足どりなら、およそ半月以上はかかると見てよい。

機会は、いくらでもある。

（可哀想だが、その下男も……）

と、いうわけだ。

いかに山口小助でも、旅籠の下男には〔自信〕をもっている。

五

七日後の昼下がりに、旅僧姿の山口小助を日坂《にっさか》の宿外《しゅくはず》れで見ることができる。

日坂は、御油から約二十一里。

男の足なら二日の道程であるが、〔ゑびすや〕の下男に手を引かれて歩む熊田十兵衛には四日間もかかる。

小助は、昨夜、十兵衛が袋井の宿へ泊り、

（おそらく、今夜は、この日坂泊りになることだろう）

と、見きわめをつけていた。

十兵衛と下男が日坂へ着くのは、おそらく夕暮れ近くになるであろう。

日坂から次の金谷《かなや》の宿までは二里たらずだが、この道は只の街道ではない。

〔小夜《さよ》の中山〕で有名な中山峠をこえて行くわけだし、起伏曲折《きふくきよくせつ》に富むさびしげな山道である。

病体の熊田十兵衛が、このようなところを夕暮れに通る筈はない。

だから、今夜は日坂へ泊り、明日の朝に中山峠を越えることだろう。

十兵衛は深編笠に顔をかくし、全神経をはりつめて街道を歩いていた。

これは、

（いつどこで、山口小助がおれの姿を見かけるかも知れぬ。そして、おれの眼が不自由なことを知ったなら、いかに小助といえども、かならず、おれに斬ってかかるだろう）

と、思うからであった。

しかし、山口小助は、一昨日の午後の街道で、十兵衛のそばへ近づいていたのである。

恐ろしかったが、

（おれの顔が見えるか、おれの声をおぼえているだろうか……？）

そのことを、先ず、たしかめておきたかったからだ。

旅人が行き交う白昼の街道で、

「お眼が御不自由のようでございますな？」

と、小助は下男に声をかけてみた。

この〔ゑびすや〕の下男は、白髪《しらが》あたまの実直そうな五十男で、

「はい、はい」

「それは、それは……」

「お坊さまも、江戸へ、でござりますかね？」

「さようでござる」

一礼して、小助は二人を追いこし、しばらく行ってから振り向いて見ると、熊田十兵衛が怪しんでいる様子もなかった。彼は下男に手をとられ、相変わらずたよりなげな歩をはこんでいた。

（もう、大丈夫だ）

山口小助の肚《はら》はきまった。

そこで今夜は一足先に掛川泊りにし、今朝、そこを出発して、日坂へ来、ここで十兵衛が来るのを待っているのである。

今夜は野宿して翌朝を待ち、十兵衛が日坂を出て、中山峠へかかるのをつけて行き、人気《ひとけ》のない山道で刺殺するつもりであった。

むろん、〔ゑびすや〕の下男も一緒にである。

（まだ、日は高い。十兵衛がやって来るのには、だいぶ、間があるな）

決行は明日のことだし、今日は十兵衛が日坂の旅籠へ泊るのを見とどければよい。

（これでは、まるでおれが父のかたきを討つようなものだな）

にやりと笑いが浮いて出るほどの余裕が、小助にはあった。

(明日、十兵衛を殺してしまえば……ああ、もうおれは自由の身となる)

故郷を逃げてから七年、山口小助は三十二歳になっている。とすれば熊田十兵衛も同じ三十二歳の筈であった。

(まだ、おれも若い。自由になったら、どこか田舎の町でもいい。金のある商人家《あきんどや》の養子か何かになって、のんびり暮したいものだ)

まだ、女たちに対しては自信をもっている小助であった。

現に、旅の坊主で歩いていても、ふしぎに女の好意をうけることが多く、托鉢のときでも、老婆から娘に至るまで、ちかごろは堂に入った誦経《じゆきよう》ぶりで門口《かどぐち》に立つ小助の顔を見ると、かならず喜捨をしてくれるのだ。

小助の、どちらかといえば弱々しげな美男子ぶりが、旅僧の疲れと垢《あか》によごれているのを、いたましいと見るためであろうか……。

(いよいよ、明日か……)

小助は、日坂の宿を見おろす山林の中へ入り、そこの陽だまりに腰をおろした。

すぐ前に、細い山路がうねっている。

鳥のさえずりがしきりで、陽のかがやきは、もう初夏のものといってよかった。

何気なく、眼下の竹林の向こうを見やった小助が、

た。

強い酒でも飲んだように、小助の喉《のど》もとから顔面にかけて見る見る血がのぼってき

「あ……」

凝《じっ》と眼を据《す》えた。

妖《あや》しげに眼を光らせ、彼は腰を浮かせた。

六

竹林の向こうには谷川が流れているらしい。そこへ屈《かが》みこんで、女がひとり、双肌《もろはだ》ぬぎになって汗まみれになった上半身をぬぐっているようであった。

音もなく、小助が竹林の中へ忍びこんだ。

女……それもうら若い娘である。

このあたりの村娘らしい。

大きな籠《かご》に、野菜だの何かの荷物だのをいっぱいつめこみ、これを背負って峠を下って来たものか。

今日の、まるで夏をおもわせる日盛りの暑さに、冷たい谷川の音をきいて、むすめは人目につかぬ場所をえらび、からだをぬぐいはじめたのだ。

(十八か、九か……)

生唾《なまつば》をのみこみ、小助は、じりじりと近寄って行く。

何も知らぬ娘は、何度も手ぬぐいをしぼりかえては、みごとにもりあがった乳房や、やわらかそうな腋毛《わきげ》のあたりをぬぐいつづけている。化粧のにおいもない健康そのもののような肌が木立のみどりに青くそまって見えた。

このところ、久しく女を抱く機会がなかっただけに、小助は、もうたまりかねた。

「も、もし……」

いきなり背後から男に声をかけられ、ぎょっとして振り向いた娘が、

「あれえ……」

悲鳴をあげたものである。

これは、小助にとって予期しないことであった。

娘が恥じらって胸のあたりを両手でおおうところへ、道に迷った者だが……などと話しかけて見るつもりでいたのだ。

その後は、自信たっぷりな自分の顔貌《がんぼう》と物やさしげな会話で娘を落ちつかせ、何とか思うところへもっていこう……そのつもりでいたところが、おどろいた娘は、こちらの話しかける間もなく叫び出したので、

「こ、これ……」

飛びかかり、抱きすくめて、小助は娘の口を押えた。

むっと若い女の甘酸《あまず》っぱいうす汗のにおいが小助の鼻腔《びこう》へとびこんできた。

「離して……あ、あっ……む……ウ、ウウ……」

もがく娘をねじ伏せ、

「おい、これ……おとなしくしろ。何でもない。何でもないというに……」

弾力にみちた娘の腰や太股《ふともも》の感触に、小助は逆上してしまっていた。

(や……？)

小助は、あわてて腕のちからをぬいた。

娘のからだから、急に、抵抗が止《や》んだのである。気がつくと、小助の両手が娘のくびをしめていた。ぐったりと、仰向《あおむ》けに、娘は草の上へ横たわっている。腕も乳房も露呈されたままで、裾《すそ》のみじかい野良着から右の太股がはみ出している。白く、たくましい肉づきであった。死んではいないようだ。

その、気をうしなった娘の上へ、小助は、おおいかぶさっていった。ゆたかな乳房に顔を埋めつつ、小助の右手はあわただしくうごいた。

小助のあえぎが高まっていった。

こういうときの男の姿が、まったくの無防備状態となることはいうをまたぬ。

夢中になって、あさましく娘のからだへいどみかかっている小助のうしろから、

「この野郎!!」

怒声と共に、いきなり棍棒《こんぼう》が打ちおろされた。頭をなぐりつけられた小助は短い呻《うめ》きをあげたのみで気絶してしまった。

「この乞食坊主め、何というまねをしやがるのだ」

ぐいと、小助のえりがみをつかんで、まだ息を吹き返してはいない娘の上から引きずりおろした男は、見るからにたくましい体軀の中年男だ。この男は、中山峠の向こうの小屋に三年ほど前から住みついている猟師で、源吉という。

だが、この源吉、実は須雲の松蔵という大泥棒の手下《てした》で、〔滑津《なめつ》の源治郎〕という盗賊である。中山峠の彼の小屋は、須雲一味の連絡所で、次の大仕事のために備えになっていたところだ。

「畜生め」

と、小助の顔へ荒々しく、つばを吐きつけ、

「こういう坊主がいるのだから、たまったものではねえ」

軽々と小助を抱きあげ、あっという間に、先刻まで小助が腰をおろしていた山林の奥ふかくへふみこみ、

「こんな悪坊主がいては、女どもが安心できねえ」

小助をおろし、腰の鉈《なた》と、棒切れをつかい、さっさと穴を掘りはじめた。

土は、やわらかかった。たちまちに深さ一メートルほどの穴が掘りあがった。

「ホ、ホウ……」

このとき、小助が息を吹返した。

「あ、ああっ……」

土気色の顔を驚愕《きょうがく》にゆがませ、這《は》いずるようにうごきかけた小助へ、

「くたばれ」

事もなげに、滑津の源治郎が飛びかかって首をしめ、そのまま穴へ突き落とし、どしどしと土を蹴込んだ。

穴の底で、白い眼をむき出した山口小助がわずかにもがいたようであったが、たちまちに土が彼の姿を隠してしまった。小助を生き埋めにした穴の上で、源治郎は、しばらくあたりの様子をうかがっているようだったが、

「明《あ》けの烏《からす》に行灯《あんどん》が……」

鼻唄《はなうた》をうたいながら、平然と山路をどこかへ去った。

村娘のおもよが息を吹き返したときには、あたりにだれもいなかった。

いやらしい、けだもののような旅僧の笠が少し離れた草の上へ落ちていたのみである。

夕暮れになった。

〔ゑびすや〕の下男に手をひかれ、日坂の宿場へ入ってきた熊田十兵衛が〔坂や金左衛

門」方へ泊った。そして翌朝、十兵衛は何事もなく、中山峠を越えて江戸へ去った。

さらに……十五年の歳月が経過した。

この間に、熊田十兵衛は三度も東海道を往来し、中山峠を越えている。

しかも単独であった。単独で旅が出来るというのは、彼の眼病が癒《なお》ったことになる。

その通りであった。

十五年前に、御油の医者が紹介してくれた江戸・牛込の眼科医・田村立節は、

「手おくれのようにも見ゆるが……なれど出来得るかぎりの手当はしてみましょう」

と、いった。

治療の金もなまなかなものではなかったけれども、

「仕方もあるまい」

しぶしぶながら、十年来の叔父《おじ》・名和《なわ》平四郎が出してくれた。

この叔父は、ちょうど出府していて、脇坂家の江戸藩邸に詰めていたのである。

しかし、十五年を経たいまでは、この叔父をはじめ、十年来の親類たちは、

「もう寄りついてくれるな」

はっきりと、十兵衛に宣告をしていた。

熊田十兵衛は二十年余もかかって、まだ父のかたきを討てぬ男なのだ。

「見っともないゆえ、顔を見せるな」

といった親類もいた。

それはつまり〔かたき討ち〕のための旅費も、十兵衛みずからが稼《かせ》ぎ出さねばならぬということだ。

この数年——十兵衛は何でもやった。

江戸にいるときなど、夏になると下総《しもうさ》・行徳《ぎようとく》の塩田《えんでん》で人夫もした。道場破りをしながら旅をつづけたこともある。

いまの十兵衛は五十に近い。髪も白くなり、やつれきった顔かたちになってしまったが、

(なんとしても、山口小助の首を……)

と、生きつづけねばならぬ。

首をとらねば、帰るところもない。

母も亡くなってしまった。

(だが小助はいまも生きているのだろうか……?)

そう思うと何ともいえぬ虚脱感におそわれる。癒ったように思った眼も、このごろ、また悪くなりはじめてきた。

その年の初夏……。

熊田十兵衛が江戸を発《た》って大坂へ向かう途中、中山峠をこえたとき、日坂の宿外れで二人の男の子の手をひき、女の赤子《あかご》を背負った、たくましい体つきの農婦とすれ違った。

ただ単に、すれ違っただけのことである。

この農婦が、十五年前、山口小助に犯されようとした村娘のおもよであることを、十兵衛が知るよしもない。

おもよは快活そうな笑い声をたてつつ、子供たちと何か語りながら、去って行った。

視力のうすれかかる心細さ、さびしさに泣きたいような気持ちになりながら、熊田十兵衛は、とぼとぼと日坂の宿場を通りすぎて行った。

中山峠の山林の土の底で、山口小助の死体は、すでに白骨化していた。

仇討ち狂い

一

路《みち》に蝙蝠《こうもり》が飛び交っていた。

風の絶えた、夏のむし暑い夕暮れである。

小林庄之助《しょうのすけ》が、浅草・阿部川《あべかわ》町の正行寺傍《わき》の住居《すまい》へ帰って来ると、表戸が内側から閉められ桟《さん》が掛けてあった。

町家《ちょうか》ではあるけれども、この家は正行寺の地所にたてられた一軒建ちで、新堀川に面した表通りから二側目の草地の中にあった。

(弟も、定七も留守のようだな……)

庄之助は、何気なく裏口へまわった。ここの戸も閉まっている。

弟の伊織《いおり》や、家来の原田定七《さだしち》も、それぞれに敵《かたき》とねらう大場勘四郎《かんしろう》の姿をさがして江戸市中を歩いていることだし、たがいに留守のときは垣根を越え、草原《くさはら》に面した縁先から出入りをすることにきめてある。

(それにしても、定七、帰りがおそい。あの男、このごろは気をゆるめておる。けしからん)

故郷《くにもと》にいたころから、あまり健康な体質でなく、父の敵をさがしての旅も今年で三年目になる小林庄之助だけに、いつも神経がいらだち、つまらぬことにも癇癪《かんしゃく》をたて、弟の伊織なぞは、蔭《かげ》へまわると、

「兄上があれでは、とても敵の首など、討ち取れはせぬよ。大場勘四郎は強いからな」

まるで他人事《ひとごと》のように定七へささやいて、ぺろりと舌を出して見せたりする。

小林庄之助が縁先の障子をがらりと開け、一足ふみこんで、

「あっ……」

と、叫んだ。

六畳二間に台所。それに半二階と物置のような小部屋、という間取りの家であるが、その台所に面した六畳で、真裸の男と女があさましくからみ合っていたのだ。

男は、家来の原田定七。

女は、新堀川の向うの竜宝寺門前にある〔三沢や〕という茶店の茶汲女《ちゃくみおんな》で、お菊というものであった。

「おのれら、何をいたしておるか!!」

庄之助が布《ぬの》を引きさいたような声で、

「定七。おのれ、主人の家に、このような女を引きこみ、みだらにたわむれておるとは……おのれ、おのれ!!」

「きゃっ……」

女は、裸体のまま、着物を抱えて台所の土間へ逃げた。

せまい屋内にたちこめている夕闇《ゆうやみ》が生《なま》ぐさい。

その夕闇の中に、肥肉《ふとりじし》の女のまるい肩や乳房が汗にぬれつくしているのを庄之助は見た。

ごくりと、庄之助が生つばをのんだ。

(主人の、わしでさえ、女を絶っているというに……けしからぬやつ!!)

三十二歳の原田定七は、裸体の下半身を着物でかくし、うなだれていた。

たくましい体躯《たいく》の、この男は、もと小林家の若党をつとめてい、剣術もよくつかうし、こころも利いた者というので、仇討ちの旅へ連れて出たのであった。

「定七。おのれは……」

「申し訳もございませぬ」

「だまれ!!」

「は……」

定七の躰《からだ》も、汗びっしょりで、その汗のにおいと、女の白粉《おしろい》のにおいが入りまじり、小林庄之助の鼻腔《びこう》をするどく刺した。

その、情慾そのものといってよい強烈なにおいを嗅《か》いでいるうちに、庄之助は我を忘れてしまった。弟の伊織は、江戸へ住みついてから、適当に岡場所の女たちを買ったりしているらしいが、伊織とは二つちがいの兄で、病弱ながら（いや、病弱ゆえにというべきであろう）女体への渇望は人一倍つよい庄之助だし、しかも彼はまだ二十六歳の現在まで女を知らぬ。

それだけに弟の早熟ぶりへも、故郷へいるときから一種のねたみを抱いていたし、だから尚更《なおさら》、このときの原田定七への怒りが狂的なものとなっていったものか……。

「ぶ、ぶれいものめ!!」

いきなり、庄之助は大刀をぬき、定七を斬《き》った。

斬ったといっても、さすがに〔殺意〕はこめられていない。第一、人を斬ったこともない小林庄之助がふるった刃だけに、

「あっ……」

飛び退いた原田定七の左肩から血がふき出したけれども、定七は、もう無我夢中のかたちで台所の戸を外《はず》し、

「お菊……」

叫ぶや、女の腕をつかみ、外へ飛び出して行ってしまった。

庄之助は、暗い部屋へすわりこみ、わなわなとふるえつつ、自分の昂奮《こうふん》をもてあましていた。

しばらくたち、彼が戸外へ出てあたりを見まわしたときには、原田定七の姿は、どこにも見えない。

夜ふけて……。

弟の伊織が帰宅した。

庄之助は夜具の上へ、死んだように横たわっていた。

「どうなされた、兄上」

伊織が酒くさい息を吹きかけて、きくと、庄之助が口惜しげに、先刻の様子をはなした。

伊織は、さもおかしげに笑った。

「ばか!! 何がおかしい」

「定七だとて男だ。茶汲女を引き入れてたわむれていたとて……別に、なんということはない」

「なにをいうか!!」

「兄上も、たまには気ばらしをなさることだ」

「だまれ。きさまは故郷にいるときからそういうやつだ。われら兄弟は父のかたきを討たねばならん身だ。それを……それを忘れたのか、きさま」

「忘れはしませんよ。だが、むだのようだな」

「なに……？」

「かたきの大場はつよい。とても正面からは討てぬ」

「だまれ」

「たのみにするのは定七の剣術なのに、その大切な男をなぜ……兄上、斬ったのですか、定七を……」

「き、斬った……だが、死にはせぬ」

「あたり前です。あの男は十七のころから小林家へ奉公をして、実直にはたらくし、父上が目をかけ、文字も教え、剣術も仕込ませ、若党に取りたててやったほどなのだ。それだけに、定七は亡き父上のうらみをはらすためには、われら兄弟同様の執心をもっていた筈《はず》です。大切な味方だ。それを兄上……」

「うるさい」

「癇癪をたてたところで、かたきは見つからぬ」

「きさままでも……きさままでも、わしにさからうのか!!」

庄之助が狂人のように、伊織へつかみかかり、あたまをなぐりつけた。

伊織は兄の細い躰を突き退《の》け、刀をとって土間へ下りつつ、こういった。

「兄上。私はもう、兄上と一緒に暮すのがいやになった。ま……しばらくは、のんびりとして、こころを落ちつけなさい。そうしたら、私も定七も、また帰って来ましょうよ」

二

茶汲女のお菊が、―客のふとくたくましい両腕の中で、思い出したようにくっ、くっ、くっと笑い出した。

「何が、おかしいのだ？」

と、客。

「いえ、それがねえ。つい、この間のことでしたけれど、別のお客さんと、こうしているところを、そのお客さんの御主人さまに見つけられてしまってねえ……不義者、そこへ直れ……というわけで、そのお客さんもあたしもねえ、素裸《はだか》のまんま、おもてへ飛び出して……いえもう、大変なさわぎ」

「ふうん……その男、浪人の主人に斬りつけられた、とな」

「気の毒にねえ、あたしのために、あんな切傷まで受けてしまって……そのお客さん、原田定七さんといってねえ。まじめそうな、とても善《い》い男……」

　このとき、お菊を抱いている客の顔色に微妙な変化がおこった。だが、お菊はこれに気づかない。

　客は四十がらみのさむらいである。

　浪人らしいが、身なりも立派だし、金のつかいかたもさばけている。

　浪人のひろい額《ひたい》の中央からまゆとまゆの間にかけて大きな黒子《ほくろ》が二つあった。

　お菊が、この客に連れ出されたのは、今日で二度目であった。

　彼女がはたらいている竜宝寺門前の茶店〔三沢や〕へ、客が連れ出し料をはらうと、好みの茶汲女を外へ連れ出すことができる。

　そのころ寺社門前や盛り場にある茶店の女たちのほとんどが、こうして売春をしていたもので、お菊は、客に連れ出されると、いつも、この上野・不忍池《しのばずのいけ》のほとりにある〔ひしや〕という出合い茶屋へ案内する。

　すると、客からもらう金のほかに〔ひしや〕からもいくばくかの〔お礼〕が出るのだ。

　中年の浪人の愛撫《あいぶ》は、執拗《しつよう》をきわめていた。

　まるで岩のように堅く引きしまった巨体を相手にしながら、

（ああ、こんなおさむらい、大きらい……）

汗にまみれつつ、お菊は胸の底で、

（定七さんは、あれから、どこへ行ってしまったのかしら……傷が癒《なお》ったら、きっと、たずねてくれる、そういっておいでだったけど……本当に来てくれるのかしら？）

一種の娼婦《しょうふ》ではあっても、いまの彼女には原田定七が忘れがたい男になってしまっている。

自分がはたらいている茶店とは目と鼻の先の阿部川町に住み、主人兄弟につかえている定七が、おずおずと三沢やへあらわれたのは、春もすぎようとするころで、来るたびに甘酒を一杯のんで帰るだけの定七であったけれども、

（このひと、あたしに夢中なんだよ）

お菊には、すぐわかった。

ひたむきで、熱っぽい定七の視線が自分の全身にからみついてはなれぬのが、お菊には、こころよかった。

原田定七は、三十をこえているが独身であったし、剣術できたえた筋骨も見事な上に、涼やかな男らしい風貌《ふうぼう》をしている。

お菊は、甘酒をすすりながら、こちらへ眼をはなさぬ定七の……その視線を自分のえりあしや乳房や腰に射つけられると、

（今度は、いつ来るのかしら？）

定七が茶店へあらわれるのを、たのしみにするようになってきた。

声をかけたのは、お菊からであった。

「この次は、外で、二人きりで逢いましょうね」

甘酒をはこんで行ったとき、すばやくささやくと、定七は顔面紅潮の体《てい》となり、低く
「お前を連れ出すだけの金がない……」と、いったものだ。

「いいのよ」

と、お菊はこたえた。

「お金なんかいらない。あたし、一度だけ、お前さんに抱かれたいだけだもの」

はじめ、竜宝寺境内の木立の中で、二人は抱き合い、二度、三度と戸外での〔あいびき〕がつづいた。

お菊は定七の住居を知った。

あの日。

外神田《そとかんだ》に住む棒天振《ぼてふ》りの魚やの兄をたずねての帰途、ふと思いついて、お菊は正行寺傍の小林庄之助宅の前を通って見た。すると、原田定七が外から帰ったところで、裏手の戸を開けているところだったのである。

お菊は、近寄ってはなしかけた。

はなしているうち、定七もお菊も我を忘れてしまった。はじめは、純真素朴《そぼく》な三十男

へ〔あそびごころ〕がうごいたにすぎぬお菊であったが、忍び逢《あ》うたびに、定七の只もうひた向きな抱擁へ、いまはお菊のほうが、おぼれこみそうになっている。

「ちょっとよ……ええ、すぐに帰らなくちゃ……」

うわ言のようにいいながらも、二人は熱中しはじめた。

そこへ、定七の若い主人が帰宅したわけだ。

さて……。

「お前、その定七、とかいう男に惚《ほ》れているのか？」

浪人者の客が、ようやくお菊から躰をはなしてきいたとき、

「惚れたところで、どうにもなりゃしませんけど……」

お菊は、かすかに笑い、

「あたしのような女でも……たまには金銭はなれて男に抱かれたくなるんですよ。あら……いやだ、なにがおかしいんです？」

「別に……」

「ごめんなさいねえ。つまらないことをお耳に入れてしまって……」

さむらいの客は、別にいやな顔もせず、お菊に金をわたし、

「その原田なにがしとかいう男。阿部川町の主人のところへは、もう戻るまいな」

なに気なくいって、一足先き茶屋を出て行った。

外は、もう暗かった。

（あのときは、しつっこいおさむらいだけど……あたしのはなしなぞも身を入れて聞いてくれるし、さばけたお人だもの、当分は大事にしとかなくちゃあ……）

お菊は障子を開け、中庭から吹きこんで来る夜風に、肌《はだ》の汗をしずめはじめた。

阿部川町の正行寺の傍《わき》の家で、小林庄之助が惨殺されたのは、この夜のことである。

前日から発熱して、床に臥《ふ》せっていた庄之助は、正行寺の小坊主がとどけてくれた粥《かゆ》を食べてから、ぐっすりとねむった。

例によって、弟の伊織は夜がおそいし、ときによっては家を明けることもある。

夜ふけて……。

寝汗をかいた庄之助が目ざめたとき、突然に行灯《あんどん》のあかりが消えた。

何者かが吹き消したのである。

闇の中に、庄之助は嗅ぎおぼえのある女の白粉のにおいを嗅いだ。

「だれだ？」

異常な気配を感じ、枕《まくら》もとの刀をつかんで半身をおこした庄之助へ、黒い大きな影がおおいかぶさって来た。

黒い影から白刃が飛び出し、庄之助の脳天を物もいわずに切った。

「ぎゃあっ……」

庄之助が、すさまじい悲鳴をあげた。

もう一太刀《ひとたち》……。

黒い影が刃をたたきつけた。

庄之助は倒れ伏し、ぴくりともうごかなくなった。

近くの長屋に住む男たちが、ちょうど夏の夜の寝苦しさに外へ出て来て、庄之助宅前の草原で涼《りょう》をとってい、これが、

「なんだ、あの声は……」

「御浪人さんの家だぜ」

庄之助の叫び声をききつけ、駈《か》け寄って来た。

黒い影は舌打ちを鳴らし、裏手戸口から素早く逃走してしまった。

大さわぎになった。

長屋の人たちの発見が早かったので、すぐに医者もよばれたし、小林庄之助は、弟の伊織が来るまで、息が絶えないでいた。

「兄上……兄上」

伊織もおどろいた。

庄之助は、弟の帰りを待ちかねたように息をひきとったが、その直前、

「い、伊織……」

「兄上、気づかれたか？」

「む……う、う……」

「だれじゃ？　兄上を斬ったはだれじゃ？」

「あ……う、う……」

「かたき、大場勘四郎ですか？」

庄之助が、かすかにくびを振った。

「え……ちがう？」

「う……さ、さだ……」

「なんと？」

「さ、定七めに、殺《や》られた……」

「まさか……」

「ざ、残念……」

「兄上……兄上、兄上……あ、もう、いかぬ」

三

小林兄弟の父・幸右衛門《こうえもん》は、但馬《たじま》（現兵庫県）出石《いずし》五万八千石・仙石越前守久道《せんごくえちぜんのかみひさみち》の家来であった。

俸禄《ほうろく》百五十石で、藩の作事奉行《さくじぶぎよう》をつとめていた小林幸右衛門が、馬廻役《うままわりやく》で百石取りの大場勘四郎に斬り殺されたのは、文化元年四月十八日の夜である。

その夜。

小林幸右衛門は、元締役(藩の会計・用度をつかさどる)であり、上役《うわやく》である有賀主膳《ありがしゅぜん》邸の宴にまねかれ、その帰途を大場に襲撃されたものだ。

二人の確執《かくしつ》の理由は、あまり明確ではない。

強《し》いていえば、その半月ほど前に、出石城内の役所で、小林幸右衛門が大場勘四郎と激しく口論をしていたのを見たものが数人いる。

そのときの様子では、幸右衛門に汚職の疑いがあるとかないとか……大場がいい出し、これに対して激怒した幸右衛門が、

「では、これよりすぐ、自分の役目について目附役《めつけやく》のおしらべを願おう。もしも、自分に汚点のなきときは、おぬしに腹を切ってもらわねばなるまい」

と、いったそうな。

作事奉行というのは、藩の建築や営繕のことをつかさどり、大工・左官・細工師などへの支払いをふくめて、城下の商・工人の出入りが多い。

賄賂《わいろ》その他の誘惑も多いことだし、知らず知らず汚職の泥沼へ足をふみこんでしまい

かねない。

大場が、口にするまでもなく、小林幸右衛門については、

「だいぶんにためこんだらしい」

「作事奉行をつとめると、蔵がたつというからな」

などと、ささやく声もきこえなかったわけではない。

しかし、このときは元締役・有賀主膳のはからいで両者の口論は穏便におさまったのだが……。

そのときも大場勘四郎は、有賀元締役から、

「根も葉もないいいがかりをつけるものではない!!」

きびしく、叱《しか》りつけられたらしい。

そして、ついに小林幸右衛門を斬殺《ざんさつ》し、大場は出石城下を脱走した。

こうなると、幸右衛門の子である庄之助・伊織の兄弟は、どうあっても亡父のかたきを討たねば家をつぐことが出来ない。これは武士たるものの掟《おきて》であった。

以来三年……。

小林兄弟は、敵・大場勘四郎の後を追い、中国すじから京・大坂を経て江戸へ入った。

江戸へ住みついたのは、

「両国橋をわたっている大場勘四郎さまの姿を、お見かけいたしました」

と、麻布《あざぶ》・西久保の仙石家・江戸屋敷へ知らせてくれたものがいたからだ。

この者は、京橋・西紺屋町の薬種屋・釜本喜兵衛《かまもときへえ》という人物で、江戸藩邸詰めで小林兄弟の叔父《おじ》にあたる中根左内《なかねさない》と茶道の上での交際《つきあい》がある。

なぜ、釜本喜兵衛が大場勘四郎の顔を見知っていたかというと、大場も五年前までは江戸藩邸勤務であり、そのときは大場、中根左内と仲よしの間柄であった。

中根のさそいで、大場もよく諸方の茶席へ出るようになり釜本喜兵衛とも顔見知りとなった……こういうことになる。

もとは親友でも、いまは中根左内にとって義兄にあたる小林幸右衛門を斬殺した大場勘四郎なのである。

二人の甥《おい》の仇討ちを、だまって見ているわけにはゆかない。

で……中根が大坂にいる兄弟へ、このことを知らせ、兄弟はすぐ江戸へ入った。これが一年前の秋も終ろうとするころであった。

「大場はな、浪人体にて、江戸へ住みついている様子がありあり見えたという。釜本喜兵衛どのも、すぐに後をつけてくれたのだが、両国の盛り場の人出の中へまきこまれ、ついつい見うしなってしもうたそうじゃ。よいか、こころしてさがせよ。大場勘四郎はな、人も知る一刀流のつかい手じゃ。手強《てごわ》いぞよ」

と、叔父にはげまされ、小林兄弟は家来の原田定七と共に、毎日、江戸市中を手わけして大場をさがしまわっていたのであった。

兄弟の母は、姉の登勢《とせ》と共に故郷に残り、ここから江戸藩邸の中根左内へ年に一度、兄弟の仇討ちの費用が送られて来る。

ここで、はなしをもどそう。

小林庄之助惨殺の報は、仙石江戸藩邸へもつたえられた。

叔父の中根左内が、すぐさま駈けつけて来て、

「おのれ定七め。恩義を忘れ、主家に害をなすとは、まことにもってけしからぬやっ!!」

全身を瘧《おこり》のように震わせ、激昂《げっこう》した。

伊織は、兄を殺した原田定七の気持ちもわからないではない。この三年、病気がちの兄をたすけ、その兄に口汚くののしられつつ、定七は懸命につかえ、仇討ちの旅にはかけ替えのない男であった。

その定七を、兄が傷つけた。

自分たちの家へ女を引き入れて抱き合っていたというのは、謹直な原田定七にしては意外千万なことではあるが……それにしても兄が抜刀して斬りつけたというのは、たしかにやりすぎだ、と、伊織はおもう。

十七、八のころから出石城下の娼家へ出入りしていた伊織だけに、定七の情事には理解がある。

しかし……しかしである。

小林兄弟を見捨てて、定七がどこかへ逃げ、自由の身になることはかまわぬが、いざ血を分けた兄の庄之助を殺されて見ると、

(おのれ、定七め。そこまでせずともよいではないか……)

伊織も、さすがに怒りがこみあげてきたものである。

えらそうなことをいっても亡父の幸右衛門が、わずかではあるが汚職をしていたことを伊織は知っている。

汚職といっても藩の公金をどうしたというのではない。城下の商・工人たちからの賄賂を父はたしかに受けていた。これは兄も母も知っているのだ。元締役の有賀主膳などの汚職は表面に出ないだけで、もっとひどかったらしい。

こうしたにおいを嗅ぎつけて、父を詰《なじ》った大場勘四郎の怒りを、若い伊織は、

(どうも、にくめない)

のである。

表向きは、おのれが人格の立派さをうたってやまぬ亡父の、蔭へまわってこそこそと商人たちから賄賂をもらっているさまを、伊織は舌うちを鳴らして見ていたものだ。

それだけに……。

小林伊織の怨念《おんねん》は、大場勘四郎から原田定七へ転化してしまった。

もっとも定七とて、兄のかたきには相違ないのであるが……。

四

それから、また一年が経過した。

すなわち文化五年四月十八日の夕暮れどきのことだが……。

笠《かさ》に顔をかくした旅姿の町人ふうの男が、竜宝寺門前の茶屋〔三沢や〕へ入って来た。

さわやかな初夏の夕風にのって、竜宝寺境内の木立の新緑の香が、あたりにただよっている。

「お菊……」

店先へ入って来た旅の男が笠をぬぎ、腰かけのあたりを片づけていたお菊へ、低くよびかけたものである。

「あ……」

お菊の顔に驚愕《きょうがく》のいろが浮いた。

「い、いけない、定七さん、早く……」

お菊は他の茶汲女たちの眼をのがれるようにして、あわてて旅の男……原田定七を押しやった。

「ど、どうしたのだ？」

「いいから、こっちへ……」

お菊は、定七に笠をかぶせ、竜宝寺の裏門から出て、東漸寺《とうぜんじ》の裏手から南向こうの浄《じよう》念寺《ねんじ》の境内に入った。

この寺は竜宝寺とくらべものにならぬほど境内がひろい。

鐘撞堂《かねつきどう》の横手の松の木立へ、お菊は定七を引き入れ、

「ここなら大丈夫」

と、ささやいた。

定七は、ひしと女を抱きしめながら、

「小林の御兄弟は、まだ阿部川町に住んでおいでか？」

「え……？」

「何だ、その顔つきは……？」

「だって、お前さんが御主人の、あの兄さんのほうを斬り殺して逃げたという……このあたりでは、もっぱらの評判ですよ」

「な、なに……」

「あれっきり、あたしのところへ顔を見せてくれないのも、そのためじゃあなかったのかえ？」

「ば、ばかな……」

定七の様子に嘘《うそ》はないと見て、お菊は近所のうわさを一通り語ってきかせた。

「ちがう、ちがう!!」

定七は叫んだ。

「庄之助様が、たしかに、おれだといいのこしたというのか？」

「そうだときいていますよ」

「ばかな……」

二人は、ここからすぐに不忍池畔の茶屋〔ひしや〕へ向かっている。

一年前のあの夜……。

原田定七は、いくばくかの金をお菊からもらい、相州・小田原城下で菅笠《すげがさ》問屋をしている但馬屋仙助をたずねて行った。

仙助の妻よねは、但馬の出身で定七の従姉《いとこ》にあたる。

ここで傷養生をし、ついでに定七は但馬屋へ住みついて、

「なんとか商売をおぼえた。おれが迎えに来るまで、きっと三沢やからうごかない、と、あのときお前がそういってくれたのをたのしみに、いままで一生懸命に商売をおぼ

えたのだ。もう、おれは武家奉公をしない。お前を連れて小田原へ……」

「でも、主人殺しの下手人にされてしまったら……いいえ、一時は、あたしの身のまわりにも警吏《おまち》の眼が光って、そりゃもう大変だったのだもの」

「畜生。なんでおれが……？」

「わからない。でも……」

「でも……？」

「そうだ、ひとつだけ考えられることは、かたきの大場勘四郎が庄之助様を返り討ちにしたということだ。そのほかには庄之助様が、そのように見事な太刀すじで斬殺されるわけがない……」

　ここで、定七は小林兄弟が敵討つ身であることを、お菊に語ることになる。

「そのかたきの大場というのは、額の、ここのところに大きな黒子《ほくろ》が二つ……とてもとても、おれの顔と見まちがう筈はないのだ」

「でも、夜ふけだったのだもの、行灯《あんどん》のあかりは消えていたというよ」

「む、そうか……そうだな。それで庄之助様は、てっきり、このおれが傷を受けたのをうらみにおもい、仕返しに来た、と、こうおもいこまれたにちがいない」

「まあ、いったい、どういうことなんだろうねえ。あたし、怖い。なんだか気味がわるくなってしまったよう」

お菊は、定七の胸へすがったが、そのとき、彼女の脳裡《のうり》にかすめたものがある。

「あっ……」

おもわず、お菊は叫んだ。

一年前のあの夜。

この〔ひしや〕で自分を抱いた浪人体の四十男の顔をおもいうかべたのだ。

（あの浪人さんのおでこには、たしかに黒子が二つ……たしかにあった。しかも、あのとき以来、あの浪人さんは、あたしのところへもぷっつり姿を見せない……）

——どうしたのだ？

……と、原田定七がしきりに問いかけるのへは、こたえようともせず、お菊はがたがたとふるえはじめた。

（あいつ、何気ないふうにあたしのはなしをきいていたが……そうか畜生……）

五

その翌朝。原田定七とお菊は〔ひしや〕を出た。

小林伊織は、いまだに阿部川町の浪宅に住んでいるという。

伊織をたずね、お菊の口からすべてを語ってもらい、

「おれの身のあかしをたてる」

つもりの原田定七であった。

上野から、浅草・阿部川町までは、いまの時間にして三十分もかからぬ。

「およしなさいよう、あぶないから、およしよう」

道々、お菊は何度も定七をとめた。

「あぶないことはない。お前があかしをたててくれるのだから、伊織さまにわかってもらえぬ筈はない」

定七は確信をもっていた。

「身のあかしをたてぬことには……おれが伊織さまのかたきになってしまうではないか」

もっともなことではある。

上野から浅草へ通ずる新寺町の大通りを、唯念寺の東側へまがり、二人は阿部川町へ向った。

道の両側は寺院の大屋根がびっしりとたちならんでいる。

「大丈夫だ。伊織さまは、はなしのわかるお方だから……」

お菊をはげましつつ、定七は地蔵院という寺の角を東へまがった。

この道をまっすぐ行けば、阿部川町の小林伊織の浪宅のすぐうしろへ出る。

と……。

その地蔵院の北門から通りへ出ようとした浪人が、眼前を通りかかる定七とお菊を見とめ、はっとなった。

小林伊織である。

地蔵院は、叔父・中根左内家の菩提寺《ぼだいじ》であって、伊織もかねてから親しく出入りをし、この寺の僧で秀誉《しゅうよ》というものとは仲のよい碁がたきであった。

で……この日の前夜も、伊織は地蔵院をおとずれ、秀誉坊の部屋で碁をうち、酒をくみかわし、そのまま泊りこんでしまったのだ。

このごろの伊織は、毎日のように、ただ何となくぶらぶらと暮しているにすぎない。

しかし、目の前に原田定七を見かけたときには、さすが〔なまけ者〕の伊織の全身へもかっと血がのぼり、

（定七め。ようもぬけぬけと女なぞをつれてこのあたりを……）

うかうかしていれば、剣術に長じた原田定七を討ちそこねてしまいかねない。

とっさに小林伊織は大刀を抜きはらい、地蔵院北門から路上へ躍り出した。

同じ道を歩いていた定七も、すぐにこれを見かけ、

「あっ……伊織さま」

叫んだ。

が、寸秒おそかった。

死物狂いの伊織の一刀は、定七の脳天へ撃ちこまれていた。

「ぎゃあっ……」

定七は向う側の長遠寺の土塀《どべい》へ、どしんとぶつかり、必死に両手を差しのべ、何か叫んだが、これへ伊織が体当たりするようにして、刃を突込んだ。

「うわ、わ、わわ……」

ふかぶかと腹を刺され、原田定七は血飛沫《ちしぶき》をあげて転倒する。

お菊は腰をぬかしてしまい、すぐに失神してしまった。

倒れて、何かいいたげに口をぱくぱくうごかしていた定七も、すぐに息絶えた。

人だかりがしはじめた。

伊織はもう
「兄のかたきを討った」

と思いこんでいるから少しも悪びれることもない。

堂々として、近くの自身番所へとどけて出た。

役人が出張《でば》り、お菊も取調べをうけることになった。

ここで、はじめて、伊織はお菊の口から〔真相〕をうちあけられたのである。

しかし、伊織に〔おとがめ〕はなかった。

死んだ兄の庄之助が、たとえ勘ちがいにせよ、

「自分を斬ったのは原田定七である」

と、いいのこしているのだから、伊織がこれを信ずるのは、

「むりなきことである」

のであって、さらに、そもそもの原因は、定七が主人の家へ女を連れ込み、密会したことで、これは、まことにけしからぬふるまいなのだから、定七がみずからまいた種である……ま、こうした判決が下ったようだ。

この事件があってから……。

小林伊織の主家・仙石越前守の人びとは、

「かんじんのかたき、大場勘四郎を見つけ出すこともできぬうちに、家来の不祥事にかかわり合い、つまらぬ殺し合いをするとは何事であろうか」

などといい出すし、江戸藩邸にいる叔父の中根左内もだんだん肩身がせまくなってきたらしい。

こうなると小林伊織も、

「ああ、もう何もかもめんどうになってしまった。このおれもばかだが、死んだ兄も大ばかだよ」

と、地蔵院の秀誉坊へ、自暴自棄なことばをもらしていたが、そのうち、ふっと江戸から姿を消してしまった。

かたき、大場勘四郎の行方《ゆくえ》は、その後も知れていない。

そして仙石家へ小林伊織が復帰した様子もない。

ということは、ついに伊織、大場の首を討てなかったのであろう。

いや、もう討つ気がなくなってしまったのであろうか……。

原田定七が死んで十二年目の文政三年の秋のことであったが……。

仙石家の国もと、但馬出石から公用で江戸藩邸へやって来た近藤忠三郎という藩士が、用事をすませ、ふたたび出石城下へ戻ってから、親交のあった宮尾利左衛門という藩士に、次のようなことを語った。

「帰りにな、東海道の嶋田《しまだ》の宿《しゆく》の、かぶと屋という旅籠《はたご》に泊り、翌朝、出立の仕度をしながら何気なく二階の窓から下の道をながめているとな……そこへ、宿場に住む町人体の男が、赤子を抱いた女房ふうの女と共に通りかかり、折しも店先に出ていた旅籠の番頭と何やら親しげに語り合い、すぐ去って行ったのだが……その町人、どう見ても、ほれ、敵を討ちそこねた小林兄弟の、弟のほうの伊織な、小林伊織そっくりなのだ。出て行ってよびとめようとも思ったが、ま、そっとしておいてやるがよいと、こう思い直してのう。だから、このことは他言無用。よいな」

その伊織らしい町人によりそって、赤子を抱いていた女房というのが、あの〔三沢や〕のお菊であったら……と想像してみることは、たのしいことである。

この作品集の中の『喧嘩あんま』の91、95、97、98、122ページに「跛」「めくら」「片輪」という言葉とそれに関連した表現があります。これらの言葉、表現は身体障害者を差別するものとして現在では使用すべき言葉、表現ではありません。しかし、この作品は昭和三十八年に書かれ、当時としてはこういう認識はありませんでした。また、この作品は江戸時代が舞台であるということ、そして作者がすでに故人で作品の改訂が不可能であり、第三者が故人の作品に手を加えることは著作者人格権上の問題もあるかと思われます。以上これらの理由から編集部では原文のままとさせて頂きました。

（出版部）

解説

長谷部史親

本書『熊田十兵衛の仇討ち』の著者である池波正太郎氏は、名前を聞いたことのない人がいないくらい著名な作家のひとりである。やはり『鬼平犯科帳』をはじめ『剣客商売』や『仕掛人・藤枝梅安』といったシリーズ作品が、続々と執筆されて大いに人気を博したのが一番の理由であろう。同時にこれらがTVドラマに仕立てられ、長期にわたって放映されたのも無視することができない。

参考までに日本でTVの本放送が始まったのは、昭和二十八年（一九五三年）のことであった。初期のころはTV受像機を買いたくても、一般庶民にはなかなか手が届かないくらい高価だったと伝えられる。それから十年あまりを経過するうちに、たとえば六大学野球のスターがプロ入りしたり、当時の皇太子殿下の婚礼があったり、プロレス人気が盛り上がったりしたが、決定的だったのは一九六四年の東京オリンピック開催であろう。

かたや、統計資料によると、映画館への入場者数は一九五八年をピークに、また映画館の数は六〇年をピークに徐々に減少の傾向をたどった。日本の都市人口が増加したにもかかわらず、最盛期にくらべて一九九〇年代の映画館入場者数は、ほとんど十分の一近くまで落ち込んだといっても過言ではない。つまりこの約三十年の間に、大衆層にとっての映像文化の主流は、完全に映画からTVへと移っていったわけである。

草創期にNHKで『半七捕物帳』が制作されたことが象徴するように、TVドラマの世界で時代ものは重要な部分を占めてきた。それゆえ、昭和四十二年（一九六七年）に小説の『鬼平犯科帳』シリーズが始まったときも、かなり早い段階でTV化の話が持ち上がったらしい。結果的に松本幸四郎（八代・後の白鸚）主演で昭和四十四年にスタートし、やがて鬼平役が丹波哲郎らに引き継がれたのは周知のとおりである。

このほか『仕掛人・藤枝梅安』のシリーズは昭和四十七年に緒形拳主演『必殺仕事人』として始まり、また『剣客商売』のシリーズは翌年に加藤剛主演でTV化された。もともと小説と映像は別個の表現形態なので、これらのうちには原作と味わいがことなるものもある。その一方で池波正太郎氏は、とくに『鬼平犯科帳』のドラマ化に関しては、ときに脚本の台詞の部分に朱を入れるくらい愛着を抱いていたらしい。

むろんいうまでもなく池波正太郎氏は、TV化されたシリーズ作品ばかりを書いていたわけではない。それどころか『鬼平犯科帳』以前にも以後にも、きわめて多彩な小説を手がけている。ただここでこんな話題を繰り広げたのは、まずTVドラマに接したことで、原作にも手をのばした読者が少なからずいるからにほかならない。そしてまたこうした現象は、物故した後も池波正太郎氏の小説が多くの読者を保っている一因であろう。

昭和二十年代から主に劇作家として活躍していた池波正太郎氏は、師と仰ぐ長谷川伸の勧めに応じて小説の執筆に転じ、昭和三十五年に『錯乱』によって第四十三回直木賞を受賞した。それ以来、時代小説の第一人者と目されてきたのは周知のとおりである。とりわけ作中人物の固有の視点から、彼らの日常生活に密着したかたちで歴史を描き出した点に特色があり、その着眼の明敏さと自在な筆致は他の追随を容易に許さない。

着眼に関して最も顕著な例を挙げるなら、やはり火付盗賊改方の長谷川平蔵に興味を抱き、そこから鬼平の人物像を膨らませていったあたりであろうか。それ以外にも卓抜な着眼が、作中の随所に見うけられる。またしばしば独特な表現や用語を盛り込んだ文章は、平明達意でいて切れ味が鋭く、なおかつ思いのほかに奥ゆきが深い。これらの数々の魅力は、本書も含めて池波正太郎氏の作品全体に共通していると考えてよかろう。

本書『熊田十兵衛の仇討ち』は、池波正太郎氏が『推理ストーリー』誌に昭和三十七年から四十三年にかけて発表した十一の短篇作品を収めたものである。客観的に眺めるならば、ちょうど直木賞受賞の少し後を起点に『鬼平犯科帳』シリーズが生まれるまでの時期に相当するわけで、作者が意欲をもって時代小説に取り組んでいった足どりを、ありのままにたどることができるといっても過言ではあるまい。

第一話「熊五郎の顔」は、有名な雲霧仁左衛門にまつわる物語である。仁左衛門は享保年間に関八州を荒らした盗賊団の首領と伝えられるが、どうやら実在の人物ではなく、天保年間あたりに創作されたものらしい。いずれにしても『大岡政談』などをもとに世に広まり、明治期に入って以降も講談や芝居などで親しまれた。後に池波正太郎氏は、構想も新たに長篇『雲霧仁左衛門』を手がけているので、そちらとの関連でも無視できない。

ここでは仁左衛門の有力な乾分のひとり山猫三次が越後で捕まり、江戸への護送中をねらって別の乾分である州走の熊五郎が奪還をもくろんでいる状況で幕が上がる。熊谷と深谷の間にある新堀の宿で小さな茶店を営むお延は、街道筋に回ってきた熊五郎の人相書きを見て仰天した。そこには彼女が夫を亡くした経緯もからめて、何とも複雑な事情が介在していたからである。徐々に高まる緊迫感に加えて、結末の意外性が印象深い。

続く「あばた又十郎」は、表題作「熊田十兵衛の仇討ち」や巻末の「仇討ち狂い」とともに、いわゆる仇討ちを題材とした作品である。作中でも説明があるとおり、かつて武士の世界では一種制度めいたかたちで仇討ちが定着していた。たとえば武士である親が他の武士に殺され、下手人が城下から逃げ去ってしまったような場合に、殺された武士の息子は相手を探し出して仇を討つことができなければ体面を保てないのである。しかしながら、所在不明の相手を追うのは容易ではない。短期間のうちに首尾よく本懐を遂げればいいが、長引けば惨めな末路をたどるのが常だったはずである。逃げる側が工夫を凝らし、それが何とも皮肉な結果を招く「あばた又十郎」をはじめ、目を患ってなお仇敵を探し続ける「熊田十兵衛の仇討ち」も、相手が見つからない焦燥が悲劇を生む「仇討ち狂い」も、そうした仇討ちの諸相を浮き彫りにした逸品揃いといえよう。

第三話「喧嘩あんま」から第五話「顔」までは、それぞれ多重に交錯する因縁を底流に潜めつつ、いろいろな角度から人情の機微に迫ったものである。宿屋へ呼びつけたあんま師に難癖をつける傲慢な武士に腹を据えかねて、ちょうど居合わせた男が手先の業を用いて武士の大小の刀を隠してしまう「喧嘩あんま」では、そこはかとなく漂うユーモラスな風味に加えて、不遇な幼少期を送った二人の男たちの姿が感動を誘う。

さらに「おしろい猫」は、妙にもつれてしまった男女間の情愛に対して、相談を受けた主人公が一肌脱ぐ話だが、この主人公の前歴ないし正体が名うての掏摸だったというのも面白い。このあたりは、前の「喧嘩あんま」と一脈通じる部分であろう。こうした小悪党が自分の豊かな経験をもとに、ついつい他人の世話を焼く様子が生き生きと伝わってくるのも、池波正太郎氏の作品の持ち味のひとつである。

かたや「顔」では、八年前の四十両強奪事件の加害者と被害者が出会い、一方は相手の顔を覚えていたのに、もう一方はそうではなかったせいで事態が混乱してしまう。物語の興趣もさることながら、ここでは舞台がうなぎ屋に設定されているところも見逃せない。晩年の『池波正太郎の銀座日記』などからも明らかなとおり、池波正太郎氏は江戸前の食べ物を好み、いわゆる食文化に通暁していたのがしのばれる。

続く「鬼火」と「首」と「寝返り寅松」は、戦国時代を背景とした歴史ものであると同時に、表面からは見えにくい細部にスポットを当てた一種の奇談ともいえようか。明智光秀が本能寺に信長を討ち果たしながら、結局は三日天下に終わった理由は、もちろんひとつには決められない。その一面を掘り起こして見せた「鬼火」では、執念に満ちたドラマと鮮やかな幕切れが用意されている。

逃げ落ちる途中で討たれたはずの光秀が後世まで生きていたという仮定は、そんな噂が実際に囁かれたとも聞くし、時代小説の世界では格別に珍しくはない。甲賀忍びの岩根小五郎を主人公とする「首」は、光秀生存の仮説を巧みに展開した一例である。また秀吉の小田原攻めに題材をとった「寝返り寅松」は、やはり甲賀忍びの小出寅松の暗躍を軸に、彼らの状況判断の的確さが歴史の流れに及ぼした影響が見どころであろう。
九番目に位置する「舞台うらの男」は、いわゆる忠臣蔵ものの外伝に相当する。主人公の服部小平次は武家の次男坊に生まれ、本来なら家督を継げる身分ではなかったのに、兄と父が早く死んだために赤穂の浅野家に仕えることになった。幼時から職人に交わり手先の器用な彼が、やがて士分を捨てて町人になってしまう経緯を通して、家老の大石内蔵助の人物像の一面を浮かび上がらせた工夫が目を引く。

以上の十一篇は、どれひとつをとっても含蓄に富んでおり、二度三度と読み返しても飽きがこない。時代小説としての興趣が備わっている上に、酒や食や映画や美術品を愛してやまなかった池波正太郎氏の粋な感覚が全篇にみなぎっているからであろう。本書『熊田十兵衛の仇討ち』は、世代を超えて何度でも楽しめる一冊だといえる。

●初出誌
熊五郎の顔　『推理ストーリー』昭和37年2月号
あばた又十郎　〃　昭和38年1月号
喧嘩あんま　〃　昭和38年7月号
おしろい猫　〃　昭和39年2月号
顔　〃　昭和39年10月号
鬼火　『増刊推理ストーリー』昭和40年5／15日号
首　『推理ストーリー』昭和40年11月号
寝返り寅松　〃　昭和41年4月号
舞台うらの男　〃　昭和41年12月号
熊田十兵衛の仇討ち　〃　昭和42年5月号
仇討ち狂い　〃　昭和43年7月号

●この作品集は一九九六年六月、小社より刊行されました。

双葉文庫

い-22-01

熊田《くまだ》十兵衛《じゅうべえ》の仇討《あだう》ち

2000年10月20日　第1刷発行

【著者】
池波正太郎《いけなみしょうたろう》

【発行者】
諸角裕

【発行所】
株式会社双葉社
〒162-8540　東京都新宿区東五軒町3番28号
[電話]03-5261-4818(営業)　03-5261-4833(編集)
[振替]00180-6-117299

【印刷所】
株式会社亨有堂印刷所

【製本所】
株式会社若林製本工場

【表紙・扉絵】南伸坊
【フォーマット・デザイン】日下潤一
【フォーマット写植】飯塚隆上

ISBN4-575-66110-4　C0193

双葉文庫 既刊好評発売中！

中島らも とほほのほ
中島らも 僕にはわからない 中島らものたまらん人々
中島らも 頭の中がカユいんだ
中島らも ネリモノ広告大全 ちくわ編
中島らも ネリモノ広告大全 ごぼてん編
中島らも 舌先の格闘技
中島らも 空からギロチン
中島らも・わかぎえふ じんかくのふいっち
中島らも・わかぎえふ じんかくのふいっち②
中津文彦 「義経伝説」空白の殺人
南原幹雄 付き馬おえん〈女郎蜘蛛の挑戦〉

南原幹雄 付き馬おえん〈乳房千両〉
南里征典 欲望秘書室
南里征典 欲望重役室
南里征典 官能病棟
南里征典 人妻官能塾
南里征典 飾り窓は獲物の匂い
南里征典 愛さずにはいられない
南里征典 背徳の巨塔
新津きよみ 結婚させない女
新津きよみ 恐怖の白昼夢
新津きよみ 流転
新津きよみ 眠れない花嫁
西村京太郎 死者に捧げる殺人
西村京太郎 死者はまだ眠れない
西村京太郎 行き先のない切符
西村京太郎 幻奇島

西村京太郎 現金強奪計画〈ダービーを狙え〉
西村京太郎 身代り殺人事件
貫井徳郎 失踪症候群
乃波アサ 風紋（上）
乃波アサ 風紋（下）
花見正樹 奥日光多重殺人
花村萬月 笑う萬月
双葉文庫編集部編 前代未聞の推理小説集
船戸与一 黄色い蜃気楼
峰隆一郎 剣鬼、疾走す
峰隆一郎 御用盗疾る
峰隆一郎 蛇目孫四郎斬刃帖〈女人連綿〉
峰隆一郎 蛇目孫四郎斬刃帖〈正雪の黄金〉